CH00724305

Yann Queffélec

Le charme noir

Gallimard

A mes parents
A ma femme

Marc

I

Marc Frocin. C'est mon nom. J'ai l'étymologie contre moi. Marc signifie « cheval » en vieux breton. Pour les Gaulois le cheval figurait un avatar du Malin. La racine *mar* indique la mort. En français médiéval, cauchemar veut dire « cheval qui marche », et cauchemar se dit en anglais « night mare » — soit jument de la nuit. Enfin, dans la légende de Tristan et Yseult, le roi Marc a des oreilles de cheval, et son inspirateur est un gnome luciférien : Frocin.

Marc Frocin.

J'ai quarante ans. Je n'ai pas de métier, pas d'argent, pas d'amis, pas de maison, je vis aux crochets des femmes, et quand les crochets sont émoussés je m'en vais. Mes ambitions de jeunesse ont sombré. J'espérais faire une œuvre d'art, j'ai fait la guerre entre-temps, un peu de placard, un peu de prison — terminé pour l'art. J'ai trois drogues : la poésie, le pastis et la nuit. Le sexe a fini par m'ennuyer, mais il faut bien gagner son pain. Quant à Dieu, je ne lui veux aucun mal. J'aimerais bien avoir la foi, et que ma mort offre un sens puisque ma vie n'en a pas.

J'ai tout pour plaire et tout pour déplaire. Un mètre quatre-vingt-cinq (un peu voûté j'en

13

conviens), les cheveux noirs, bouclés, un grand front, les sourcils comme un vol de corbeau, les yeux noisette avec une tendance au vert les jours de pluie, le nez droit fortement ailé, la bouche bien dessinée sans être lippue, une fossette en plein milieu du menton quand je ris. Mais je ne ris plus beaucoup.

Il est également vrai que j'ai des poches sous les yeux, le teint chiffonné par l'alcool, les traits brouillés à force d'excès divers, les dents jaunissantes, un regard trop brillant qui semble posé sur la vie mais qui n'est pas vraiment là, qui brille en vérité par mon absence.

Mes mains. On croirait qu'elles vont jouer du piano. Le Créateur ne m'a pas donné les bonnes mains, il s'est trompé. Je me serais attendu pour ma part à des doigts moins élancés, des doigts faits pour tordre ou pour écraser.

De complexion je n'ai rien à signaler si ce n'est la couleur de ma peau, d'un blanc cireux. J'ai beau n'avoir jamais fait de sport, je suis taillé en gladiateur — ce qui m'ouvre encore aujourd'hui bien des arènes.

J'ai de grands pieds, je chausse du quarante-six. J'avais sept ans en 46. Déjà, je marchais beaucoup. J'avais l'impression d'avoir perdu quelque chose et de chercher.

Aucun signe particulier, sauf un tatouage au pubis où l'on pouvait lire autrefois les mots CARPE DIEM. C'était en Algérie, suite à une blessure, on m'avait rasé le bas-ventre. Les poils ont repoussé, on ne voit plus rien.

L'inventaire de ma garde-robe est vite fait : un pantalon de flanelle grise, une paire de chaussures, et une veste en tweed qui a bien dix ans. Elle était pendue, la veste, à un portemanteau dans un restaurant chinois du Quartier latin. Son propriétaire déjeunait. Il m'a semblé qu'elle pourrait m'aller. Je suis parti avec.

La propreté corporelle est mon dada. J'ai peur des chiens, horreur des chats, j'aimerais la natation si je savais nager, je ne fume plus, je préfère la viande rouge au poisson, le bourgogne au bordeaux, j'ai des accès de haine et de pitié sans motif, je ne supporte pas le bruit des limes à ongles, ni celui des enfants dans les cours de récréation, j'écris parce que j'ai l'œil sec, enfin débarrassé des raisons que les hommes ont forgées pour avoir l'impression d'agir, je lis *France-Soir* avec jubilation : tous ces vieillards taillés en rondelles, tous ces chiens violés, tous ces rats cancéreux, tous ces chacals me prouvent assez que le monde est malade et que je vais bien.

Je ne vais pas bien. Mais tu as tort, Boursouplouff, d'imaginer que j'ai touché le fond. Je ne fais rien d'autre en ce moment que remonter la pente, et je finirai bien par trouver l'anneau.

Boursouplouff est un complice imaginaire qui a partagé toute ma vie. Il me bat froid depuis ma rupture avec Christel, il m'en veut à mort. Selon lui, je n'ai pas tenu parole. Mais cette fois je la tiens, la parole, je l'étreins, je ne la lâcherai plus. J'avais cinq ou six ans quand j'inventai Boursouplouff pour combattre un fléau, ou plutôt deux fléaux : les Pinkouaks et le crabouillon.

Les Pinkouaks, ce sont les grandes personnes, et le crabouillon c'est l'ironie des grandes personnes à l'égard des enfants.

Quel malheur, Boursouplouff, si les Pinkouaks venaient à l'emporter.

II

J'ai vu le jour à Montalbec, dans l'Eure, le 6 février 1939. D'ailleurs, je n'ai pas vu le jour : il faisait nuit noire en raison d'une panne de courant.

Montalbec est un gros bourg fluvial dévoré par l'Histoire. On ne peut pas creuser un trou, élargir la chaussée, sans faire surgir un poignard, un lambeau d'armure, une épée, un tibia millésimé — voire un squelette intégral. D'où le fastidieux musée où j'ai connu, petit, mes plus noirs instants de cafard. Les musées sont les morgues du souvenir, et je n'aime pas la vue des cadavres.

Montalbec est gris, démangé par une pluie fine à longueur d'année. Une résille enfermant le ciel bas. Et pour un rien la pluie tourne en neige molle, et la petite ville est comme subtilisée par une léthargie blanche où n'émergent plus que des faux jours et des nuits. Montalbec est dominé par une épave : celle du Château-Gaillard qui, selon les jours, me suggère un cuirassé de granit, un décor de plâtre ou le rictus édenté d'un cyclope. Montalbec est aussi le pays de l'ennui. Que font les Pinkouaks pour tromper l'ennui ? Les Pinkouaks font comme tout le monde, ils font zarzouillette. Zarzouillette est un mot à moi pour désigner les ébats sexuels. J'avais douze ans quand j'ai fait zarzouillette pour la

16

première fois. Voilà comment j'ai raconté ça dans mon journal, en 1951.

6 décembre.

Maman n'aurait pas dû mourir. Depuis sa mort, tout disparaît dans la maison. Quand papa met le matin cinq tranches de jambon dans le garde-manger, le soir il n'y a plus que trois tranches. Moi j'en ai chipé une, mais qui a chipé l'autre ? Pour les bouteilles de vin, c'est pareil. Il n'y a jamais le compte. Je suis sûr que c'est Jacquotte, la bonne. Elle est bretonne. Elle offre à papa des calissons pour son anniversaire, alors il n'ose pas la renvoyer.

Papa dit aussi qu'il faut des preuves et qu'il est trop occupé à la pharmacie pour surveiller. Mes frangins, Marcel et Tim, ils s'en fichent. Mémé n'aime pas Jacquotte, et moi je n'aime pas Jacquotte et pas Mémé. Elles ne me laissent pas faire mes tartines comme je veux, avec du miel par-dessus le beurre, de la confiture par-dessus le miel et du cacao sur la confiture.

8 décembre.

J'aimerais la voir toute nue. Quand elle se penche on voit sa poitrine. J'ai écrit un poème à Boursou-plouff. Ce n'est pas de moi, mais je ne le lui ai pas dit :

> *De Pernambouc au Potomac*
> *L'antique Inca lègue au métèque,*
> *Sa brocante et son bric-à-brac*
> *En vrac avec ses pastèques*
> *Maintes statues en coke d'aztèque*
> *Maints masques de cacique en stuc*
> *Sculptés en stock pour glyptothèque*

9 décembre.

J'ai fait semblant d'avoir mal aux dents et je suis rentré plus tôt du lycée. La pharmacie était fermée « pour cause d'inventaire ». C'est le troisième du mois. Mémé n'était pas là, Marcel et Tim non plus. J'ai cherché Jacquotte, elle n'était nulle part. Je suis monté au premier. Il y avait du bruit derrière la porte à papa. J'ai regardé par le trou de la serrure et j'ai vu papa. Il était sans pantalon et il faisait zarzouillette avec Jacquotte. J'ai eu envie de les tuer.

12 décembre.

Boursouplouff m'a dit qu'il avait trouvé très beau mon poème. Mais je ne sais pas dans quel livre, il a trouvé la suite :

> Puis ce fut sous Manco Kapac
> Qu'osques, kiosques, étrusques, éques,
> suivis des menhirs de Carnac
> Qui se repaissaient de beefsteacks
> Jetèrent chez les Youkathèques
> L'immense aqueduc du trou d'uc
> Sur les monts Chikizicathèques
> Au temps du grand Chalclintlicuk.

13 décembre.

Papa avait acheté trois cent cinquante grammes de truffes à l'Armagnac pour offrir à Mémé le soir du réveillon. Il a pesé le paquet ce matin, il restait seulement trois cents grammes. Il l'a pesé ce soir : deux cent quatre-vingts grammes. Pourtant la boîte a l'air comme au début et le nœud est toujours aussi bien fait. Moi j'ai piqué des truffes mais Jacquotte aussi. Papa dit que comme ça Mémé n'attrapera pas de boutons.

18 décembre.

Boursouplouff m'a donné une bonne idée pour coincer Jacquotte.

21 décembre.

Youkou ça a marché. Avant-hier matin, j'avais pris dans la pharmacie les petits godets avec lesquels papa fait les suppositoires. J'ai mis du chocolat à fondre dans les godets et j'ai rajouté du bleu de méthylène. J'ai dit à Jacquotte que c'était des suppositoires en chocolat, que je les mettais à durcir sur la fenêtre et qu'il ne fallait pas y toucher. Ce matin, la moitié des suppositoires avait disparu. Papa a dit que c'était un chat. Il était déjà parti quand Jacquotte est descendue. Elle avait le menton, la bouche et les mains tout bleus. Elle a raconté qu'elle avait renversé du mercurochrome, qu'elle était malade et qu'elle remontait se coucher. J'ai fait comme si j'allais au lycée, j'ai attendu dehors que Mémé s'en aille aux commissions et, vite, je suis monté au grenier où Jacquotte a sa chambre. Je suis entré sans frapper. Elle était dans son lit, avec sa bouche et son menton bleus. Je ne savais pas quoi dire, alors je me suis accroché à ses yeux et j'ai dit : « Si tu ne me montres pas ta poitrine, je raconterai tout à Mémé, que je t'ai vue avec papa et que j'avais mis du bleu de méthylène dans le chocolat. Et je raconterai tout à ton fiancé, celui qui est pompier. » Elle m'a regardé avec un drôle d'air pas gentil, puis gentil. Ça a duré longtemps. Ensuite, elle s'est assise et on voyait tout à travers la chemise de nuit mais elle l'a quand même retirée. Je ne me sentais pas bien. Elle est sortie du lit, elle m'a pris la main, elle m'a couché dans son lit, ça sentait la sueur, et je crois bien qu'on a fait zarzouillette. Après je me suis évanoui et elle m'a donné du rhum pour me réveiller.

*

Mon père était donc pharmacien mais il aimait surtout la chasse au canard, la pêche au vairon, le pernod, Jacquotte, et les points Suchard qu'il prospectait avec une espèce de passion desséchée, faisant même les poubelles et les caniveaux. Il jouait aussi aux dominos et au croquet chez les voisins. Il évitait de parler à ses enfants, comme si nous étions des intrus dont il fallait contenir les familiarités.

De ma mère il ne soufflait mot. Je sais juste qu'elle était d'origine italienne et qu'il l'avait adorée. Au reste elle n'était pas morte, elle l'avait plaqué sans prévenir après la naissance de Tim. Elle nous avait tous quittés pour suivre au Mexique un apiculteur de la région. Comme disait Boursou-plouff, elle était tombée dans un guêpier.

Nous étions trois frères à la maison. L'aîné, Marcel, est devenu fou — il faut être fou pour se donner la mort à vingt-cinq ans. Dès l'âge de seize ans son moral se délabrait. C'était par milliers qu'il dessinait au crayon des têtes de mort sur les murs de sa chambre. Il dormait les jambes repliées, pelotonné contre son oreiller pour faire de la place au spectre qui le rejoignait la nuit. Il avait creusé un trou dans le jardin : « C'est ma tombe. » Comme le baron perché d'Italo Calvino, il séjour-nait volontiers dans les arbres. Il escaladait les tamaris de la rue Corneille ou les marronniers de l'avenue Leclerc, et n'en redescendait que par l'échelle des pompiers. Une fois, il est resté deux jours en haut d'un platane où les soldats du feu ont fini par le retrouver à moitié mort de froid et de faim. Ironie du hasard, c'est Raymond, le petit ami de Jacquotte, qui est monté lui faire la causette dans son perchoir et le convaincre de regagner le plancher des vaches. Arrivé en bas, Marcel a seulement notifié d'une voix lasse à ma grand-mère qu'à son vif regret il faudrait tourner le film dans une autre planète.

Il s'est empoisonné au Valium un dimanche après-midi. Mon père a soutenu qu'il s'agissait d'un accident.

Tim, mon frère cadet, manifestait tout jeune un don pour l'hypocrisie. Sous couleur d'aider mon père à la pharmacie, il taxait à son profit déodorants, gants de crin, dentifrices ou produits de beauté. Il est aujourd'hui notaire et nous sommes brouillés. J'ignore absolument la morale, et Tim l'a découverte en conquérant son statut social. Il ne triche plus désormais que par le détour des lois. Moi, je triche à vue : c'est indécent.

Il y avait aussi l'oncle Adolphe à la maison. Dieu sait pourquoi, mon père avait offert le gîte à cette nullité qu'un cousinage incertain reliait à nous. Il avait cinquante ans, il était célibataire et, surtout, *ouf caïdi ouf caïda* — il était scout. Autrement dit, l'oncle avait un poil dans la main. Chaque matin, il nous infligeait son refrain favori : « *Perdu dans le désert immense, l'infortuné bédouin n'irait pas loin, non pas très loin, sans la divine Providence qui du chameau lui fit cadeau.* » La divine Providence nous avait envoyé l'oncle Adolphe.

Hiver comme été, il se rasait torse nu dans la cour. Je ne l'ai jamais vu qu'en culottes de peau. Autour du cou, il portait un foulard dont il faisait coulisser la boucle en cuir pour se passer les nerfs. Ses cheveux en brosse, il les portait comme une remontrance envers ceux qui les avaient plus longs. Le front était dégarni. Il s'acharnait à le

21

regarnir par un moyen qu'il tenait d'un confrère scout. Cela consistait à se masser la calvitie avec de la lessive Saint-Marc. Mais mon Patron ne lui était pas favorable, et tous les soirs Adolphe se lessivait un cuir chevelu qui restait éperdument infécond.

Son temps libre — à savoir toute sa vie — Adolphe le passait à mettre sur pied des jamborées où je me suis toujours refusé d'aller. Pour ceux qui ne connaissent pas le jamborée, il s'agit d'un sabbat scout dont la tradition remonte à Baden-Powell, le pape du scoutisme. On appareille à l'aube avec des porteurs de fanions, des porteurs en tout genre, et l'on divague à travers la campagne en braillant la fameuse chanson du bédouin perdu. Vers le soir on dresse un camp. Feuillées collectives, feu de bois, saucisses grillées, orangeades, veillées, invocation du Dieu Akéla, bizutage des enscoutés récents à qui l'ont fait par exemple avaler du dentifrice : voilà les instants cardinaux du jamborée. Ensuite, chacun replie son couteau suisse à six lames, déroule un duvet qu'un plaisantin a peut-être agrémenté d'un étron en plastique ou d'une araignée. On se raconte une dernière histoire drôle — et dodo.

Enfin, il y avait grand-mère, la mère de ma mère, une Sicilienne efflanquée soi-disant venue d'Italie pour s'occuper de nous. Je la détestais, tout le monde la détestait, mon père en premier. Elle était arrivée le soir de mon anniversaire avec Milord, son pékinois, un horrible chien-chien à la truffe aplatie. Pavoisé de quatre bougies, un moka moiré comme un cercueil répandait une pénombre mortuaire. « Grand-mère va vivre ici », avait annoncé papa. Grand-mère avait gloussé, puis s'était remise à suçoter son banyuls. Elle avait un air crochu, elle évoquait assez bien Cruella, la sorcière aux doigts affilés dessinée par Walt Disney. Lui incombait dorénavant de gérer l'ordinaire familial qu'elle allait régenter, répartir par petits paquets, chacun ayant son étiquette et sa fonction : elle transforma les éclairages, institua un horaire draconien, bouleversa la moindre habitude — et même le goût de l'eau parut différent.

Pour commencer, grand-mère inventa la « journée de saint ». L'opération durait vingt-quatre heures, à compter du réveil jusqu'au réveil du jour suivant. Tout aspirant au brevet de saint devait obtenir l'unanimité familiale. Au saint potentiel revenait l'ensemble des servitudes collectives : couvert, vaisselle, balai, paille de fer, etc. En outre, il devait se mettre à la disposition de tout un chacun sans regimber. Les jours de sainteté, Jacquotte se la coulait douce. La règle voulait aussi que le postulant ne prononce pas un mot pendant toute la durée des épreuves.

Au total, trois journées de saint, et une seule à être sanctionnée par la canonisation du candidat. Évidemment, ce fut Tim, le faux jeton, qui mérita cet honneur. Il ne l'avait pas volé. Marcel et moi en avions profité pour nous venger légalement de ses fourberies. En se levant, Marcel l'avait compissé. Un peu plus tard, je vidai son chocolat dans l'évier et lui fis boire un plein verre d'huile de foie de morue. L'après-midi, grand-mère envoya Tim porter des fripes au Secours Populaire. Il devait ensuite monter le charbon de Mme Grenet, une voisine impotente, et rapporter un sac de topinambours qu'il aurait à éplucher. A son retour, Tim trouva dans le jardin la bicyclette de Marcel. Les pneus étaient crevés. Il devait réparer en vitesse ou faire une croix sur sa sainteté. Tim répara. Tandis qu'il officiait, Marcel lui glissa un escargot dans le dos et l'écrasa à travers le chandail. Tim souriait. Marcel, soi-disant pour le rebaptiser, le fit alors s'immerger tout nu dans le baquet d'eau froide où gargouillaient les chambres à air. Ruisselant et transi, Tim semblait émerveillé. Marcel le gifla. Non, Tim ne pleurait pas. Il imitait les premiers chrétiens, il jubilait en martyr professionnel dont les prestations laissent envisager un avancement prochain. Déjà il s'était remis à la tâche. Entre ses mains, les roues du vélo suggéraient des auréoles, il maniait les rustines comme des hosties, se sanctifiait à vue d'œil.

Au dîner, Tim accusait le coup d'une journée qui lui avait ravagé l'expression et sali les mains. Grand-mère le renvoya, furieuse, en grimaçant qu'un saint aux mains sales a forcément la conscience impure : Tim courut s'arracher l'épiderme à la pierre ponce. Le lendemain matin, il était canonisé par le comité familial. Le lauréat ne semblait pas autrement réjoui de cette promotion que n'illustrait aucun avantage en nature. Il flairait qu'il s'était fait « eu », comme nous disions.

Nous étions donc sept à la maison — chiffre pourtant bénéfique — cinq hommes et deux femmes. Que je n'oublie pas Milord que nous tourmentions à longueur de journée : Marcel avait même essayé de le sodomiser avec un fer à friser enduit de saindoux.

*

Il n'est pas indifférent pour cerner la mentalité d'un tricheur de connaître, oh même à grands traits, le vivier familial où il s'est fait les dents. Le drame est que ce mauvais pli, tricher, s'est creusé avec l'âge. J'en ai presque fait ma raison d'être aux

24

dépens des naïves assez ingénues pour imaginer que, dans le fond, j'étais une vraie bonne pâte, et qu'elles étaient les premières à savoir me pétrir. On peut n'avoir tué personne et mériter le nom d'assassin. Quel meilleur mot pour désigner celui qui fait semblant d'incarner l'enthousiasme aux yeux des autres et, du jour au lendemain, met la clé sous la porte des serments anciens, et devient plaie, abcès, venin. Je suis passé maître dans l'art d'assassiner sans voie de fait. Ma dernière victime a pour nom Christel.

J'ai connu mon premier choc à la mort de Marcel. J'avais treize ans. Il s'était tué à la cave. Il baignait dans un flot de vinasse au milieu des bouteilles, un trait de sang coupant son visage en deux. Il avait d'abord dû se soûler. Je me sentais dupé. Ainsi les choses de la vie n'allaient pas comme j'avais cru. J'entrevoyais des fêlures. On ne conjurait pas toujours la maladie par les pharmaciens, la faim par le pain, l'hiver par l'été, la nuit par le jour : le monde avait des accès de perdition.

J'ignorais à treize ans qu'il me faudrait faire la guerre et soupeser les termes « courage », « honneur », et « lâcheté ». Je n'ai d'ailleurs jamais démêlé si j'étais courageux ou non. Il ne suffit pas d'oser tuer. Il m'est arrivé une fois d'être assez sûr de ma peau pour tenter l'impossible et faire figure de brave. Un autre jour, j'étais militaire en Algérie, je suis tombé nez à nez avec un fell armé d'un fusil-mitrailleur à peu près semblable au mien. J'ai vu qu'il était mal rasé, poussiéreux, ivre d'épuisement. Il appuyait contre moi son regard exténué. Le courage m'a manqué d'abattre ce beau garçon basané qui avait besoin d'une nuit de sommeil pour resplendir. Je n'ai rien entendu quand il a tiré. Le courage consiste à surmonter parfois son premier instinct.

Qu'on n'aille pas me taxer de nombrilisme auto-biographique. Si j'en suis là de mes souvenirs, ce n'est pas volonté de battre le tam-tam d'un mien plastron. Ce n'est pas non plus remords de ma part. Le remords permet au dernier des salauds de battre sa coulpe en paradant. Si parler de moi m'a toujours passionné, c'est que je pouvais me fuir dans les phrases — ou m'y poursuivre — avec le vague espoir que finirait par se présenter quelque ressemblance entre le personnage et l'acteur, et que la nature assimilerait un jour mes arrangements.

Il y a donc eu mon enfance et je ne m'en suis jamais dépêtré. J'aurais plutôt tendance à m'y enfoncer. Je tombe ou rechute en enfance, et joue avec ma santé comme à vingt ans.

Ma santé : bonne fille ! Elle en a vu de toutes les couleurs. Je l'ai traînée dans le stupre et l'alcool dès que j'eus mesuré l'étendue de son dévoue-ment. C'était vers quinze ans. Je limitais encore les dégâts, me bornant à des incartades mineures comme de multiplier les nuits blanches, et de tenir le coup grâce au Maxiton que je dérobais à la pharmacie paternelle. Je pris goût au pastis par hasard. Adolescent, j'en descendais une dizaine par jour. A mon retour d'Algérie j'étais passé à trente et, comme un chien démarque son territoire en levant la patte, je prenais mes quartiers d'ivresse dans les bars auxquels me liaient des beuveries mémorables. Je ne manquais pas non plus de vider force bières, izarra, kirs et boukha selon cet enchaîne-ment protocolaire indispensable aux soiffards de métier : chaque alcool ayant pour fonction de limiter dans l'immédiat les effets du précédent.

Une santé de fer doublée d'une gueule de bois : c'était moi. Pourtant, l'alcool ne m'était jamais une souffrance assez aiguë que je veuille y renoncer. Aux maux de tête près, je me portais comme un charme : un charme ivre mort. A quoi tient le destin des individus ! Un foie plus douillet et je n'en serais probablement pas là. Contraint à la modération, j'aurais vu la réalité sous un autre jour, et non pas à travers ce cristal trompeur qui m'en dénaturait l'aspect. Je ne me serais pas senti d'une race à part, je n'aurais pas joué du haut de mes paradis artificiels les rois d'un hasard qui a fini par se retourner contre moi. Vivre sa vie, c'est évidemment la donner : je ne sais plus à qui donner, ni quoi donner. A la rigueur, je pourrais me donner la mort, mais ce serait une offrance égoïste et je ne fais pas assez grand cas de moi pour souhaiter ma fin. Or donc, schéma bateau, je bois pour oublier que je bois — et désormais pour oublier Christel.

III

Une crise cardiaque emporta grand-mère le samedi 6 mai 1955. Tim me téléphona la nouvelle au pensionnat. Il exultait. Le cœur avait flanché tandis qu'elle montait l'escalier. J'étais consigné : la punition fut levée. J'avais déjà bu cinq ou six pastis en arrivant chez moi. Grand-mère était couchée dans son lit, c'était la première fois que je la voyais étendue, le chignon dénoué. Mon père avait refusé d'administrer la toilette mortuaire et préféré payer des professionnels. Pas une larme. Le seul à paraître affecté, c'était Milord. La mort de sa maîtresse le trouvait stupide, et terrifié d'être livré sans défense à nos avanies. Une fois les toiletteurs partis, il escalada les pains de neige carbonique, flaira, puis d'un bond se cambra sur le corps comme un champion sur un podium.

Tim voulut le chasser.

— Laisse-le, ce con, ricana mon père, il est bien là. Peut-être aussi qu'il aura la bonne idée de l'accompagner dans le cercueil.

Voyant nos airs ébahis, il avait ouvert plusieurs fois les bras, la mine impuissante, et croyant nuancer il en avait remis :

— Elle est morte : elle est morte. On ne va pas en faire une maladie.

Façon d'avouer qu'il détestait la mère de sa femme, et qu'il ne l'avait tolérée sous son toit que pour se débarrasser de nous. Le repas fut presque gai. Deux bouteilles de Gévéor y passèrent. Adolphe osa même envoyer quelques calembours. Papa dîna de bon appétit. Trop longtemps muselée par grand-mère, sa verve allait et venait comme un animal retrouvant l'usage de sa liberté :

— Elle en faisait trop, ça lui pendait au nez, elle aurait mieux fait de rester en Sicile.

Le téléphone sonna par trois fois. Condoléances. Avec agacement, mon père se levait de table en jetant sa serviette : « Qu'est-ce qu'ils viennent encore m'emmerder. »

— Allô !... Hé oui, elle est morte, hurlait-il car il était dur d'oreille et sidéré d'avoir le cadavre d'une belle-mère honnie sur les bras. « Bien sûr, bien sûr, d'un dévouement admirable... » On aurait cru qu'il venait d'obtenir le prix Nobel et qu'il se rengorgeait sous les compliments. « Je sais, c'est affreux, affreux. Mais non je ne vais pas me sentir seul, on n'était pas mariés. Oui, pour les enfants c'est un coup dur, mais ils sont jeunes après tout et ce n'était que leur grand-mère... Nous aider à la veiller ? On est assez grands pour ça, merci quand même. »

Veiller grand-mère, l'idée n'avait même pas effleuré papa. Pour veiller la morte, il y avait Milord.

Les autres appels provenaient de lointains cousins. Papa râlait qu'il en avait marre du téléphone et que si ça continuait, il allait le décrocher. « Tiens, pour nous remettre de ces émotions, mon cher Adolphe, je verrais bien un doigt de pernod. » Le niveau d'alcool, dans la bouteille, parut l'intriguer un instant. Il n'imaginait pas que je fricotais

29

tant et plus dans une cave à liqueurs sur laquelle il se croyait la haute main. Mais ce soir-là, il n'était guère en humeur de soupçon ni d'enquête, et ce fut sans un mot qu'il se servit un pernod géant. Après le dîner, Tim, qui généralement m'évitait, me retint dans la cuisine.

— Les bijoux...

— Quoi les bijoux ?

J'avais très bien compris.

Il rougit, honteux d'avoir été le chouchou de la défunte, et d'oser vouloir maintenant pirater ses biens. Je le laissai venir.

— Il vaut peut-être mieux que ce soit nous qui les ayons. On pourrait peut-être...

Avec sa main droite il faisait mine de subtiliser. J'avais beau ne pas l'aimer, j'étais tout ouïe.

— C'est maintenant ou jamais. Pendant que papa picole avec Adolphe, on a la paix.

Grand-mère avait des bijoux, tout un fouillis de colliers hideux, camées, bagues, breloques et pendentifs où scintillaient ces petits minéraux ouvragés dont le beau sexe est friand. Elle les cachait dans son secrétaire.

— Moi je monte, dis-je à Tim, toi tu restes avec Adolphe et papa. Tu leur racontes n'importe quoi pour les occuper, que tu as peur de t'endormir dans la maison d'un mort. Pendant ce temps-là, je pique tout.

Grand-mère logeait au premier. Il allait d'abord falloir amadouer ce morveux de Milord qui ne manquerait pas de sonner la diane en cas de friction. Mon cœur battait comme j'entrai dans la pièce. L'éclat du lampadaire était tamisé par du papier journal. Les pains de neige diffusaient une lumière noyée couleur d'apparition qui me prit de court. J'étais presque surpris que la morte fût toujours là roide et rangée dans son lit telle une statue. Milord, dressé sur ses pattes tordues comme sur des échasses, commençait à rouler du tambour au fond de son gosier goitreux. J'essayai d'oublier grand-mère de peur que sa méchanceté se ranimant sous mon regard, elle ne ressuscite inopinément. Les yeux baissés, à quelques pas du lit, je susurrais des mamours auxquels Milord ne se trompait pas.

— Susucre pour Mimi, pour le beau mimi de mémé.

Du susucre, il en voulait bien, Milord, mais à une seule condition : qu'on ne lui demandât pas d'abandonner le perchoir qu'il occupait sur le torse plat de la défunte. Tandis que sa truffe épatée gigotait vers ma main vide, ses pattes resserraient leur prise : il ne bougeait pas. Je tentai un numéro de charme :

— Il est gentil le mimi, c'est un beau chienchien, le plus beau des chienchiens, et j'accompagnais mes flagorneries de ces hochements de tête qu'on réserve aux vieillards, aux bébés et aux chiens.

Rien à faire, Milord avait éventé le stratagème et il perdait patience. C'est alors qu'avisant les traces noires dont ses pattes avaient maculé le drap funéraire, j'eus une idée.

— De toute façon, sale clébard, tu ne l'aurais pas eu ton sucre !

Et je redescendis à la salle à manger. Mon père, passablement gris, s'appliquait à persuader Tim qu'un mort n'était pas un fantôme et qu'il pouvait dormir sur ses deux oreilles : grand-mère ne viendrait pas vérifier cette nuit s'il s'était lavé les pieds avant de se coucher :

— Papa, est-ce que c'est normal que Milord ait fait sur grand-mère ?

— Comment, fait sur grand-mère ?

— Je ne peux pas te dire autrement, il a fait sur elle.

Je ne comptais pas obtenir un tel succès.

— Et tu ne pouvais pas lui botter le cul ! Alors c'est encore moi qui vais devoir me lever et y aller.

Déjà il était debout, fonçant vers l'escalier. Je me dépêchai de remplir son verre de pernod. Une minute plus tard, des aboiements furibards m'informaient que la voie était libre. « Quel dommage qu'on ne foute pas les chiens à la boucherie ! » Papa revenu, je remontai dans la chambre. Le secrétaire était fermé. La clé, je le savais, se trouvait dans le tiroir de la table de nuit, avec le thermomètre et les sédatifs. Je me disposai à l'ouvrir, quand la vue de grand-mère allongée morte arrêta mes yeux. Détendus par la mort et comme rajeunis, les traits étaient vidés de toute amertume — et presque beaux. Je croyais voir ma mère. Elle avait un châle autour du cou. Je touchai la dentelle, on aurait dit du givre. Je sentis dans ma poitrine une explosion molle et des larmes coulèrent : un inconnu s'était mis à pleurer en moi.

J'avais oublié les raisons qui m'avaient amené jusqu'ici. « Parle-moi, Boursouplouff », suppliais-je tout bas. Je dirais à Tim n'importe quoi. Que le secrétaire était vide ou que la clé avait disparu. Je crânerais pour sauver la face. En sortant, j'avisai un médaillon sur la commode, et c'est à peine si je me rendis compte que ma main l'emportait.

IV

J'ai fait pas mal d'établissements scolaires. Une dizaine environ. Mon père m'y collait comme on flanque un dangereux malfaiteur sous les verrous. J'avais pour matons des religieux, des Frères qu'il fallait appeler « mon très cher Frère ». On aurait juré des inquisiteurs. Je n'avais pas bronché que déjà je me sentais fautif. Et quand on se sent fautif, un jour ou l'autre, on le devient. Pendant les cours, je lisais. Des romans policiers, des manuels de sexologie, des ouvrages de philo, de cuisine ou d'histoire, des romans maritimes ; tant et si bien que pour être le dernier de la classe, je n'en restais pas moins le plus savant.

— Frocin, vous pourriez répéter ce que je viens de dire ?

Si je n'ai pas entendu mille fois pareil défi ! Je ne pouvais jamais répéter. J'alléguais un moment d'inattention, un étourdissement passager dû à la proximité d'un radiateur trop chaud. « Ah oui ! Apportez-moi donc ce que vous avez sur les genoux. » Un jour c'était un album de Tintin, un autre le *Kalevala*, un autre encore la Bible de Jérusalem. Et je me retrouvais consigné le dimanche suivant, ce qui ne m'empêchait pas de

33

faire le mur et d'aller jouer au baby-foot, un art où je n'ai jamais trouvé mon maître.

En fait, si j'ai raté tous mes examens, à l'exception du permis de chasse et du permis de conduire, ce n'est pas faute d'avoir étudié. J'adorais la grammaire. J'aurais bluffé un agrégé. Je lui aurais dit par exemple que l'expression « fermer la porte » était à mon sens erronée : on ferme une maison, pas une porte. Sur la numération maya, j'étais incollable. Idem pour la civilisation inca, l'Atlantide, les nombres sacrés, les sonnets à la mort de Jean de Sponde ou l'origine des religions retracée par Flavius Josèphe, Diodore de Sicile et Platon. J'étais inscrit dans plusieurs bibliothèques où je piochais des bouquins sans rapport avec mon programme. Je les dévorais la nuit à la lueur d'une lampe de poche. Dévorer n'est pas trop fort : j'étais librophage et je ne sais pas pourquoi cet appétit m'est passé.

A Angers, mon voisin de lit, paraît-il que ça l'empêchait de dormir quand je lisais. Il m'entendait tourner les pages et soupirer. « Arrête de soupirer, Frocin, tu nous emmerdes avec tes bouquins. — Toi tu ronfles, avais-je reparti, je ne peux pas me concentrer. »

Une nuit, Lafargeot, le pion, un ancien boxeur, m'avait surpris plongé dans *Lord Jim* de Conrad. Je cochais tous ces mots qui font chanter la mer dans l'imagination d'un adolescent purement campagnard : bastingage, enfléchure, étrave, dunette, ou gaillard d'avant. « Frocin, allez donc finir la nuit au placard. » Le placard avait la dimension d'une petite salle où les cartes de géographie étaient stockées. Il servait à l'occasion de cachot. Il y faisait trop froid l'hiver, trop chaud l'été, la fenêtre étant bloquée par la peinture et le radiateur en panne. En plus, Lafargeot n'enfermait jamais un puni sans confisquer l'ampoule. Coutumier du placard, j'en avais fait ma garçonnière et l'avais progressivement équipé. J'y avais caché une ampoule de rechange, des boîtes de sardines, des olives, du saucisson, un chauffage électrique et, bien sûr, quantité de mes chers bouquins. Certains soirs, je recherchais délibérément l'expulsion pour lire en paix dans ma tanière ou m'entretenir avec Boursouplouff.

Du Pensionnat d'Angers, je n'ai pas été renvoyé pour insubordination — mais pyromanie. Le placard a pris feu, les pompiers sont venus, j'ai bien failli griller. Ce soir-là, comme chaque fois, je m'étais confortablement installé sur des cartes empilées. Avec précaution, j'avais mis en perce une boîte de sardines « La Belliloise » (M. Rollet, professeur d'histoire et géographie, se plaignait que le plan des frontières françaises en 1200 sous Philippe Auguste empestât le poisson. Et pour cause : j'y avais renversé une pleine assiettée de maquereaux au vin blanc.) Bref, le chauffage, un ustensile assez terrifiant déniché au grenier, s'était subitement transformé en torchère, les cartes suspendues avaient pris feu, je m'étais mis à hurler, et n'avais été délivré par Lafargeot que d'extrême justesse. Le lendemain matin, je comparaissais devant l'état-major tonsuré des très chers Frères. Il ne faisait de doute pour aucun d'eux que je l'avais fait exprès.

— Voyons mon ami, un feu ne prend pas tout seul, avait commencé le Frère Directeur.

— Je ne sais pas, mon très cher Frère, le radiateur devait être en mauvais état.

— Et qu'est-ce que tu fichais avec un radiateur

portatif dans la salle des cartes ? était intervenu violemment le Frère Robert.

Il devenait cramoisi quand il prenait la mouche. Il la prenait dès qu'il parlait. C'était un sanguin. Un jour, il avait fallu l'évacuer du terrain de football sur un brancard. Ravel, un as du demi-fond, refusait de lui passer le ballon. Le Frère Robert, courant comme un dératé dans un short qui devait remonter aux tranchées, s'époumonait : « Passe-moi le ballon ! Passe-moi le ballon ! » Jusqu'au moment où il s'était écroulé en lâchant dans un dernier souffle : « Passe-moi le ballon. » Infarctus : Ravel avait écopé trois jours d'exclusion.

— Je me réchauffais.

Le Frère Robert souligna d'un grognement ricaneur l'ineptie de ma défense.

— Et pourquoi ces boîtes de sardines ? exposa d'un ton mielleux le Frère Directeur, toutes ces conserves, ce vin rouge d'ailleurs sans étiquette, ces lectures de mauvais goût, toutes ces denrées qui ne peuvent que dissiper un élève de première et l'éloigner de ses devoirs ?

Comme je tardais à répondre, et le plat de la main giflant le bord du bureau, il cria :

— Répondez !

Je répondis. J'invoquai le froid, la faim, la peur, l'ennui. Bob m'interrompit cent fois. Le Frère Directeur et le Frère Intendant opposaient à mon plaidoyer un mutisme de plomb, comblés dans leurs vœux de redresser les torts et d'emmerder Satan. Je songeais à part moi que pas un de ces religieux trop bien nourris n'avait connu les douceurs de la femme, et que forcément ça leur avait déglingué les nerfs.

En conclusion, je demandai à récupérer mes

sardines et mes boîtes de pâté : après tout, elles m'appartenaient.

— Tu ne sais peut-être pas, mon ami, que tu es renvoyé, me lança le Frère Directeur par en dessous. On te savait cancre et voleur, mon ami, on te sais maintenant criminel. Un bel avenir t'attend. Au rythme où tu vas, tu risques fort de finir tes jours en prison.

Il croyait probablement que j'allais me démonter.

— Justement, mon très cher Frère, je compte partir aujourd'hui même et j'ai besoin de nourriture pour le voyage.

— Tu partiras quand on te le dira, voyou.

— Son père n'a toujours pas réglé le dernier trimestre, jeta le Frère Intendant tout en feuilletant ce qui devait figurer « mon dossier ».

— Et en plus, les Frocin sont mauvais payeurs. Félicitations mon ami.

Les Frères avaient la manie d'appeler « leur ami » celui qu'ils étaient précisément en train d'embrocher.

— Ce n'est pas mon père, c'est moi. Il m'avait donné l'argent, mais je l'ai dépensé pour acheter du vin rouge.

Je mentais. Mon père était prudent. Il m'avait remis un chèque. Il savait bien que l'argent frais ne serait jamais arrivé à bon port.

— C'est ce que nous allons vérifier, siffla le Frère Directeur en agrippant le téléphone. Le numéro des Frocin, ordonna-t-il au Frère Intendant qui, prévenant la question, le lui avait déjà placé sous les yeux.

La conversation s'engagea. Je n'en recueillis qu'un bout.

— M. Frocin n'est pas là... Comment ?... Au

canard ?... A la chasse aux canards... Oui, au sujet du paiement de la pension de son fils Marc... Oui, son fils Marc est renvoyé... M. Frocin recevra une lettre. En attendant, qu'il nous rappelle, c'est urgent.

Il n'avait pas raccroché, que j'avais lancé le chèque sur la table.

— Et il se croit malin, l'animal, fit le Frère Robert !

— En tout cas, mon ami, compte sur moi pour soigner ton rapport, tu n'es pas près de continuer des études, reprit le Frère Directeur en remettant le chèque au Frère Intendant — non sans avoir vérifié le montant d'un froncement de sourcils.

*

Sorti du bureau, j'avais le choix. Rentrer à Montalbec sur-le-champ ou passer la journée chez une petite amie qui travaillait dans la coiffure. Mais d'abord, j'allai me soulager dans les ouatères de la Direction, aspergeant résolument la lunette et les murs en guise de représailles : c'était bien joué, les très chers Frères allaient se soupçonner mutuellement.

Zoé n'était pas vraiment coiffeuse, elle était shampouineuse. Au reste, elle ne s'appelait pas Zoé mais Françoise. Et depuis un an, suite à une insolence, elle n'était plus qu'habilleuse au sous-sol du salon. C'était ça ou la porte. Et comme elle n'était pas très futée, Zoé, elle avait accepté de tenir le vestiaire et d'aider la clientèle à enfiler une espèce de peignoir censé recueillir les cheveux coupés. Elle passait aussi la brosse à habit. A l'en croire, il y avait façon et façon de la passer. Notamment avec certains messieurs toujours prêts à la bagatelle. Travaillant au pourboire, elle s'arrangeait pour faire plaisir à ces derniers — quitte à prendre rendez-vous s'ils insistaient. Du coup, Zoé gagnait bien sa vie. Je l'avais rencontrée à la poste. Son air de vous-avoir-déjà-vu-quelque-part m'avait amusé. Je m'étais senti obligé de l'accoster : l'accostage s'était terminé au lit.

Depuis nous forniquions régulièrement. Je ne l'aimais pas, elle ne m'aimait pas, mais c'était plus drôle en injectant un peu de romance et de grands mots. La vérité, c'est qu'elle m'énervait avec ces histoires de cheveux, son idéal au ras du trottoir et son désir d'épouser successivement : un chanteur de charme, un violoniste et un catcheur. Tout en elle était fleur bleue, bonbon rose et sole mio. Elle aimait circuler nue chez elle, ou passer des heures à feuilleter des revues de mode ainsi dévêtue. Quand j'en avais marre, je me ruais sur elle et la violais sans préavis. Elle n'attendait que ça, Zoé. Un vrai fauve.

Ce matin-là, désœuvré par l'expulsion, j'allais lui présenter mes derniers devoirs. Elle occupait une location modeste à côté des Halles. Il était onze heures, elle ne serait pas encore rentrée, mais j'avais la clé. Je lirais en attendant. Je me régalais avec son courrier. Celui qu'elle recevait ou celui qu'elle écrivait. Car en plus elle épistolait, couvrait des tonnes de papiers pour s'informer sur des propositions d'achats par correspondance, elle abreuvait son cousin Denis-Paul d'épîtres à tiroirs. Je brûlais de corriger les fautes d'orthographe et, par exemple, de caviarder la description outrageusement détaillée d'un malaise intestinal. Et pourtant j'étais admiratif. Ma coiffeuse, pardon ma shampouineuse, avait le stylo bien pendu. Comme d'ailleurs la plupart des femmes. Autant leur personnage est éventuellement frelaté, synthétique, autant leur prose est toujours naturelle et bienvenue.

A mon étonnement, le fauve était au nid.

— Mon choupinet, je n'ai pas une seconde à moi, je devrais être déjà chez le notaire. Alors tu t'installes et tu m'attends si tu veux. Et surtout tu ne mets pas de désordre, je reviens de suite avec les visiteurs.

Je ne comprenais rien. Elle arborait ses éternels bigoudis du matin, qu'elle déroulait en parlant. Je ne m'étais jamais habitué à son déshabillé qui délayait divers tons jaunâtres, et recouvrait une chemise de nuit d'un bleu criant. Ses mules à pompons lui faisaient un pas traînassant.

— J'ai trouvé quelque chose de plus grand à deux pas du salon. Et puis pas cher. Seulement il faut que je recase le studio, sinon je perds la caution.

— Ah bon, tu déménages ?

— Mais je t'en avais déjà parlé. Seulement tu ne m'écoutes jamais quand je te dis quelque chose. Tu en veux une ?

Elle me tendait un paquet de gauloises. Elle fumait comme un trou, entamait dix paquets à la fois pour ne pas avoir à chiffrer l'hémorragie quotidienne. On trouvait des mégots partout, même dans les draps, car Zoé fumait de préférence au lit et, comme de bien entendu, après l'amour. Pour mieux supporter cet enfumage incessant, je m'étais mis à mon tour au tabac, sans départager le plaisir ou le déplaisir que j'y prenais. Comme avec le whisky. J'acceptai la gauloise.

— Si je comprends bien, monsieur a encore fait le mur ?

— Non, cette fois je suis passé par la grande porte. Et même avec un coup de pied dans le cul.

— Personnellement, je ne suis pas étonnée. Touche pas à ça, tu vas le casser.

Je reposai sur la table à repasser le sèche-cheveux tarabiscoté que je tripotais machinalement.

— Pour moi, c'est les vacances, les grandes, on va pouvoir baiser plein pot.

— Mais puisque je te dis que je m'en vais. Tu seras gentil d'ouvrir à Fabienne. Elle vient tout à l'heure donner un coup au ménage.

Fabienne était la meilleure amie de Zoé. Elles allaient traîner en ville avec passion, léchant les vitrines comme des sorbets, écumant les parfumeries, les bijouteries, les couturières, essayant tout, n'achetant rien ou des horreurs dont elles se garantissaient mutuellement l'excellent goût. Fabienne était caissière au Monoprix.

Tout en papotant, Zoé avait fini de s'arranger. J'aimais la voir se préparer. D'un naturel exhibitionniste, il ne lui déplaisait pas de m'avoir pour témoin. Elle raffinait à mon intention, ployait avec soin l'échine ou se cambrait solennellement pour dégager ses cheveux longs tout en agrafant un soutien-gorge d'un rose à vomir. En fin d'habillage, elle me gratifiait toujours d'une œillade en coin qui signifiait : « Ça t'a plu, hein mon cochon ! »

Fabienne arriva cinq minutes après le départ de Zoé. J'étais alors plongé dans une lettre insolite adressée aux Trois Suisses où Zoé protestait qu'on lui eût livré une machine à tricoter au lieu d'une couverture chauffante électrique :

Messieurs-dames,
J'ai bien l'honneur de vous signaler que dans ma commande du 3-6-57, j'avais mis la référence SZ

41

1342 VH 73C, en vue d'un article appelé « fée des nuits », une couverture chauffante en 110 volts. J'ai reçu un article dont la référence est LN 5200 C6 et j'ai pu voir que c'était une machine à tricoter. Vous serez bien aimable de faire le changement sinon vous perdrez ma clientèle. Et je vous rappelle que je me suis déjà fait envoyer la salle à manger en pin suédois et le séchoir « des temps modernes »...

Je me dépêchai de refermer le bloc de papier à lettres en reconnaissant le coup de sonnette hystérique de Fabienne. Elle était tout essoufflée.

— Qu'est-ce que tu fais là ?... Oh dis donc, j'ai couru... A quelle heure revient Zoé ?

— Environ onze heures.

— Ah dis donc, j'avais le temps... Comment tu trouves mon nouveau parfum ?

— Très excitant, Didon.

Je lui avais donné ce surnom après m'être avisé que tous ses propos s'ouvraient par « dis donc ».

— C'est *Ame en peine*. Alors c'est vrai, tu aimes ?

— J'adore, ça me donne même envie de croquer la pomme avec toi.

Fabienne prit un air gêné. On avait vaguement flirtouillé un mois plus tôt. Je m'étais promis de la sauter. Elle avait une petite peau dodue qui frétillait sous les doigts.

— Qu'est-ce que tu dirais d'une lichée de Marie Brizard... avec un biscuit ?

L'allusion à *Goupi Mains Rouges* et à Jacques Becker lui passait à cent pics au-dessus de la permanente, mais la proposition lui souriait.

— Oh dis donc, je vais être paf après, et puis moi j'étais venue pour ranger.

J'avais déjà sorti du faux tonneau qui servait de bar les bouteilles d'alcool.

— T'inquiète pas, je te donnerai un coup de main, je suis ceinture noire de ménage, affirmai-je en lui versant dans un verre à moutarde une dose de liqueur à terrasser un buffle.

Discrètement j'y fis tomber telle Milady la cendre de ma gauloise, et j'égalisai à la petite cuiller.

— Pourquoi tu tournes ?

— Il y a du dépôt.

Didon s'était laissée tomber dans un de ces fauteuils où l'on s'enfouit plus qu'on ne s'asseoit. Sa jupe était remontée. Je reluquais ses cuisses, appréciant qu'elle ne fît rien pour m'en dérober la vue. Courir l'avait déshydratée. Elle avait vidé son verre d'anisette que j'avais encore à peine effleuré le mien.

— Ah dis donc, ce que c'est bon !

— Je t'en remets une goutte ?

— Ah non, sinon tu vas être obligé de me porter.

Déjà, je l'avais resservie. Elle avait le feu aux joues, la prunelle étincelante. Elle se tortillait, parlait trop fort, je me rinçais l'œil ouvertement.

— J'ai reçu une lettre de Robert, tu sais mon fiancé qui est en Algérie. Il en a encore tué trois la semaine dernière.

— Trois quoi ?

— Ben, trois Arabes, pardi !

Elle me disait ça tout naturellement, comme s'il était normal d'avoir un fiancé qui faisait un carton sur des hommes.

— Comment ça s'est passé ?

— Pendant une fouille. Et puis dis donc, des gens qui n'avaient pas l'air, une famille, ils sont nombreux dans les familles là-bas. Ils les ont fait sortir et il y en a trois qui se sont sauvés en courant. Il a descendu les trois, Robert.

— Quel as !

— Et après, ils ont retrouvé un fusil dans la maison et des grenades.

Evoquer la mort l'avait échauffée. Un peu d'alcool, un peu de mort, un peu de vice et n'importe quelle fille s'allonge. Tout en lui certifiant qu'avec un fiancé pareil elle avait décroché le gros lot, je m'étais assis par terre et j'avais glissé ma main sous sa jupe.

— Tu me chatouilles, Marc.

— Combien il en a descendu, au total, ton fiancé ?

— Neuf je crois, et tu sais, il n'y a pas longtemps qu'il est arrivé.

Voilà qu'elle défendait son tueur à présent. Neuf morts... Je précisai ma caresse. Elle avait croisé les jambes afin d'encourager mes privautés.

— Arrête ou je vais avoir envie de toi, murmura-t-elle d'une voix blanche.

Je ne répondis rien.

— Ah dis donc, tu m'as complètement soûlée, embrasse-moi.

Son fiancé m'avait donné mal au cœur. J'avais trop bu. Fabienne aussi. Pis que prévu. Je voulais me l'envoyer, pas l'embrasser. Je la pris dans mes bras et, titubant, l'emmenai dans la chambre où je la jetai sur le lit.

— Tu es brutal, j'ai besoin de tendresse.

— Et Robert, il aime ça la tendresse ?

— Ah lui dis donc, c'est un grand tendre, jamais il ne se permettrait de me bousculer.

Même les nazis étaient des grands tendres. Une plaie collective, universelle, la tendresse. Fellaghas, juifs, Allemands, Bretons, tous, anachorètes ou bourreaux, ils la réclamaient tous, la tendresse : corps et âmes avaient soif d'être bercés. Hitler et son Eva bêtifiaient d'amour, le monstre minaudait, roucoulait, se faisait belle au bois dormant pour mériter son gros câlin. J'abandonnai ces rêveries dont l'anisette exagérait l'importance à mes yeux pour ôter le slip de Fabienne. Il était collé par la sueur : je l'arrachai. J'étais soûl. Je m'en aperçus après m'être inséré mollement dans le corps avachi. Fabienne avait fermé les yeux. Sa bouche vermillonnée cherchait la mienne. Je l'insultai :

— Ce n'est pas un baiser que tu me donnes, c'est une tartine.

— Qu'est-ce que c'est bon, Marc.

J'avais la migraine. Les mots de Fabienne n'allaient pas. Ce mélange d'amour, d'impuissance et de mort faisait monter la rage en moi. Je n'avais qu'une envie : non pas faire l'amour, mais faire mal, horriblement mal, et qu'elle sache au moins que le corps n'était pas une rigolade. Un couteau dans la plaie. Et plus elle gémissait, plus je la violentais, furieux que mon effort ne fût payé d'aucune délivrance. Je ne sais combien de temps nous restâmes ainsi à lutter. Il fallut la voix claironnante de Zoé, provenant du vestibule, pour que je revienne à moi. Zoé nous appelait, ne soupçonnant rien. Elle expliquait à des gens, probablement les visiteurs annoncés, que deux de ses amis auraient dû être là mais qu'ils avaient disparu. « Que ça ne nous empêche pas de visiter », déclara-t-elle gaiement. Elle commençait la démonstration des avantages du « living-room ». Il fallait conclure. Après le living, c'était la chambre, à savoir le lit, à savoir la bête à deux dos que nous formions Fabienne et moi. On entendait Zoé :

« ... qui donne sur la place du marché ce qui est très pratique... non le store n'a jamais fonctionné, mais avec les double rideaux on ne voit rien à l'extérieur. » Le bourdonnement des voix s'amplifiait. Je distinguais un bruit de pas « la chambre donne au sud, c'est la pièce la plus (la porte venait de s'ouvrir) éclairée de la maison... Oh pardon ! ». La porte avait claqué. Zoé bafouillait que la femme de ménage en avait encore pour une seconde à retaper le lit. Je me demandais si les visiteurs entendaient couiner la femme de ménage. Je tâchai de rassembler mes esprits et mes sens pour que Didon n'aille pas faire à sa copine un rapport désastreux sur mes compétences. La porte se rouvre : « Allez du balai, nous fait Zoé hors d'elle. Vous avez bien choisi votre jour tous les deux. — Encore une seconde, ma chérie, gémit Fabienne, on y est presque. » La porte avait claqué. Cinq minutes plus tard, le dénouement n'était toujours pas en vue. « Et maintenant, la chambre », entendis-je. Et Zoé, tant pis pour nous, tant pis pour les visiteurs, tant pis pour la location, faisait bruyamment irruption dans nos ébats. « Ne faites pas attention à ces deux empotés, ils ne sont même pas fichus de jouir. » Je me retournai. Je vis un couple on ne peut plus godiche, on ne peut plus marié, glacé par l'invasion, dans son champ marital, d'un épisode aussi contraire aux préjugés moraux concernant la visite d'un appartement à louer. Par provocation, je me rabattis sur Fabienne et me remis à fourgonner. A présent que l'affaire était à l'eau, Zoé donnait libre cours à l'antipathie qu'elle éprouvait pour les visiteurs : « Et en plus vous les regardez ! Mais vous n'avez jamais rien vu ma parole ! Tiens, moi aussi, je vais m'amuser avec eux, vous n'avez qu'à vous joindre à nous si vous voulez faire des progrès. » J'entendais le froissement des habits qu'elle ôtait bruyamment, le choc des chaussures qu'elle lançait à travers la pièce, et les éclats de voix indignés des nouveaux époux qui prenaient l'escampette.

J'ai revu Fabienne et Zoé cinq ans plus tard. Elles étaient associées. Elles recevaient toujours en appartement. Des messieurs benoîts et rassis dont elles encanaillaient les vieux jours.

V

Je suis devenu comme ça par hasard. J'ai pris mon destin sur le fait, mais après coup. Je n'avais pas su cramponner l'anneau social : dodo, métro, boulot, pernod, tombeau — je n'avais pas su. Bon à rien, paraît-il. Bon. A rien. Serait-ce moi cet alliage obscur de néant et de bonté ? J'ai pourtant failli trouver la passerelle entre mon vertige et leur agitation. Mais j'ai laissé tomber Christel et c'est moi qui suis tombé.

J'étais arrivé à Montalbec en fin d'après-midi. En stop. Mon père lisait dans le salon.

— Encore foutu dehors ?

— Comment tu le sais ?

— Parce qu'on est jeudi, qu'on m'a téléphoné et que tu n'as rien à faire ici en semaine.

Il n'avait pas levé la tête de *Vérités chez soi*, une gazette locale où le moindre vol d'épingle à nourrice était chroniqué.

— Et peut-on connaître le motif du renvoi ?

Mon père avait la réprimande ampoulée, vieillotte, intermédiaire entre Lamartine et la marquise de Sévigné.

Je répondis n'importe quoi.

— Tapage nocturne.

— Et à quel genre de facéties vous livrâtes-vous ?

La une de *Vérités chez soi* panachait sous mes yeux les photos d'un accident de camion et une réclame en faveur d'un bandage herniaire miracle.

— Et je veux des détails. De toute façon, compte sur moi pour vérifier.

De colère, il venait de chiffonner à l'unisson « Berliet de la mort » et « Bandage herniaire ». Un instant j'eus la vision d'un camion sanglé de l'appareil orthopédique.

— Et pourquoi cette peinture dans les cheveux ?

— Travaux manuels ; je peux m'asseoir sur...

— ... le tabouret. Mais ne prends pas cet air contrit, je sais très bien que tu t'en fous.

C'était le rituel. Je devais narrer par le menu les raisons et déraisons d'une mise à pied qui figurait toujours à mon sens la dernière injustice. Et comme il ne fallait pas transformer le règlement de compte en goûter mondain, je n'avais droit ni au fauteuil, ni au rocking-chair : papa me faisait quérir un tabouret de pénitence à la cuisine.

Je m'exécutai.

— Je commence où ?

— Au début, pardine.

Je ne voulais pas dire la vérité. C'était plus fort que moi. Même démasqué, je recourais à la fantasmagorie ou me trompais résolument d'aveux, faisant appel à d'autres événements pouvant servir de doublure à ceux que j'entendais garder par-devers moi. Plutôt que les mésaventures du placard, je lui rapportai celles de l'âne.

— On avait récupéré un âne dans un pré.

— « Récupérer un âne » : Ah, tu en es un fameux !

Basile se morfondait dans son pré. Comme on lui

trouvait la bouille avenante, on l'avait ramené au pensionnat, deux copains et moi. La nuit, pour ne pas attirer l'attention. On l'avait monté au grenier. Trois étages à gravir. C'était merveille de le voir tortiller du popotin dans l'escalier.

— Pourquoi kidnapper ce pauvre animal ?

— Comme ça, pour déconner, on ne comptait pas demander une rançon.

— Ah vous n'avez que ce mot à la bouche : déconner... Tu as vu où ça l'a mené, ton frère ? Heureusement que Tim marche bien.

Marcel s'était suicidé cinq ans plus tôt. Tim parlait de devenir notaire. Il tâtait le terrain pour voir si papa lui avancerait les fonds d'une charge. Il le tâtait plusieurs fois par mois. Ce que Boursouplouff appelait : « revenir à la charge ».

Papa aussi avait trouvé son jeu de mots : « Tim veut une charge, et toi tu en es une : ah vous me saignez ! »

— Alors ça vient la suite... et laisse le chien tranquille.

Du bout de mon soulier, j'avais réussi à bugner la truffe de Milord dont m'agaçaient les reniflements obséquieux.

— Ben, il est resté deux jours au grenier, puis quand on a voulu le faire sortir, on s'est fait piquer.

... Et même en beauté. Au grenier étaient stockés des accessoires de théâtre : costumes, décors, pots de peinture, guirlandes et vieux sapins de Noël. On était donc là, une dizaine de pensionnaires en pyjama autour d'une bourrique frisant la dépression nerveuse, et l'on se demandait bien comment l'insonoriser le temps de passer devant le dortoir des très chers Frères. « Il n'y a qu'à lui entourer la tête et les sabots avec des chiffons. » Tout en palabrant, Philippon jouait à décorer l'âne, à lui mettre des guirlandes au cou, à lui enfiler des bottes de mousquetaires et je ne sais plus quel enchaînement d'initiatives avait fait que je m'étais retrouvé barbouillant l'âne en rouge à grands coups de pinceau. Comme il donnait des coups de pied, brayait, devenait fou, on l'avait largué dans l'escalier — démerde-toi — et vite on était retournés se coucher. Une minute plus tard, une escouade de chers Frères écumant de rage envahissait le dortoir et faisait sortir les dormeurs peinturlurés. On entendait l'âne au loin dont la plainte était répercutée par la cage d'escalier. Pauvre vieux, il s'était cassé une patte en dévalant les marches.

Mon père avait l'air consterné.

— Tu as dix-huit ans, tu n'es pas un redoublant, tu es un retriplant. Alors si tu veux un bon conseil, change d'orientation, quitte Montalbec sinon tu vas devenir comme ton oncle : une lavette.

— Et tu veux m'envoyer où ?

Il avait lancé, mine de rien :

— Je ne sais pas, tu pourrais par exemple devancer l'appel.

Devancer l'appel en 1958, c'était partir en Algérie.

— C'est ça, pour me faire trouer la paillasse ! De toute façon je suis antimilitariste.

— Toi, tu n'es que ton bon plaisir, la boisson, les filles, et se tourner les pouces à longueur de journée. Alors que moi, dans ma pharmacie, je fais le con pour entretenir des gaziers comme toi.

Piqué au vif, j'avais fanfaronné.

— Très bien, je vais partir. D'ailleurs ça me plaît l'Algérie. Il fait beau là-bas. Mais ce qui m'étonne c'est que tu y aies pensé tout seul, toi qui répètes sur tous les tons que c'est une guerre pourrie.

— C'est Tim, avait-il admis en bredouillant, mais... mais dans un sens je suis d'accord avec lui.

— T'inquiète pas, je le connais bien mon frère, j'ai parfaitement compris.

Oh oui, j'avais compris. L'apprenti notaire espérait m'évincer. L'Algérie était un moyen radical. Peut-être même imaginait-il en rêve une mine bondissante ou une balle perdue. Quelle fin royale. J'aurais sauvé l'honneur et débarrassé le plancher d'une succession où l'on risquait de se gêner aux entournures du partage. Il n'avait jamais aimé partager. C'était déjà clair autrefois quand tante Amatha nous offrait des pâtes de fruits. Il fallait voir Tim compter. Si par malheur il tombait sur un nombre impair, il fendait avec son canif la pâte de fruits solitaire, et m'en cédait la moitié. Ensuite, il rangeait sa part et n'y touchait plus qu'en catimini. Nullement gêné, il encourageait même la générosité d'autrui : « Je la mangerai tout à l'heure », annonçait-il en cueillant l'une de mes friandises. En fait, il allait tout droit la rajouter aux siennes pour le plaisir d'épargner, fussent des sucreries. Ce travers n'avait fait qu'empirer avec l'âge. Et depuis qu'il s'était mis dans l'idée ses prétentions notariales, il se prenait à seize ans pour un financier, traitait des affaires avec ses économies, empruntait les miennes avec un intérêt progressif et boursicotait. Dans sa chambre aménagée comme un local administratif, on respirait une odeur d'aisselle frelatée par le douceâtre fumet du papier carbone.

J'allai directement le voir. Il étudiait la feuille des cours.

— Hello, Marc, me fit-il avec une jovialité d'inspiration yankee.

Tim raffolait des Américains, singeant leur brio

commercial et leur férocité nappée d'aménité. Il reprit, désignant son journal :

— Pas brillant, le coq gaulois, ce matin.

Je ne me laissai pas distraire.

— Il paraît que tu veux m'envoyer au casse-pipe ?

— Je parie que tu t'es encore fait virer, biaisa-t-il, feignant une complicité qui nous avait toujours manqué.

— Viré ou pas, j'aimerais que tu me dises de quel droit tu te mêles de mon avenir ou plutôt de la meilleure façon de le supprimer.

Tim se renversa dans son fauteuil.

— Je t'en prie, assieds-toi.

Il me désigna un tabouret de fer kaki. Encore un. Pour une bouchée de pain, il en avait racheté une kyrielle à la salle des ventes. Puis il avait regagné sa mise en les négociant à l'unité.

— D'abord je n'ai jamais nettement parlé de l'Algérie, commença-t-il en insistant sur le mot, tu me connais assez...

— ... pour savoir que tu commences à te défiler.

— Pas du tout, je pense en effet qu'un peu d'air nouveau te ferait du bien.

— De quoi suis-je atteint selon toi pour me proposer d'aller respirer « l'air nouveau » des gué-rillas ?

Tim venait d'ouvrir un classeur et tout en m'écoutant, le sourcil froncé, il examinait un long feuillet couvert de calculs.

— Ecoute, Marc, réfléchis. Essaie d'évaluer une seconde à combien se chiffre ta scolarité. Une fortune. Je me suis amusé à faire le total.

— Pourquoi, c'est toi qui paie ?

— Peu importe, papa, la famille, toi ou moi, cet argent est dépensé à tort et à travers. Tu pourrais t'engager quelque temps, faire le point loin de nous et à ton retour prendre un métier.

— Me marier, faire des enfants, ouvrir un livret de caisse d'épargne, déjeuner chez mes beaux-parents le dimanche, c'est bien ça !

— Voyons Marc !

— D'ailleurs, non, ce n'est même pas ça. Je vais te dire ce que tu ne t'es jamais dit pour éviter le moindre accrochage avec ta conscience : il part, il se fait tuer, j'invite papa à se retirer, je deviens son chargé d'affaires, à moi la pharmacie, la maison, le fric et tout le bataclan. Tu n'es qu'une merde !

Il était blême.

— Et toi, fit-il d'une voix sans timbre, qu'est-ce que tu es ?

La question me prit de court.

— Je ne sais pas... Et dans un sens, ça me rassure. J'ai peut-être une chance, moi, d'avoir un jour une heureuse surprise à mon sujet. En tout cas, ne compte pas sur moi pour crever.

J'allais sortir quand il me jeta :

— Au fait, Marc, tu es au second maintenant, dans la chambre de Marcel. J'avais besoin de la tienne pour me faire un bureau. Comme ça je n'ai pas à changer d'étage à chaque fois.

J'en restai comme deux ronds de flan. Je comptais sur mon regard pour l'assommer, mais j'ai vérifié depuis que l'œil est mauvais interprète, et mon coup de poing visuel ne porta pas.

— Sois sans crainte, reprit-il, tes affaires ont été soigneusement rangées.

— Et si, coup de pot, je me fais allumer, tu pourras t'installer un nouveau bureau, ou un baisoir.

Je bégayais, ce qui redoublait ma fureur. J'aurais étranglé Tim pour qui ce dernier épisode était du temps perdu. Tout en vérifiant d'un œil important que chaque chose occupait bien sa place habituelle sur la table, il déplora d'être aussi pressé mais vraiment il avait à faire :

— J'espère au moins que tu ne m'en veux pas, conclut-il en replongeant dans sa littérature financière.

Ma dernière attention, avant de claquer la porte à toute volée, fut pour un tableau que je n'avais jamais vu auparavant, une croûte à l'huile étalant un champ de bataille ensanglanté sur le mur du fond. Sans doute une acquisition récente : un placement.

VI

En 1958, le drame algérien, ce n'était pas encore le mien. Le sang coule et l'on dit : c'est affreux, mais il coule trop loin, chez trop d'inconnus, et l'on n'en souffre pas vraiment. Je m'intéressais donc à la partie qui se jouait beaucoup plus qu'aux dégâts humanitaires. Je maniais les événements comme des pions anodins, supputant leurs effets sur l'échiquier mondial. J'épluchais les journaux : « VINGT ET UN JEUNES RAPPELÉS MASSACRÉS PAR LA POPULATION D'UN DOUAR PASSÉ À LA DISSIDENCE. » « EXPLOSION D'UNE BOMBE AU RESTAURANT " LE MUGUET " À BLIDA. » Ou encore : « LES DÉPENSES MILITAIRES EN ALGÉRIE NE SERONT PAS FINANCÉES PAR L'EMPRUNT. » Fric et sang. Une certaine presse intellectuelle essayait d'élever le débat, ce qui revenait à l'abstraire. Dans *France-Observateur*, on défendait le sens de l'Histoire, on paperassait. Je sais maintenant que l'Histoire est louvoyante, et qu'il est impossible à chaud d'élucider ses convulsions.

A Montalbec, c'était racisme et compagnie. Au bar du Bief, où j'avais mes habitudes, un paysan buvait un jour en compagnie d'un permissionnaire et lui soutenait que la France avait eu tort. Oui, elle avait eu tort, c'était dès 1830, au moment de la prise d'Alger, qu'il fallait serrer la vis. « Après Verdun, même topo : on leur a laissé la bride sur le cou, aux boches, et ça n'a pas raté, on a eu 40. C'est pas les Amerloks qui feraient des conneries pareilles. Les Indiens, ils les ont ratiboisés. Si on avait zigouillé nos bougnoules, laissez-moi vous dire qu'aujourd'hui, on serait peinard. »

Mon père, un pétainiste endiablé, rappelait constamment l'affaire Monnerot. « Deux gamins descendus comme des lièvres. Je t'en foutrai, moi, de l'indépendance ! » Les Monnerot étaient ce couple d'instituteurs français que les rebelles avaient abattu le 1er novembre 1954. « Ça faisait pas huit jours qu'ils avaient mis les pieds dans ce putain de pays. »

Ce « putain de pays », c'était trois départements français dotés d'un gouverneur général, Roger Léonard, lequel croyait bien solder tous les différends coloniaux par la bureaucratie. François Mitterrand, ministre de l'Intérieur, pouvait toujours proclamer : « L'Algérie c'est la France », la métropole avait assez de pain noir sur la planche avec ses propres ennuis gouvernementaux, pour ne pas être en humeur de patience avec ses musulmans.

Je n'étais d'aucun bord. Que ce fût dans le destin des autres ou dans le mien, je flânais en touriste, alternant sans pudeur les opinions, incapable de me fanatiser pour une cause en particulier. Et si chez moi j'avais l'air pro fell, c'était pur amour du contre-pied.

Je me souviens d'un repas qui s'était mal fini parce que mon père et Tim n'avaient pu placer un mot sur l'Algérie sans que j'abonde aussitôt dans le sens opposé.

— Une bande d'assassins « tes autonomistes », avait commencé mon père.

Il essayait alors d'extirper d'un ustensile en pyrex une endive au jambon qui ruisselait de crème. Comment prendre au sérieux la politique en présence d'une endive au jambon !

— Ce ne sont pas mes autonomistes, et ce n'est pas une bande d'assassins.

Tim s'en était mêlé.

— C'est peut-être nous les assassins...

— Peut-être en effet.

Je l'avais fait exprès, connaissant au millimètre près la riposte à venir, et souhaitant manger chaud mon plat favori.

— Elle est bien bonne, avait ouvert Tim d'un air ministériel. Et qui a fait les villes depuis plus d'un siècle ? Les pieds-noirs. Qui a équipé l'Algérie d'un système agraire opérationnel ? Les pieds-noirs. Qui a réalisé le réseau ferroviaire et routier ? Les pieds-noirs. Qui a fait de l'Algérie le premier pays d'Afrique du Nord ?...

— ... C'est ça, les pieds-noirs ! Et qui vient s'acheter des propriétés dans le sud-ouest de la France ? Les pieds-noirs. Et qui a osé balancer cette énormité devant des personnalités musulmanes invitées à bavarder civilement : « le juif à l'échoppe, l'arabe à la charrue »...

— On le sait tous, avait aboyé mon père en revenant de la cuisine avec le plateau de fromages. Mais en 43, Giraud était gouverneur d'Algérie, et il avait le nez dans le purin.

— De toute façon, reprenait Tim en théoricien glacial, tu ne comprends pas que les colons sont chez eux en Algérie. Tu les imagines à couteaux tirés avec les musulmans, et c'est archifaux. Ils aiment les musulmans...

— Et moi j'aime le coulommiers, alors tu serais

gentil de m'en laisser. En attendant, vos colons, ce sont des esclavagistes.

— Quel con ! s'était emballé mon père. Ah il est cher l'esclave ! Mais on le paie comptant ! Avec du beau sang tricolore, s'il vous plaît !

« Endive, Algérie, Fell, Coulommiers, Musulman » : un alexandrin parfait. Mastication, réflexion, digestion. Décidément non, je ne supportais pas cette ingérence· de la pensée dans les moments alimentaires. Et dire que la nourriture et les mots transitent par le même canal : la bouche humaine.

— Et le pétrole, hein, m'étais-je lancé avec emphase, on n'a peut-être pas un œil dessus, sans doute ! C'est par amour qu'on ensanglante une population, uniquement pour que les colons puissent continuer à symboliser gaiement la fusion de l'Islam et de l'Occident. D'accord, ça lui coûte cher au gouvernement, la guerre, mais combien ça lui coûterait s'il la perdait, la colo, s'il fallait rapatrier du jour au lendemain des millions de gens, sans compter le bordel politique, le bordel économique et toutes les bavures.

— Tu n'y connais rien.

Tim étant fou de semoule aux pruneaux, il avait préféré m'interrompre mollement plutôt que cesser d'écrémer à son profit les petits fruits noirs qu'il faisait passer discrètement dans son assiette à dessert. J'avais donc poursuivi, tout content sous couleur de sincérité meurtrie de les mettre à bout par une érudition dont je les savais jaloux.

— En 1830, le général Changarnier, bon père de famille, prétendait soudoyer le khalife Ben Allal. Le khalife lui chanta Ramona : on exposa sa tête clouée sur les remparts de Miliana.

59

Mon père, à ce genre de sortie que je filais à toute vitesse, répliquait en noyant le poisson.

— C'est honteux d'affirmer comme ça, sans replacer les choses dans le contexte, heu... historique, je dis bien historique (quand il avait le sentiment de proférer un truisme, il le répétait pour lui donner du poids). Ah la la, on voit bien que monsieur n'a pas de responsabilité sur les bras.

— Encore un peu de semoule, papa ? avait proposé Tim qui espérait finir.

— Tu donneras ma part à Milord. Il me le coupe, ton frère, l'appétit ! Ah si Adolphe entendait ça !

Adolphe. Depuis qu'il « faisait » son cancer, comme il disait lui-même, on le voyait de moins en moins. La pension que lui versait l'Armée, il la claquait en séjours montagnards dont il claironnait les vertus. Pourtant, il s'éteignait, le scout, il mourait par l'intestin, souffrait tous les diables, et quand il passait chez nous, moi qui l'avais toujours martyrisé, je le consolais, je lui jurais qu'il était sauvé, alors que tout bas j'imaginais sous sa peau des milliers de piranhas se gobergeant au ralenti.

Tout avait commencé gentiment. Par de l'aérophagie. Aérophage. Et pour se conformer au diagnostic, le scout multipliait les gaz démonstratifs. Mais ces flatulences forcées l'épuisaient. Il s'écartait en disant « excusez-moi », puis il revenait l'air déçu et l'on voyait bien qu'il n'était pas soulagé. Un mois plus tard, il ne rentrait plus dans ses pantalons, il ballonnait comme atteint d'une mystérieuse grossesse, et mon pharmacien de père admit qu'il avait pu commettre une erreur. Il ordonna des radios. La fée électricité rendit son verdict : cancer du péritoine. Opération, rémission, opération, rémission. Deux ans d'enfer chirurgical. Le scout lâchait prise. Il n'était pas de ces condamnés chez qui la mort ne trouve aucun recul de la volonté. Il ne se rasait plus à la fraîche. Il restait de pleins après-midi à grignoter dans sa chambre et à jouer au taquin. Il se laissait pousser la barbe à la vie à la mort qui se livraient sur lui à de hideux trafics. Je l'évitai pour ne pas avoir à lui demander : « Ça va ? » J'aurais eu bien trop peur de mécontenter la gorgone installée dans ses viscères.

Vers la fin, il avait fallu lui prescrire un corset, sorte de camisole en cuir lacée par-devant : la colonne vertébrale se délitait. Son bras gauche avait triplé de volume. Il ne se plaignait pas. Il disait juste : « Tu as vu mon bras », fasciné par ce membre rebondi comme un nourrisson.

Adolphe avait toujours eu concernant l'Armée des expressions clichés du genre : « Ça vous forme un homme. » Or vingt ans plus tôt, il s'était vu réformer pendant les classes : le tir au fusil lui avait crevé le tympan droit. Il ne s'en vantait pas. Mais tous les secrets filtrent tôt ou tard, et j'ai oublié quelle indiscrétion m'avait appris que ce rabatteur de grigris martiaux n'était le poilu d'aucune tranchée, d'aucun baroud — mais un banal réformé. Quand j'étais petit, pour se donner le change à lui-même en épatant les autres, il me faisait les honneurs de sa chambre-musée. Les murs croulaient sous les insignes de tous les corps d'armée qu'il avait mis des années à réunir. Ces macarons totémiques insinuaient dans le climat des lieux les émanations d'une nostalgie qui finissait par incommoder le visiteur.

Un sanctuaire, cette chambre, une chapelle ardente où reposaient les menus cadavres des illusions dont l'oncle Adolphe n'avait jamais vraiment fait son deuil. Et quand il dégageait son pistolet d'un étui en cuir lui-même enroulé dans un linge, on frissonnait comme à la vue du Graal. « Tu as déjà tué quelqu'un, oncle Adolphe ? — Ne me fais pas dire ce que je ne veux pas dire », éludait-il, l'œil lointain. J'étais alors persuadé que cet œil récapitulait un carnage. Une fois, pour voir, je m'étais risqué à lui faucher un écusson. Adolphe n'avait pas mis un jour à détecter sa disparition. C'était moi qu'il avait soupçonné d'emblée. « Je les connais tous par cœur, hurlait-il à minuit dans ma chambre où il avait ouvert la lumière en grand. Alors dépêche-toi de me le rendre ou je te... » Il avait éclaté en sanglots : je lui avais rendu son bien.

Une autre fois, malgré les remontrances de Boursouplouff, j'avais fouillé sa chambre. Une perquisition dont j'ignorais les motifs profonds. Je devais avoir dix-sept ans.

Une odeur de vieille urine et d'éther m'avait accueilli. Les rideaux étaient tirés. Un rai lumineux venait percuter la table de nuit surchargée. Boules Quiès, mégots tordus, cendriers pleins, trognons divers, bol de mayonnaise, papier hygiénique ayant servi de mouchoir, médicaments et sandwich entamé débordaient sur le plancher où la mêlée reprenait : vase de nuit, chaussons, journaux, paquets de biscuits. J'avais regardé sous le lit. Il y avait une grande boîte en carton vert à l'enseigne du cognac Hennessy. J'avais sorti la boîte. Dessus étaient calligraphiés les mots CAISSE D'ÉPARGNE. A l'intérieur, des papiers de bonbons or et argent soigneusement pliés et rangés par petites cases, chacune affectée d'un chiffre indiquant un montant comme celui d'un billet de banque. Je savais qu'Adolphe aimait récupérer les papiers de bonbons, mais j'ignorais que ce fût pour manipuler tel un enfant les devises d'un trésor imaginaire. Il me surprit comme un mouvement de pudeur me décidait à refermer la boîte.

— Alors, ça te plaît de respirer mon oxyde de carbone ? Mais tu ne sais rien, tu ne sauras jamais rien.

L'œil vissé au mien, Adolphe écumait.

— ... Il ne suffit pas d'espionner, il ne suffit pas de regarder sous le lit, il faut ouvrir les armoires (il marcha vers l'armoire et l'ouvrit violemment). Tu as pensé aux chemises ? J'espère que tu as pensé aux chemises, il y a des poches tu sais, il faut fouiller toutes les poches.

Ses chemises scout à épaulettes, il me les jetait à la figure. Puis ce fut un lot de caleçons et de maillots de corps. Un sac de couchage aussi, qu'il ne parvint pas à lancer correctement. J'écopai même une poire à lavement qui me fendit l'arcade sourcilière.

— Et les tiroirs de la commode, tu les as bien vus les tiroirs ?

J'évitai de justesse un premier tiroir dont j'entendis le fracas dans mon dos. Le second m'atteignit en plein front. Je m'écroulai. Je pensai au cancer d'Adolphe. Il était comme une femme enceinte, mon oncle, sauf que lui c'était sa mort qu'il portait.

— Et les papiers de bonbons, dis-moi si tu les as vus ?

Il était penché sur moi. Sa voix geignait. Il me brûlait de lui crier : « Tu vas mourir, on s'en fout de tes papiers de bonbons ! », mais je n'osais pas. Même à bord de sa caisse d'épargne en carton, Adolphe était seul maître après Dieu.

— Je les ai vus, oui et alors ?

— Et alors, s'effondra-t-il, c'est à moi, à moi, à moi. — Il scandait l'énumération par une espèce de mea culpa qui faisait résonner son sternum. — Qu'est-ce que les gens vont penser ?

J'ai juré au scout de tenir ma langue et je me suis sauvé.

J'ai demandé à Tim de tenir sa langue et je lui ai tout raconté. J'en ai même remis. J'ai dit qu'il y avait des lettres d'amour et des photos cochon dans un sac en plastique. Tim voulait le nom des femmes. J'ai marchandé. Deux tubes de lait concentré sucré pour déclarer qu'elles s'appelaient Solange et Rosalie, et qu'elles aimaient ses bras poilus.

J'avais mouchardé, mais Tim à sa façon moucharda en retour. Aux repas l'oncle trouvait à présent sous son assiette à soupe une liasse de papiers de bonbons soigneusement épinglés et il me jetait un regard noir qui aurait dû revenir à mon cadet.

J'étais sur le pas de la porte un soir, testant d'un doigt la densité du crachin quand il vint sur moi :

— Marc, quelque chose me certifie que tôt ou tard tu feras le vide autour de toi.

VII

A quelques jours de sa mort, j'ai pris ce qui me sert de courage à deux mains, et j'ai visité l'oncle à l'hôpital de Vernon. Premier Mai pleuvotard. Des doigts couperosés tendaient du muguet dans la rue. Rien n'est désolé comme ces grappes de sanglots blancs. Je me gardai bien d'en offrir au scout. Je n'avais pas le sou et je ne voyais pas l'intérêt de me singulariser par un signe aussi matériel auprès de ce cadavre imminent. Chambre 26. Deux fois 13. Une odeur de formol et de ragoût dilatée par un chauffage excessif. L'oncle était crucifié sur un lit couleur de lait bleu. Dans chaque bras une aiguille reliée à une bouteille pendue la tête en bas au crochet d'une potence en métal. Du nez cabossé, tel celui d'un boxeur, sortait un tuyau. La bouche ouverte en un bâillement spasmodique happait l'air comme une becquée. Le visage était rejeté en arrière, secoué par des convulsions. Rasage récent, teint frais.

— Ecoutez Jacquotte, nasilla-t-il à ma vue, quand je prête un outil, j'exige qu'on me le rende en main propre.

En fait de mains propres, il aurait fallu les lui laver, les mains. Et par la même occasion changer son pyjama. Le scout s'était sali. J'hésitais. Le changer moi-même ? Impossible. A la rigueur, en souffrant le martyre, je me serais chargé d'un bébé. Mais un vieux grabataire inspire le dégoût. On lui en veut confusément. Est-ce qu'il n'est pas en train de tirer au flanc, d'usurper le statut du poupon flambant neuf qui peut, lui, merdoyer à discrétion ? J'avisai le pantalon sur une chaise. Il y avait des billets de banque dans la poche. Je les pris et sortis chercher l'infirmière. Je mis bien vingt minutes à la trouver. En dépit du bassin qu'elle avait à la main, elle était aussi pimpante qu'une hôtesse de l'air des années cinquante.

— S'il vous plaît, le malade de la chambre 26, c'est un oncle à moi et il... il a fait sous lui. Est-ce que vous pourriez ?...

— Le changer ?... et dans une heure, il faudra recommencer. Désolée mais je n'ai pas le temps. Je suis seule dans le service aujourd'hui, mais ne vous inquiétez pas, l'équipe de nuit s'en occupera.

Elle n'avait pas vingt ans. Elle marchait d'un pas rapide en parlant, j'avais du mal à suivre et j'aurais volontiers laissé tomber. Mais il me fallait un prétexte décent pour quitter l'hôpital. Nous croisâmes une vieille femme en liseuse vert pomme. Sous une tempête de cheveux gris, les traits ravinés semblaient ricaner.

— Allez vous coucher, madame Ribot.

— Non, non, je m'intéresse à monsieur, fit la vieille en venant sur moi l'index braqué comme un colt, je voulais lui demander le nom d'une personne que je ne connais pas.

— Ne faites pas attention, elle est toquée, me confia l'infirmière en disparaissant dans les vécés où j'eus le temps d'apercevoir une flopée de journaux embrochés sur un fil de fer.

Je retournai chambre 26. Toujours la mince

ébullition fusant dans la bouteille de glucose et mon oncle bardé de canalisations comme un scaphandrier.

« Qui dit jeunesse saine, dit nourriture saine et grand air. » Dans le réduit sanitaire délimité par un paravent, j'avisai un gant de toilette, et sans l'avoir décidé me retrouvai au chevet du scout, essuyant ses mains salies. « De toute façon, mademoiselle, j'aviserai la direction. » J'étais moins dégoûté maintenant que j'avais renoncé à scruter passivement ma répulsion. Après tout, j'avais déjà vidé des poulets sans aucun malaise, arrachant les viscères à pleines mains. « C'est un Pradel, un vrai Pradel, un six lames. Et vous pouvez même ouvrir les huîtres. » Nos regards se croisaient comme deux passants familiers qui ne se reconnaissent pas. Adolphe essayait de chantonner. Pendant ce temps-là, son corps était emporté sans bouger vers la dernière échéance organique, et le mien, plus lentement, prenait la même voie. Je quittai la chambre assez content de moi. Je tombai nez à nez avec l'infirmière.

— Alors, ça n'a pas été trop dur ?

Il n'y avait pas trace d'ironie dans son regard.

— Trop dur de quoi ?

— Eh bien, de changer son alèse et de lui nettoyer le derrière.

— Mais vous m'aviez dit que l'équipe de nuit devait...

— En somme, vous n'avez rien fait.

— Euh si, je lui ai lavé les mains.

Elle fronça les sourcils et pouffa.

— Laver les mains ?... Ça c'est la meilleure ! Vous êtes vraiment tous pareils, les bonshommes, le caca vous fait fuir.

Et elle tourna les talons, me laissant désarmé,

honteux d'avoir été si clairement deviné. Eh oui, murmurai-je entre mes dents, le caca me fait fuir, la mort me fait fuir, tout ce qui souffre et qui pue. Je n'avais plus qu'une hâte : retourner dehors et trouver un comptoir où sombrer dans l'amnésie d'une bonne cuite.

*

J'entrai dans le premier bistrot, juste en face de l'hôpital où des marronniers vacillaient sous leurs candélabres verts. Au zinc buvait un homme seul, cinquantaine grisonnante, costume avachi, sac de voyage aux pieds, chaussures de tennis. On entendait gazouiller les pinsons.

— A la Sainte Vierge et à son p'tit lardon, c'est pas du bidon !

Il brandit son verre, un fernet-branca, le sécha d'un trait. Il était beurré. Je m'accoudai. Flanquant le distributeur de cacahuètes, un écriteau imitation parchemin : « Il vaut mieux mettre la bière dans le corps que le corps dans la bière. » Une serveuse blondasse peinait à régler un transistor rafistolé avec du chatterton. Répondant à son coup d'œil, je commandai un pastis.

— Alors, toi aussi, mon gars, t'en sors, me fit l'homme avec un large mouvement de la tête en direction de l'hôpital. Un sacré vaisseau, dis-moi !

Je faillis lancer : « Oui, et même un vaisseau sanguin », mais je n'avais pas envie de parler. D'ailleurs la serveuse m'avait devancé.

— Laissez la clientèle tranquille, vous avez trop bu.

— Avec monsieur, on se comprend. Il y était, là-bas. Saucisses-purée midi et soir, piqûres, comprimés, pot de chambre et lavements. Et puis les négresse qui t'appellent « pépère », comme si qu'on avait fait le Cameroun ensemble. Ah il sait bien, le monsieur. C'est' y pas vrai ?

J'acquiesçai pour avoir la paix.

— Et comment ça va pépère, faut manger pépère, faut rigoler pépère... « Faut manger !... » Comme si qu'on peut avoir faim avec un ulcère qui vous pisse le sang. Paraît que je suis un angoissé et que c'est pour ça qu'il s'était rouvert. Comme si c'est pas angoissant d'avoir un trou dans la viande. Un trou qui remet ça chaque fois qu'on se fait du mouron. Et quand il remet ça, le trou, eh bien le mouron aussi, il remet ça.

La serveuse astiquait vaguement le percolateur, et de temps en temps levait son regard sur moi, ne sachant pas trop si j'étais majeur et si donc elle avait bien fait de me servir un cinquième pastis.

— Je m'étais dit : ils auront pas ma peau. Ça non. D'ailleurs qu'est-ce qu'ils en font, une fois qu'ils l'ont, la peau. Ils vident tout, comme une valise. Et quand ils ont tout vidé, ils se servent, et puis ils remballent au petit bonheur, le foie, les reins, le gésier, le cœur, les boyaux. Toujours comme une valise. Et après ça mon gars, t'es bon pour la valise en sapin, la noire, avec des poignées d'argent.

Il cracha par terre en homme habitué visiblement à chiquer, et se mit à beugler dans une espèce de gémissement :

— Mais moi, j' suis pas un' valise, ça non, je suis un homme et comme vous voyez, j' m' suis retapé.

Il s'était tourné vers moi, estimant qu'après une telle confession, je n'avais plus qu'à payer ma tournée. Je ne me sentais pas d'humeur à trinquer. Je n'avais retenu qu'un mot de sa part, celui que nous sommes tous à revendiquer au nom d'un

69

sacro-saint droit au vin rouge, au soleil, à l'amour, à l'avenir : « Je suis un homme. »

— Déjà que j' m'étais fait raser le chinois par une greluche qui n'avait pas dû en voir lourd. Comme si qu'elle pomponnait une marionnette.

« Homme », un mot dont on se persuade à force d'élans civilisateurs qu'il fédère à lui seul la pétaudière universelle.

— ... Et voilà-t-y pas qu'en voyant ma quéquette pleine de mousse, je me mets à bander comme un cerf.

De l'avant-bras, il brandissait un phallus cyclopéen.

— Faut pas rougir que j' dis à la p'tite, c'est la nature qui veut ça.

Et plus tard, quand tout s'achèverait, l'homme, il faudrait l'arrimer à Dieu, et tâcher d'opérer la jonction promise entre créature et créateur. Mais les dettes, alors, qui les épongerait ? Tous les cris de douleur amoncelés dans la nuit des temps, qui viendrait en soulager la mémoire ? Ce pastis, j'aurais voulu m'y laisser choir une pierre au cou.

— Des cochonneries ? Sûrement pas que j' lui dis, c'est l' bon Dieu qui nous a faits comme ça.

Le bon Dieu. Appelé sur le terrain une fois de plus pour authentifier son œuvre.

— Et voilà que cette idiote, elle lui a donné une tape, comme si que je lui avais fait un pied de nez avec mon bas-ventre. Entre nous (clin d'œil vicelard à mon attention), c'était un sacré pied de nez. J'ai fait ni une ni deux, j'ai envoyé valdinguer la cuvette et la mousse, et j'ai collé une danse à cette pimbêche.

J'atteignais cette profondeur de l'ivresse où le temps ne passe plus, figé comme l'eau d'un fleuve glacé.

Le soir tombait. Nuages bas, fessus, que comprimait un ciel grenat. J'étais bien. Ma réflexion se mouvait en moi sans que j'y eusse vraiment part. La vie, l'amour, la mort tournoyaient et se mélangeaient dans mon verre en un cocktail que je buvais et rebuvais tel un venin dont j'espérais une mort lente et riche en couleurs. Un cheval se débattait au fond du pastis : je bus cheval et cavalier. Puis ce fut une mosquée, de guingois, tintant comme un glaçon. J'avalai la mosquée. Puis une ville entière, telle une gaufrette entre mes dents. Je cédais au vertige, et m'imaginais retournant clandestinement à l'hôpital, errant dans ces chambres où le sommeil chimique réduit quelque temps la douleur au silence, et me penchant sur les corps torturés dans l'espoir d'une révélation. J'allais surprendre Adolphe en pleine agonie. Je me couchais près de lui après avoir arraché les tuyaux qui l'humiliaient. Nous mourions ensemble.

Dans le fond, si je ne l'avais pas nettoyé, c'était pour lui épargner la honte. Accommodements.

VIII

A la morgue, il y avait la famille, à savoir mon père, Tim et moi-même. En cinq ans j'avais vu trois enterrements. On trouvait aussi la délégation des scouts de Montalbec, leurs bannières à tête de loup posées sur les bancs comme des cannes à pêche. Avec son costume anthracite et son poil de corbeau, Tim aurait pu sans déparer se mêler aux croque-morts. Mon père examinait la facture des Pompes funèbres : « Ils profitent qu'on est en deuil pour nous arnaquer. » Le deuil n'avait guère assombri qu'un ruban de crêpe au revers de sa veste. Nos attendions debout dans un local grisâtre. Un philodendron chétif courait sur le mur, témoignant que la vie et la mort avaient partie liée.

Le corps fut exposé. La délégation pleurnicha. Le scout grimaçait dans un mauvais cercueil, le meilleur marché que mon père eût trouvé. Le visage était cruel, fendillé, sûr de lui comme il ne l'avait jamais été vivant. Mon père baisa le scout au front. La délégation l'imita. Tim n'en fit rien. Je me gardai bien d'effleurer ce masque vitreux où l'œil droit mal fermé diffusait un regard livide. Ce climat funéraire exaspérait mes instincts : j'avais envie d'une femme et d'un steak saignant.

Le cercueil fut plombé, hissé dans un fourgon

tiré par deux chevaux noirs à plumeaux. A l'église, il fallut s'appuyer l'homélie d'un mauvais prêtre fertile en clichés : « L'être cher, dont nous serions tentés de croire que nous l'avons perdu, siège aujourd'hui à la droite du Père. » De quel droit présenter la mort comme un bénéfice net ? Il annonça le retour de Dieu, comme si ce dernier devait arriver d'une seconde à l'autre et que son avion avait du retard. Il embraya sur saint François. J'aimais bien l'allocution franciscaine aux poissons que je trouvais d'un excellent aloi musical et moral. Mais je refusais d'assimiler un sens poétique si prenant fût-il au sens divin : la beauté pouvait fort bien exister en dehors de Dieu. Il conclut en se disant ravi de nos prochaines embrassades avec le Très-Haut, et je né pus m'empêcher d'émettre un éternuement sceptique. Rien ne prouvait que l'homme et Dieu se réconcilieraient sur l'oreiller quand l'avenir prendrait fin.

Il encensa le catafalque. A quoi bon puisqu'il venait d'affirmer que la chair ne comptait pas. Je préférais la coutume des chantiers navals : sur l'étrave d'un nouveau navire, on brise une bouteille de champagne en signe de bienvenue sur la mer.

N'oublie pas, Boursouplouff. Ni fleurs ni couronnes, et surtout pas de cercueil. Je veux être immergé dans la terre comme n'importe quelle racine.

Après la messe, je m'éclipsai. Je ne voulais pas me prêter à la compassion voyeuse des rares Montalbecquois venus serrer les mains pour évaluer de près nos afflictions respectives. Il était plus de midi, j'avais un creux. Tim qui m'avait vu sortir vint m'annoncer qu'on m'attendait pour aller au cimetière. Si je voulais profiter du retour de fosse

73

— un déjeuner servi au Café de la Mairie — je devais rester.

Le cimetière en plein champ à la sortie de Montalbec me rendit les morts moins pitoyables. Une flottille de tombes espacées comme autant d'esquifs mouillés dans un aber. Tel un brise-lames, le vieux mur d'enceinte était battu par des blés en épis. Hirondelles et martinets festoyaient sur les dalles et dans les allées. Le caveau familial était grand ouvert. Il se mit à pleuvoir. Le cercueil fut élingué dans la fosse par des gaillards aux bras velus. Un maçon couleur de vin descendit cimenter je ne sais quoi. Il ne manquait plus qu'un bouffon pour mimer autour du tombeau béant les ridicules du mort, comme cela se faisait sous la Rome antique.

L'officiant s'évertuait en latin malgré la pluie. Un enfant de chœur aux oreilles décollées bredouillait les répons, balançant un encensoir qui s'était éteint avec un sifflement. Je pensais qu'il faisait un temps royal pour aller aux escargots. La fin du cérémonial fut expédiée. Chacun s'inquiétait maintenant pour ses bronches, et même les scouts, ouf caïdi ouf caïda, frétillaient discrètement vers la sortie. A l'écart du cortège, un homme jeune — teint basané, calvitie frontale — observait la scène avec un air d'ennui. J'apprendrais plus tard qu'il s'agissait d'Albert, fils naturel du scout, et j'aurais dû me douter au vu d'un personnage aussi grisailleux qu'il exerçait un sale boulot : prêteur sur gages à la Goutte d'Or. Quand, plus tard, j'en fus réduit à le fréquenter, lui et ses prêts crapuleux, c'était déjà pour moi le commencement de la chute.

IX

Je me suis engagé par désœuvrement, et peut-être aussi par provocation — mais sans trop savoir qui j'espérais provoquer. Une simple demande au commissariat, et c'en est fait du civil. Je serais aussi bien devenu moine ou marabout pour étoffer mon peu d'identité. Si j'ai choisi l'Armée, c'est à cause de la guerre : j'allais vivre avec la mort. Il me tardait d'affronter cette promiscuité.

En Algérie, la situation s'aggravait. L'œuvre de pacification tournait au bain de sang. Côté fell et côté français, on se passait les nerfs sur les prisonniers. Même à Montalbec, où se voiler la face était le tic favori des bourgeois mal dépucelés par la Commune, les rumeurs d'atrocité circulaient : ablations sexuelles, égorgements, suicides, viols. Moyennant quoi la Nation mobilisait le contingent. Vingt-huit mois d'armée.

Boursouplouff et moi, on s'en foutait. On n'avait rien à perdre et rien à gagner.

Je n'étais pas algérophobe, et si je daubais moi aussi les « bicots » ce n'était pas la réalité qui trinquait mais le mythe et ses attendus caricaturaux qu'on pouvait dénombrer comme suit : les bicots sont voleurs, sournois, malodorants et pédés. Le poncif primait la vérité. Les « monzamis » volaient de bouche en bouche, les « tiveux mon tapis », et toute une clique de jurons fétiches assez virulents pour noyer l'objectivité dont le Français moyen, d'ailleurs, se fichait. Ainsi des Juifs écrasés par les calomnies au point qu'à vouloir s'en dépêtrer, ils leur donnent du poids.

Je narguais les miens. Je leur faisais miroiter tous les dangers auxquels j'allais m'exposer. Peine perdue. « Tâche au moins de faire ton devoir », disait mon père. Il voyait dans l'Algérie comme une maison de redressement qui lui façonnerait un fils honnête et socialement bien portant. Et si jamais je n'en revenais pas, il se consolerait sans doute avec cette idée que ma vie n'avait jamais été qu'un tissu d'orgies. Il émit un jour un lapsus désastreux : « J'aimerais bien que l'Algérie te mette du plomb dans le crâne. » Les amabilités de Tim m'écœuraient. Il me respectait comme un condamné à mort, allant jusqu'à me prêter de l'argent pour sortir. « Tu as quand même le droit de prendre un peu de bon temps avant le départ. » Le salaud pensait grand départ, et moi je me demandais déjà si je n'allais pas déserter, me tirer à perpète où je me laisserais pousser la barbe au fond du cerveau — pour tout oublier.

Quand deux mois plus tard la feuille de route est arrivée, je n'ai pas apprécié son caractère impérieux. Ma liberté, nul n'en disposait sauf moi. Je ne la ménageais pas. J'étais ivre à longueur de temps. Je noctambulais jusqu'à l'aube avec de semi-voyous. J'avais des filles, des pouffiasses détraquées par l'alcool, divorcées, veuves ou traînées qui pour un peu de vin m'écoutaient radoter sur l'Algérie comme si j'en revenais. Je me prenais pour un ancien combattant, non pour un futur, et je n'avais plus aucune envie d'aller risquer mes os pour la patrie. Prudemment, j'interceptai la convocation. S'ils voulaient que je parte, eux, ma famille, l'armée, les flics, tous les cons, eh bien qu'ils viennent me chercher par force. Et je tirai la chasse d'eau sur une affectation qui me donnait rendez-vous trois jours plus tard au Camp de Satory près de Versailles. En gros, je préférais l'imminence du départ au départ, l'euphorie des préparatifs à l'action, et puis, chose extraordinaire, j'avais un béguin.

X

Séverine avait commencé par la philo. Elle avait arrêté ses études à la mort de son père. Elle vendait à présent des produits laitiers sur les marchés, haranguant le chaland d'une voix qui eût rendu cardiaque un bloc de granit. Elle buvait sec. La suze et les levers au point du jour avaient endurci prématurément cette créature de trente ans, dont le corps était aussi caressant que les mains étaient calleuses et le visage émacié.

Comment s'éprend-on d'une étudiante in partibus recyclée dans la crèmerie ? En traînaillant dans les rues à l'heure où les maraîchers dressent leurs étalages.

Ce matin-là, tiré par mes pas qui me conduisaient Dieu sait où, fuyant le bloc de migraine enfoncé dans mes yeux, j'avais fait côte au marché Notre-Dame où des rumeurs clairsemaient le jour levant. L'obscurité refluait telle un jusant. Séverine était là, de blanc vêtue comme une infirmière, apprêtant son éventaire et disposant des paillons pour en accentuer l'aspect fermier.

— T'en veux un bout, dis, pochard ?

Elle tendait vers moi un morceau de brie sur la pointe d'un couteau.

— Parce que si t'en veux un bout, c'est maintenant. J'ai même un coup de jaja pour les matineux.

A qui croyait-elle parler cette Vénus du laitage ? J'avais beau avoir bu, je ne laissais pas ma dignité se commettre où bon lui semblait. Incapable d'improviser, je m'en remis au par cœur pour l'épater, et lui servis d'une élocution pâteuse une sérénade emberlificotée dont la composition fut à peu près ceci :

Comme je descendais des fleuves impassibles,
Je ne me sentis plus guidé par les buveurs,
Les sons et les parfums tournent dans l'urinoir,
Et le désir s'accroît quand l'effet se recule.

Séverine avait sifflé comme elle aurait appelé son chien.

— Champion l'artiste ! Ah mais, dis-moi, t'as le pinard lyrique, t'as pourtant pas l'air d'un intellectuel !

Un soir de bière brune à Londres
Un soir l'aigle du vin planait dans les bouteilles...

— C'est surtout dans ton ciboulot qu'il fait du ramdam, l'aigle du vin. Comme avec le boche, Nietzsche qu'il s'appelle, sauf que toi t'es juste un peu bourré.

Que me chantait-elle cette madone du lipide ? Le nom du grand Nietzsche avait heurté mon attention comme l'éclat d'un grand phare, et mon étonnement ne lui avait pas échappé.

— Y a pas que toi qui es fortiche, reprenait-elle, chacun son truc. Moi aussi je connais de belles phrases, écoute ça : « Quel dommage que Dieu n'existe pas, lui au moins il m'aurait compris... »

Il faisait grand jour. J'étais ahuri. Séverine épiait ma réaction qu'un malaise intermittent m'empêchait d'exprimer librement. Je craignais surtout de l'exprimer par l'estomac. Néanmoins j'étais édifié. On se croit perdu, et voilà qu'une destination s'offre à vous. J'avais donc accepté le coup de rouge et le brie qu'elle m'avait servis sur une caisse en retrait de l'étal. Les maraîchers allaient et venaient, lui jetant des mots polissons. Je tombais de sommeil. J'en profitai pour aller piquer un roupillon dans la camionnette de Séverine où concertaient les plus beaux fleurons de la fromagerie française. Il faut croire que j'avais plu : j'étais invité le soir même à dîner chez elle.

*

Séverine habitait en banlieue, un pavillon. J'arrivai à pied. Une heure de marche. Chemin faisant, j'avais ramassé des fleurs sur le bord de la route, histoire de n'arriver point les mains vides.

Je reconnus la camionnette à l'ombre d'un châtaignier, dans une cour où s'élevait sur deux étages une petite maison décatie. Volets verts percés d'un cœur. Une plaque en émail sertie de bambou portait un nom : « Tou-Skim-Fo ». Du linge était pendu sur un fil. Ce jardinet gréé de sous-vêtements féminins me troublait. Je n'aimais rien tant qu'être le passager clandestin de la vie privée d'autrui.

Je sonnai. Une vieille femme accourut, l'air extasié. « Ah le voilà, le voilà ! » C'était Mme Gautron. Depuis qu'elle avait perdu son mari, elle saluait sa résurrection dans chaque visiteur.

Comme elle me certifiait que je n'avais pas changé, Séverine arriva. « Maman, hurla-t-elle, c'est Marc, le fils du pharmacien. » Et à moi, en aparté : « Faudra t'y habituer, mon coco, sa raison déménage. »

Séverine me précéda dans un corridor en foutoir qui desservait une cuisine-salle à manger nantie d'un ameublement disparate : chaises de bazar, table faussement rustique, récipient sino-japonais où Séverine installa ma gerbe, buffet en pitchpin dont le plateau disparaissait sous les feuilles de Sécurité Sociale, et où trônait un pense-bête manuscrit que l'œil télescopait dès l'entrée : PAPA EST DÉCÉDÉ LE CINQ AOÛT 1950. LES OBSÈQUES ONT EU LIEU MARDI SEPT AOÛT À DIX HEURES ET LA MESSE A ÉTÉ FAITE PAR L'ABBÉ CLOCHEAU. LE TOUT A ÉTÉ PAYÉ AVEC L'ARGENT DE PAPA PRIS SUR SON COMPTE DE LA SOCIÉTÉ GÉNÉRALE.

— Papa est mort, biquet, comme tu peux voir. Mais le soir même de sa mort, Maman ne s'en souvenait plus et réclamait après lui. D'où l'écriteau.

— Et les frais d'obsèques ?

— Tu comprendras en visitant la maison. L'argent, c'est sa folie. Elle croit même que je convoite les billets périmés que je lui donne tous les mois pour qu'elle ait l'impression de faire fortune. Alors elle change de cachette, elle se lève la nuit, remue des armoires, creuse le plancher. En ce moment, son fric, je ne serais pas étonnée qu'il soit à la cave au milieu des bouteilles vides... Non non, elle est sourde comme un pot, reprit-elle, en me voyant tourner les yeux vers sa mère.

— En somme, dis-je, on peut y aller franco.

— Franco mon loulou, et ne t'étonne pas si elle

te donne toutes sortes de noms. Tiens, regarde...
C'est le fils du pharmacien, maman.

— Il ressemble à Jeanne. N'est-ce pas Jeanne ?
Et comme je ne répondais rien.

— Mais répondez-moi, Jeanne, quand je vous
parle.

— Bien sûr, maman, c'est Jeanne tout craché. —
Et à moi : — Elle oublie tout, presque tout, je ne
suis pas sûre de l'aimer follement.

Et tout en préparant un cacao que je n'avais pas
réclamé, Séverine m'expliqua qu'elles n'avaient
pas toujours cohabité sa mère et elle :

— Il y a cinq ans, j'avais un petit fiancé dans la
triperie, calibreur de porcs. Elle ne voulait pas le
voir. Elle avait bien trop peur de rester seule. Le
jour où j'ai amené Gérard de force à la maison, elle
m'a dit devant lui : « Tu ne vas quand même pas
épouser ce laideron. » J'ai claqué la porte. On est
restées un an sans se voir. J'avais des nouvelles par
la voisine. Puis quand ç'a été fini avec Gérard, je
suis revenue.

Séverine fut pour moi de ces femmes qu'on ne
perd jamais tout à fait de vue. Jusqu'à mon départ
pour Alger, la villa Tout-Skim-Fo devint la tanière
où j'allais me ressourcer chaque fois que le climat
familial tournait au vinaigre. Un jour, Tim nous
avait rencontrés Séverine et moi main dans la
main. Qu'en avait-il déduit, je ne sais pas, mais il
usait depuis à mon égard d'un dédain matrimonial
qu'on peut résumer ainsi : « Voilà bien la chance
de ta vie : épouser une gagneuse en produits
laitiers qui te fournira l'argent de poche. »

Matière grasse et matière grise — Séverine était
un personnage harmonieux, indifféremment doué
pour le corps et pour l'esprit. Licenciée de philo,
elle était repassée dans le camp du prolétariat pour

cause de décès. J'eus bientôt chez elle ma serviette et mon rond. Ma clé aussi, mais ce ne fut pas une trouvaille, attendu qu'elle m'inspira cinq ans plus tard un fric-frac assez vaseux. L'improviste et l'imprévu, mes spécialités touchaient en elle un esprit d'aventure qu'elle redoutait d'exercer. J'arrivais toujours à la bonne heure et quelquefois nous nous croisions, elle partant au travail, moi venant relâcher pour cuver.

Séverine absente, je fouillais la maison. Je ne trouvai rien sauf à terre où Mme Gautron, sa mère, avait la manie de tout jeter, manifestant par là que sa vie n'était plus qu'un déchet. Partout traînaient des bouts de papier, des billets noircis : comptes de souris apothicaires indiquant les ingrédients d'un budget qui eût réduit à la famine une poupée. Ses harpagonnades étaient tempérées par un quatrain sentimental recopié mille fois et mille fois semé, dans cette maison où, de son propre aveu, elle allait « tournant et ratournant ».

Je n'ai pas oublié le quatrain :

> *Mon cœur jamais n'aura*
> *Un autre amour que toi,*
> *Toujours il t'aimera*
> *Il a fixé son choix*

Ces inclinations au chaos avaient leurs contraires, de formidables séances d'argenterie qui pouvaient durer la journée. Ce qu'elle faisait de mieux, c'était éplucher à toute allure les haricots vert en un véritable ballet digital : le pouce et l'index décapitaient les extrémités, les autres doigts servaient d'antichambre.

— Comment vont Marc et Benjamin, Jeanne ?
— Ça va, ça va, on ne peut pas se plaindre.

Sa jugeote avait déjà pris la rocade, elle ne m'entendait plus. Ses yeux ne captaient pas mon image, ils déversaient sur moi leur délire intérieur. Et comme elle avait le chic pour vous enrober indéfiniment dans le miel de cet œil noyé, je rompais le charme en allant ouvrir le robinet de la cuisine à grande eau, ce qui lui titillait la vessie et la précipitait au petit coin. Porte grande ouverte, elle urinait debout, la blouse en l'air. Je ne pouvais m'empêcher d'aller dérober cette vision qui rebutait l'esthétique, renforçait mon pressentiment que l'humanité n'allait pas fort et qu'il était fou de vouloir l'affecter d'un absolu.

Ladre, elle l'était jusque dans ses instants d'intimité. Elle ne tirait pas la chasse d'eau, par souci d'économie, et faisait sécher le papier toilette usagé sur le bord du lave-main. Du coup, mes urgences personnelles, je les gardais par-devers moi ou pour le fond du jardin. Et depuis la villa Tou-Skim-Fo, c'est toujours avec un certain dégoût que j'ai succédé à un vieillard dans les toilettes.

XI

Séverine n'était pas vraiment jalouse, elle était seule. Elle était seule et nous devions l'être ensemble. Et le temps pouvait couler, s'écrouler autour de nous, elle trouvait ça bon que nul ami n'interférât jamais avec ces après-midi à n'en plus finir que nous remplissions de caresses et d'ennui.

Les autres étaient ma drogue, elle le savait, elle faisait tout pour m'en guérir. Le bifteck surépais, le fromage au lait de brebis, le passetoutgrain choisi par feu son père, la tourte au saumon, les draps frais, le linge aromatisé, tous ces trésors de la vie quotidienne, elle me les prodiguait comme on réfute un à un les arguments d'un patachon : « Tu vois ce qu'est ma simple présence : une île aux merveilles. »

Je n'aurais pas su la détailler physiquement. Je m'étais d'abord mépris. Je l'avais crue blonde : elle tirait vers le roux selon ce coloris vieil or qu'on dit vénitien. Je lui croyais les yeux noirs : ils étaient d'un bleu retentissant. J'y voyais jouer des quartz, perler des gemmes, et s'ébattre une euphorie minérale et miniature invisible au premier coup d'œil. Je l'avais crue maigre : elle avait la courbe somptueuse, taille fine et croupe hardie ; des cuisses musclées, des pieds soignés comme des mains et joueurs comme deux jeunes chats.

Elle aimait l'amour. Mais sa tendresse au lit faisait des ravages. Une sensualité d'aspirateur. Après un laps copieux de bon temps, Séverine était toujours sur sa faim : « Prends-moi, Marc, prends-moi », rugissait-elle en appuyant le souhait d'un coup de reins. « Mais je ne fais que ça », répondais-je, un rien froissé, sentant poindre le démon du sommeil. « Vas-y, Marc, vas-y, mon Dieu quel cerf, vas-y biquet. » Le cerf-biquet ne voulait pas y aller. Il n'avait plus de quoi, tout simplement. « Mais tu as déjà joui dix fois », se plaignait-il. « Et toi quatre, hein, mon taureau d'amour, quatorze fois qu'on s'est fait sauter la banque à nous deux, oh la la tu m'as tuée, je vais dormir un peu si tu veux bien. »

Car le beau rôle m'incombait toujours et quand j'implorais grâce, elle s'arrangeait pour que ce fût moi qui la lui accorde. Hélas, le plaisir agissait sur ses nerfs telle une caféine. Elle peinait ensuite à trouver le sommeil et monologuait jusqu'à l'aube à mon côté, questionnant et répondant sa main dans la mienne.

A cinq heures du matin, c'était la philo, sa vocation primitive qui la tarabustait. Son esprit était ainsi meublé qu'entre la fourme d'Ambert et le reblochon, il y avait place pour Hegel, Sartre ou Platon. « Ce n'était pas très malin quand Bergson disait que l'habitude commence avec la première fois... Qu'est-ce que tu en penses mon chéri ? » Mon chéri dormait. « Si je lui réponds que l'habitude finit avec la dernière fois, il se retrouve comme un ballot ! » Je ne répondais pas, mais je me sentais cajolé par cette voix dans la nuit, comme une veilleuse, émanant du vieux désir primordial que la vérité saute aux yeux.

Séverine était seule, et dans le fond je l'étais aussi. Nulle part, au milieu d'un groupe, je n'ai songé : « Je suis des leurs, je suis comme eux. » Pourtant je connaissais mon pouvoir sur autrui. L'idée me vint de mettre à profit cet ascendant. J'avais des femmes à gogo, mais pas un sou : elles paieraient donc, mes bien-aimées, pour sauvegarder nos échanges, ou s'iraient faire cuire un œuf. Je ne formulai pas d'emblée ma vénalité mais, de fait, à dix-huit ans, j'optai pour les amours solvables et je n'ai pas changé.

J'aimais la femme aussi pour la femme. Pour l'attendrir, l'émerveiller, la préférer, devenir son dieu. Je les aimais toutes, et toutes me manquaient. Mon drame était d'imaginer de par le monde ces milliards de beautés qui, m'ayant connu, ne m'auraient jamais oublié. Rien n'est désirable comme le désir d'une femme, rien, je ne me suis jamais refusé même à certaines créatures sur qui je ne me serais pas seulement retourné dans la rue. Il entrait du mépris dans ces hommages purement sensuels, sans lendemain, distribués par faiblesse et pour la simple volupté de n'avoir pas laissé vacante une intimité qui s'offrait. Par un tel donjuanisme, j'écartais la mort, fêtais l'instant, la femme en tant qu'ivresse nécessaire à mes instincts, mais je ne paradais pas. Je résolus d'avoir des femmes à fric, et j'en eus. Je m'en féliciterais quelques mois plus tard, à l'armée, en voyant rappliquer les mandats parfumés. Depuis cette époque, j'ai conservé la manie de me précipiter au courrier dans l'espoir d'y trouver un chèque.

*

Parallèlement, je fréquentais Toinette, fille de Mme Horn qui tirait profit à Montalbec d'un créneau florissant : l'obésité. Créature de fort calibre, Mme Horn avait une boutique intitulée « Vénusial ». Elle prospectait la femme forte et s'engageait à l'affiner par un plumage approprié. Elle excellait à l'hypnose commerciale, et savait toujours quel biais flatter chez les dondons pour leur caser, par exemple, une grande toge d'un bleu naval censée camoufler les girons de tonnage excessif. Elle usait de slogans racoleurs : « Il n'y a que les femmes bien en chair qui vivent de grandes amours » ; « Ne maigrissez pas : les maigres, c'est mesquin et vieux jeu. »

Toinette était vieux jeu. Elle avait vingt-cinq ans, mais elle en marquait tout juste vingt. Son prénom se dédoublait dans tous les qualificatifs qu'elle inspirait au primesaut. Elle était brunette, gentillette et tristounette. Selon la rumeur, son père était mort en déportation. La tornade maternelle avait soufflé cette bougie qui peinait à brûler.

Que faisait Toinette ? Rien, elle devenait, survivait. Son père, en mourant, l'avait laissée rentière. Elle avait toujours beaucoup d'argent sur elle. Mais si pour sa mère un sou était un sou, par le simple fait qu'un sou est du même sang que la plus ronde fortune, un sou pour Toinette était comme la plus ronde fortune : une commodité sans magie qu'elle dépensait d'un cœur léger.

Toinette était libre comme l'air : un air confiné qu'elle rechargeait en oxygène à mon contact.

Je l'avais rencontrée au T.C.M.M. (Tennis Club Municipal de Montalbec) où j'enseignais les rudiments d'un sport que j'ignorais éperdument. « Pas besoin de savoir jouer m'avait dit la gérante,

Mme Vuchot, tu t'entraînes au mur quelques heures, je te prête une raquette et tu te lances. — Mais qu'est-ce que je vais leur raconter ? avais-je objecté pour la forme. — Ce que tu veux, c'est ça le commerce. Et puis ne t'inquiète pas, je ne t'enverrai que les mijaurées. Au bout de cinq minutes, elles sont à plat. »

Toinette avait été ma première mijaurée. Socquettes, jupette, chemisette et raquette : toujours ce prénom qui se faufilait partout.

— Vous débutez, avais-je hasardé prudemment ?

— Oui, enfin non. J'ai beaucoup joué avec maman étant petite. Mais je voudrais améliorer mon revers.

Elle disait maman, au lieu de « ma mère » comme si je faisais déjà partie de la famille.

Par précaution, Mme Vuchot nous avait attribué le court du fond, loin des regards compétents. Le revers, méditais-je en sortant du Club-House, c'est bien le coup qui se trouve à gauche, celui-là ?...

Il bruinait. La terre battue collait aux semelles. J'étais mal à l'aise en raison d'un short beaucoup trop vaste à mon gré, mais « juste à point » selon Mme Vuchot qui me l'avait prêté. « Un short, m'étais-je cabré, ce n'est pas du rôti, il n'est pas à point, saignant ou bleu. Il va ou il ne va pas. — Juste à point, Marc, juste à point. »

Toinette marchait près de moi.

— Je vous paie d'abord ou après la leçon ?

Fluette était la voix.

— Payez-moi maintenant, comme ça ce sera fait.

J'entrevis dans son sac le millefeuille d'une liasse. Elle détacha une coupure et me la tendit comme s'il se fût agi d'une feuille morte. Je n'avais pas la monnaie.

— Ce n'est pas grave, ce sera pour la prochaine fois.

La séance, on s'en douterait, fut un fiasco. Toinette délivrait ce que j'estimais des bolides. Incapable de les renvoyer ou même de les toucher, sauf par miracle avec des répercussions imprévues vers les courts voisins, je simulais la désinvolture hautaine du praticien qui fait jouer l'élève et ne joue pas lui-même, se contentant, raquette à la main, de décortiquer savamment les maladresses du client. J'avais lu dans une brochure appartenant à Mme Vuchot que le revers était « un lâcher de bras ». Je m'agrippais à la formule et la pressurais : « Lâchez le bras dans la balle, c'est ça, lâchez-le bien, voilà, comme ça. » Au bout d'une heure, j'étais hors d'haleine. Si j'avais retourné cinq balles, c'était le maximum. Toinette avait l'air enchantée. Elle faisait risette, et ses petits seins mus par l'essoufflement tendaient le maillot.

— Vous voulez boire quelque chose ?

J'avais dit oui. Je me croyais démasqué, mais pas du tout. A moins qu'elle n'ait pas éprouvé le besoin de me confondre.

— Alors, ce revers ? avait demandé Mme Vuchot.

— Très bien, avait dit Toinette, mais je crois que M. Frocin n'a pas entraîné mon revers aujourd'hui. Ce sera sans doute pour la semaine prochaine. — Voyant ma stupéfaction, elle avait ajouté presque en s'excusant : — Je suis gauchère, et chez moi le revers est de l'autre côté.

Grâce à Toinette, je fis des progrès rapidement. Quand je ratais certains coups que seul un débutant comme je l'étais peut rater, je croyais judicieux d'observer : « Décidément l'alcool ne me réussit pas. » Toinette me réglait toujours d'avance et chaque fois c'était le même kilo de billets lestant son sac à main. Elle m'avait demandé poliment si je faisais des tournois « en ce moment » et si j'étais « toujours classé ». J'avais répondu qu'une déficience vertébrale, hélas, m'avait obligé trois ans plus tôt à laisser tomber la compétition.

Au bout de six leçons, elle m'avait invité à déjeuner « à la boutique ». Un samedi midi, je m'étais retrouvé l'attendant parmi d'imposantes mégères qui tâtaient d'un œil soupçonneux mon académie longiligne. Un mois plus tard, j'avais mes habitudes chez Vénusial. Mme Horn semblait m'apprécier. Je requinquais sa fille, elle m'en savait gré. Toinette m'avait abandonné sa virginité sans dire un mot. Je l'avais prise un soir dans les vestiaires du tennis, quelques minutes avant la fermeture. Elle s'était laissé déshabiller, puis allonger sur le carrelage humide et rien dans son expression ne manifestait l'offrande ou le refus. Elle avait saigné d'abondance, une véritable hémorragie qui m'avait paniqué — mais non pas elle. A la vue du sang, elle avait eu l'air déçue. J'avais nettoyé comme on efface les marques d'un crime et, tandis qu'elle se douchait, je m'interrogeais si j'avais fait l'amour ou commis un viol.

Depuis, je la prenais à raison d'une fois par semaine, et jouissais violemment dans ce corps aux sensations engourdies. Chaque fois je redoutais l'interruption des règles et, ne voyant rien venir, j'avais conclu que cette partenaire au sang froid n'était pas plus douée pour la maternité que pour le plaisir.

*

Tant bien que mal, je m'évertuais à cloisonner mon destin, cachant Toinette à Séverine, Séverine à Toinette, et me cachant, moi, dans tous ces rôles où je me croyais dispensé de vivre « *au naturel* ». Je n'allais plus au domicile familial que pour relever mon courrier. Zoé m'écrivait régulièrement. Je maintenais son béguin sous pression par des serments d'amour fou. Je brouillais les pistes. J'étais chanteur pour Zoé, tennisman pour Toinette, et pour Séverine un semi-déserteur fantasque aux migrations inopinées. Je disais m'absenter cinq minutes et je rentrais trois jours plus tard. J'avais rencontré l'impondérable entre-temps, je m'étais enfui d'un programme et rendu libre pour mon seul seigneur : l'imprévu. « Je ne veux même pas savoir où tu es ni quand tu reviendras, protestait Séverine, je veux juste savoir si tu es en vie. »

J'étais en vie, et même en double vie, Zoé me le confirmait à grand bruit dans un style épistolaire écrasant d'ineptie :

*Smac, smac, smac, mon bibi d'amour, ah la la, comme je suis ta Zoé! Ta tout à toi! Ta c'est la mienne! Comme je t'attends, mon chéri rose. Et Didon aussi, qui aimerait bien te revoir. Je voudrais le crier à tous les clients du salon : « Mais je l'aime, bas les pattes, je l'aime! » Quand viens-tu? Je te veux, comprends-tu, mon cœur d'amour! M*me* Angèle me trouve insolente : « Pour moi c'est bientôt la noce que je lui ai dit, et avec un Monsieur, un vrai de vrai. » Rien que pour mon trésor, je me suis acheté un nouveau soutien-gorge, un noir, cœur croisé de Playtex, et puis la culotte assortie, sauf qu'en ce moment j'ai mes ragnagnas et que tu sais comment je suis alors, l'abattoir, avec ma Stéphanie Bowman par-dessus l'autre en plastique, et les couches de bébé et tout et tout. Tiens, que je t'embrasse encore, mon* *bichounet joli. Comme tu m'as donné chaud dans ta dernière lettre.*

Allez, j'y vais pour la dernière levée.

Ta Zoé.

Je répondais :

Mademoiselle,
Votre candidature est en tout état de cause à la hauteur de la situation postulée (je t'aime). Etes-vous dégagée des obligations militaires, franc-maçonne ou membre du Rotary club (je t'aime) ? Pour tout renseignement complémentaire, attendez d'y avoir été invitée par un agent du service. Au quatrième top, je t'aimerai encore et jusqu'à la fin des tops.

A quand ta peau comme un sorbet ? Tes yeux comme des citrons verts ?

Marc.

Et par ces entrechats nébuleux, j'acquittai les traites mensuelles d'une liaison dont j'aurais dû prendre congé sans délai.

Toinette écrivait aussi. J'ai conservé le message angoissant qu'elle avait laissé au tennis après que je lui eus posé trois lapins consécutifs.

Marc,
Je ne sais pas si le mot souffrir offre un sens pour toi. Rien n'est jamais grave après tout pour qui n'aime pas vraiment.

Toinette.

Ce billet m'avait ulcéré. Il dissipait un malentendu, le mien, sur lequel je m'estimais des droits exclusifs. Vexé à mort je m'étais présenté chez Vénusial avec l'intention saugrenue de réparer les pots cassés. Toinette était sortie. Mme Horn, à croupetons sur le sol, pavoisait un mastodonte hésitant pour la communion d'un filleul entre le fourreau lamé et la jupe ample avec bustier.

— Toinette vous aime, m'informa Mme Horn une fois la cliente hors de vue. En général, je ne m'occupe pas de ses affaires, mais je ne voudrais pas qu'elle soit trop déçue.

Je respirais mal. Tous ces coupons, tous ces lainages et tous ces tapis m'étouffaient. Je me sentais l'œil faux, mal centré. Je cherchais ma contenance, et pensais la trouver en me justifiant.

— Voyons, madame Horn, vous me connaissez, Toinette et moi nous entendons très bien.

Elle avait souri. Une flambée d'ironie avait subitement aiguisé ses traits.

— Je crois bien vous connaître, en effet. Je vous ai même connu plusieurs fois, il y a bien des années. Ce n'était pas vous personnellement, mais ça ne change rien. C'était le même art d'esquiver les responsabilités.

— Mais...

— Non non, je vous en prie, ne vous défilez pas. Je fonctionne à l'intuition, et vous ne m'enlèverez pas l'intuition que vous faites partie des joueurs avec les femmes, des mauvais joueurs. Croyez-moi, on ne trompe jamais une femme, on lui ment, mais il n'est pas d'alibi contre son intuition.

C'était bien envoyé. Je ne savais plus où me fourrer ni comment reprendre l'avantage.

— Je ne vois pas du tout où vous voulez en venir. Je ne mens pas à Toinette.

— Vous lui mentez, voyons, sur tous les plans. Directement puisque vous négligez vos rendez-vous. Indirectement, et c'est plus cruel, en lui laissant l'illusion qu'un jour vous ne lui ferez plus l'amour comme ça, comme on rend service, mais que vous l'aimerez pour de vrai.

Ainsi, elle était au courant.

— C'est pratique, une fille qui ne dit rien, ne reproche rien, n'interdit rien. Mais vous devriez savoir qu'un tel silence cache une sensibilité malade et si vous aimiez ma fille, vous auriez à cœur de guérir ce silence et non pas de l'utiliser pour vos sales petits besoins.

*

J'avais quitté Mme Horn au supplice. Boire, il me fallait boire, j'avais toujours besoin d'alcool quand la honte s'emparait de moi.

Le Bar de la Lune était tenu par un aveugle à moitié chinois surnommé Biglard. Il avait pour compagne Joëlle, un superbe brin de fille avec un faux air de Catherine Rouvel. « Une ancienne pute, affirmaient les mauvaises langues, elle veut tout lui piquer. » On disait aussi qu'elle était l'une des premières en France à bénéficier d'un transfert légal de sexualité. Née au masculin, elle avait grandi au féminin, silhouette androgyne et menton glabre. Un ministre dont elle comblait les vœux lui avait accordé l'ablation libératrice. Et s'étant de la sorte évanouie dans la nature, dans la sienne, Joëlle avait parachevé sa disparition en venant s'enterrer à Montalbec auprès d'un infirme radin qu'elle rendait fou de jalousie.

Etait-ce vrai ? Au bout du sixième pastis, à moins que ce ne fût le vingtième, j'aurais donné cher pour savoir ce qui se passait exactement dans le slip du travesti. Est-ce qu'il y a de l'homosexualité, pensais-je, à désirer pareille créature, et n'est-ce pas l'ancien homme, au fond, qu'on désire en elle ?

— Alors, Marc, toujours à vadrouiller.

Lulu me dérangeait dans mes réflexions, mais la solidarité des comptoirs a ses lois et je lui offris un pastis.

— T'en croquerais bien ! fit-il en voyant mon regard posé comme une main sur les fesses de Joëlle.

Je ne répondis pas. L'alcool m'égarait, je mélangeais tout. Tant pis pour moi, tant pis pour Toinette, tant pis pour mon père : il n'avait qu'à pas se lancer dans la procréation. Tant pis pour tout.

— Personne, mon pote, n'y a touché. C'est Biglard qui lui régale son cul, enchaînait Lulu. Deux ricards, la patronne, et saignants !

La pédérastie n'était pas mon fort. Je l'aurais déjà su. Le corps masculin, voix, poils et gros muscles me répugnaient. Mais le désir régnait en seigneur. Traître à son désir : jamais. Tout ce que j'aimais dans la femme était là chez ce beau garçon féminoïde aux doigts puissants. Je me miniaturisais pour voyager incognito sur son corps interdit. J'entrais sous le tee-shirt en coton, suivais une odeur chaude et poivrée jusqu'au bout des seins artificiels, surplombais un ventre plat que je descendais vers le delta du pubis... et là mon imagination s'effritait. J'avais faim. Pas l'appétit, la faim.

— Servez-moi un bœuf, criai-je, et deux tonneaux de sang !

La faim, c'est toute la frustration du monde harcelant l'espèce. Il me fallait d'urgence une explication avec la chair, un pugilat.

— On ne sert que les nouilles, ici, s'esclaffa Joëlle.

En prime elle était idiote. D'une idiotie qui faisait passer sur ses traits la torpeur d'un calme plat. Et si jamais elle avait un phallus, hein, mon beau désir, que deviendrait-on toi et moi, si le succube était membré comme un soudard ?

— Tiens Lulu, rebois un coup : tu nous remets deux ricards.

Guidé par le drelin des glaçons, je fusillai les deux pastis coup sur coup. Lulu siffla. Comme il me semblait lointain. Et si jamais la métamorphose était complète ?... Autant faire l'amour avec un infirme, un cul-de-jatte, un nain.

— On la fait au 421, celle-là ! s'exclama Lulu.

N'étais-je pas attiré chez les individus, les femmes en particulier, par ce qui justement les mutilait ? Séverine et Toinette avaient perdu leur père : mutilation affective. Joëlle avait abdiqué médicalement sa virilité : mutilation physiologique.

— Rampeau, beuglait Lulu, rampeau pour six fiches, à toi mon gros !

Les autres me séduisaient par leurs anomalies. J'étais toujours ému devant une lésion morale ou physique apparentant quiconque à moi.

— Trois as secs, tu ramasses tout et tu paies.

Mme Horn avait vu clair. Je décevais Toinette et tous ceux qui m'environnaient. Mais la vérité, c'était aussi que je voulais m'éclater avec Joëlle, homme, femme, ou n'importe quoi, que je voulais mettre la sphinge à poil et me rouler dessus.

— Merde, tu ne vas pas dégueuler. Si t'es malade, tu sors dehors.

— Et quand j'en aurai marre de sortir dehors et de descendre en bas, je monterai en haut, avais-je énoncé tandis que je me déversais en gémissant sur le comptoir.

XII

Cette nuit-là, je suis rentré chez mon père. Séverine ne m'aurait pas accepté dans un état pareil. L'auteur de mes jours a surgi en pyjama comme je refermais la porte avec des précautions d'ivrogne :

— Qu'est-ce que c'est que ce raffut ? Tu sais l'heure qu'il est ?

Incapable d'honorer dignement cette double question, je me traînai vers l'escalier sans répondre.

— Ce n'est pas un hôtel ici, Tim et moi on en a plus que marre de tes va-et-vient nocturnes.

La voix déclinait au fur et à mesure que je prenais de l'altitude. J'entendis encore :

— Et si tu dois continuer comme ça toute ta vie, ce n'est pas la peine de revenir d'Algérie.

Il y a des paroles qu'on devrait s'interdire, même au dernier degré de la colère. Je me suis affalé sur mon lit et j'ai sombré. Mais je n'ai jamais oublié cette petite phrase de malédiction qui, paradoxalement, m'a donné la volonté de refuser la mort quand tout semblait perdu. Le lendemain matin, ils sont venus me chercher. Deux flics un peu crispés par la consigne de ménager les pioupious récalcitrants. C'était vers midi. Papa pharmacopait dans son antre et Tim avait dû sortir. Pour ma part, je déssoûlais tant bien que mal, et plutôt très mal, après un sommeil blanchâtre et migraineux où je m'étais vu mangé par de minuscules crabes noirs. La sonnerie, presque inaudible au second, m'a glacé les sangs. J'ai sauté dans un slip et je suis descendu.

— M. Frocin, c'est ici ?

— Oui, à quel sujet ?

— M. Marc Frocin, c'est bien vous ?

— C'est mon frère, il est absent.

A l'évidence, ils se méfiaient. Ils me soupçonnaient de vouloir couvrir un frère aîné.

— Et on peut le trouver où... ce monsieur ?

— Je ne peux pas vous dire exactement.

— Et vous, vous vous appelez comment ?

Je me fis passer pour Tim. L'un des deux flics portait la moustache, une brosse taillée court qui m'horripilait. Il opinait du bonnet, comme s'il appréciait la sagesse de mes propos.

— Si on ne joint pas votre frère, il va être porté déserteur. Alors, un conseil, monsieur Frocin, si vous voulez lui éviter des embêtements, le mieux, c'est de nous l'envoyer au plus vite.

Ils sont partis. Pourvu qu'ils n'aillent pas vérifier mes déclarations chez mon pharmacien de père. Et si c'était lui qui m'avait donné ? Cette fois, j'étais en cavale, et pour de vrai. Je pouvais me réfugier chez Séverine. J'éplucherais les haricots verts de Mme Gautron, me consacrerais à dépister son magot, boirais les bons vins, et ne sortirais plus qu'à la nuit tombée.

Cinq minutes plus tard, les flics rappliquaient. Mon père ouvrait la route, hilare, et tout content de leur annoncer que « l'appelé », c'était moi.

— Et pour fêter ça, vous prendrez bien une petite goutte, messieurs.

— Jamais pendant le service, merci.

J'ai fourré quelques effets civils et mes romans de Conrad dans un sac de sport, j'ai salué mon père sans l'embrasser, suivi les agents. On a marché jusqu'au commissariat. Ils discutaillaient du meilleur appât pour le goujon. Comme d'habitude il pleuvait. Bizarrement, je me sentais allégé. Je regrettais seulement de n'avoir pas eu le temps de tirer un dernier coup avant de partir.

Carnets d'Algérie

XIII

L'Armée m'inspirait des sentiments divers. Je sentais partir en fumée tous mes beaux instants frais, tous mes instincts que s'adjugeait la Nation. Mais je savais mon antimilitarisme coriace, et me voyais mal faisant de vieux os sous les drapeaux.

Pour la première fois je voyageais à l'œil. Cette impression de gratuité me chatouillait délicieusement la région du cœur où « ne pas payer » reste un plaisir d'enfant. Sur le chemin de la gare, mon sac à la main, je ne cessais de répéter « ah les cons, les sales cons ! » J'englobais les bourgeois, les flics, les colonies, les ministres, et tous ceux par qui se faire trouer la peau devient un jour une question d'honneur.

En fait, les cons, c'était nous, nous les appelés dans cette guimbarde à vapeur qui ferraillait vers Marseille. Une brocante humaine. Des paumés, des meneurs, des bouseux, des comiques, et même des salauds qui commençaient d'avance à croquer du fell, sous prétexte que ces enfoirés de ratons « nous chiaient dans les bottes ». Mais la plupart des conscrits l'avaient mauvaise. Leur feuille de route : une étoile jaune, un signe infamant. Les rappelés fulminaient. C'était la seconde fois qu'ils quittaient femme, enfants, métier pour les beaux yeux du Pays.

Rebelle aux ébats grégaires, j'avais d'abord fait bande à part. Toinette, Jacquotte, Séverine, Milord, Tim, mon père, les tours de roue brassaient et broyaient les souvenirs. Comme si ma mémoire et ma peau se désaccordaient. Puis au bout du wagon, calé sur un strapontin, j'avais repéré un type frisotté, rougeaud, perdu dans un gigantesque manteau à revers. Je l'avais abordé comme dans les plus mauvais films, en faisant jouer la solidarité des fumeurs.

— T'as pas du feu, la classe ?

Il s'était mis à fouiller ses poches à grands gestes nerveux.

— Non, je suis désolé, d'ailleurs je ne fume pas.

Puis soudain, d'une voix précieuse illustrée d'un mouvement des mains qui semblait en régler le débit :

— En plus, je suis instituteur, et je ne voudrais pas polluer mes ouailles.

Il regardait par la vitre en parlant. J'avais l'impression d'avoir ses doigts nerveux pour interlocuteurs.

— On n'imagine pas comme la cigarette est nocive.

Il se mit à grandiloquer avec bruit. Je faisais semblant d'écouter. Sa faconde ouvragée semblait lui servir de sémaphore entre lui-même et la vie.

On entendait une chanson venant d'un compartiment : « Tu m'as donné cent sous pour acheter des bretelles, j'ai gardé les cent sous, j'suis allé au bordel. »

L'instituteur continuait à palabrer.

— Car étant d'un naturel pieux, j'ai foi dans

104

l'humour évangélique et je suis sûr que Jésus s'amuse à multiplier les signes. Jésus est joueur...

L'humour évangélique !... J'aurais bien voulu qu'il m'éclairât cette lanterne en peu de mots. Je lui en fis part.

— Passionnant, passionnant, commença-t-il, buvant le petit lait de ses dadas favoris...

Les doigts en râteau, il sarclait une frange artificiellement rabattue sur un front que je soupçonnais boutonneux.

— Oh ! Je pourrais noyer le poisson, m'en tirer par des clichés, et vous servir tout à trac l'épopée du Sauveur, des martyrs et tutti quanti.

Une fille passa, dix-huit ou vingt ans. Vision d'un autre monde. Il me semblait que sa main ne se refermerait plus jamais sur la moiteur d'un sein. Je surpris l'instituteur lorgnant les fesses à la dérobée. J'en profitais pour faucher sa démonstration en plein vol.

— Au fait, comment tu t'appelles ?

— Pescatore, un nom provençal qui veut dire pêcheur. Ce qui est remarquable c'est l'accointance entre pêcheur et pécheur. Ce qui me ramène à mon propos concernant le Christ...

Il me fatiguait avec son Christ.

— Tu m'attends une seconde, interrompis-je avec un clin d'œil qui signifiait : urgence intestinale, et je lui tournai les talons pour gagner les vécés.

Je rabattis le couvercle noir sur le fracas des roues et des rails et m'assis. A moi mes souvenirs. Tous étaient morts. D'où j'étais, je pouvais manœuvrer le loquet commandant l'ouverture de l'eau qu'un écriteau polyglotte affirmait non potable. Un filet tiédasse hoqueta. Je bus à longs traits. Nous étions deux contraire, Pescatore et moi. Je ne prenais pas l'existence au sérieux. Je n'avais pas de certitude religieuse et pas un sou d'ambition morale, j'étais égaré dans mon époque. Je rêvassai de la sorte un moment, tirai la chasse d'eau, rejoignis l'instituteur.

Il se remit à parler.

— Il faut que je vous raconte l'histoire du perroquet ventriloque, c'est vraiment mourant...

Sur ce dernier mot, moi qui l'écoutais d'une oreille évasive, je me vis mourant à mon tour, mourant d'une mort que je ne me figurais pas, mais qui me surprendrait tôt ou tard au tournant du destin, et je me sentis désespérément seul dans cette peau que la Patrie réquisitionnait pour la vêtir à ses couleurs.

— Une bière, proposai-je à l'instituteur, espérant conjurer le mauvais œil.

— Oh que non, dit Pescatore, je ne fume ni ne bois, l'alcool est un ver dans le fruit du neurone.

Ses tournures alambiquées m'épuisaient. Il me rappelait ma cousine Agnès, une moralisatrice à tout crin dont mon père était fou, depuis qu'elle animait des émissions de radio sur la jeunesse délinquante : « Tu devrais prendre exemple sur Agnès au lieu de faire le flambart », me serinait-il chaque 1er janvier : seule fois de l'année où Miss Pèt'sec daignait s'arracher aux délices nîmoises, et venir jusqu'à nous. Fin de repas, cigares et cognac à l'appui, Tim et moi l'attirions vers ses marottes. « C'est quand même affreux ce qui se passe en Indochine. — Absolument affreux, renchérissait Agnès. On s'en veut de manger du foie gras quand on pense à tous ces pauvres gens qui n'ont même pas une boulette de riz à se mettre sous la dent. »

Mais les scrupules, quoi qu'elle en affirmât, n'allaient pas jusqu'à lui couper l'appétit. Sa ration de foie gras, Agnès l'avait descendue d'un cœur et d'un estomac légers. On ne comptait pas les tranches de gigot qui avaient défilé dans son assiette. A présent, sa part de vacherin n'ayant fait qu'une brève apparition sous sa fourchette en vermeil, elle faisait pleuvoir les beaux sentiments et tartuffait vent portant. Il est ainsi une race d'humains qui nagent dans le sublime, et se croient préposés par nature au redressement du mal chez autrui. Comme Agnès, Pescatore ne pouvait pas résister au plaisir de m'évangéliser.

Nous remontâmes le couloir. A mi-wagon, un « salut la classe » amical nous enjoignit de trouver place, au milieu de sept gaillards passablement éméchés. Un litron circulait de main en main comme un baigneur. Mon tour vint. J'entonnai la bouteille, puis la fis passer à l'instituteur qui, l'air empoté, voulut la refiler à son voisin sans avoir bu.

— Non, me fit-il timidement, comme si boire était une langue étrangère qu'il ne parlait pas.

— Ça ne te bouchera pas le trou du cul, jeta un grand type jovial aux cheveux de paille, un paysan si l'on en croyait son teint rose et ses paluches de cyclope.

— Mais si je suis malade...

Un éclat de rire unanime accueillit l'objection. Un petit gros dont je sus bientôt qu'il s'appelait Magor affirma qu'il fallait boire, et puis boire encore, et surtout ne pas hésiter à faire des mélanges.

— Une fois que t'es bien pété, t'es blindé mon pote. Et plus que tu bois, mieux que tu baises. C'est des conneries ceux qui disent que l'alcool te la coupe.

Pescatore restait muet. Muet d'horreur. Cette

107

invite expresse à la dépravation, il n'osait pas y répliquer ici par une giclée d'humour évangélique.

— Je me rappelle qu'une fois, reprit Magor, j'avais dégoté une grosse dans un bal, je l'ai montée dehors cette salope. Putain, c'était pas le confort. Elle avait le cul dans une poubelle, et je te jure que je tenais une sacrée muflée à la bière et au jaja. Mais la trique, mon pote, je l'avais, une queue de pelle, on est bien resté deux heures à se défoncer le barbiquet dans la poubelle, tiens ça puait le pourri, le lendemain j'avais encore des coquilles d'œuf plein le calebar.

Et montrant soudain qu'il avait de la suite dans les idées :

— Allez... bois un coup, puisque tu ne peux pas le tirer, bois-le.

Effrayé, l'instituteur porta le goulot à ses lèvres. Il ne savait pas boire à la bouteille et sa façon d'ouvrir la bouche était obscène, on aurait dit une fellation.

— Moi, une fois, j'ai sauté une copine à ma sœur qui jurait qu'on ne l'aurait pas avant le mariage.

Autant Magor paraissait dire vrai, autant celui qui le relayait sur le terrain des hauts faits sexuels semblait tartariner.

— J'ai commencé à la peloter, elle me disait « arrête » mais je continuais. Finalement, je l'ai emmenée dans la chambre de mes vieux qui s'étaient barrés au ciné. Au début, elle ne voulait pas, puis quand je lui ai mis la main, c'est elle qui réclamait.

Le compartiment l'écoutait par désœuvrement. Il ennuyait tout le monde. Un ange ivre mort passa. Le plop d'un bouchon doublant un instant le bruit du train annonça l'apparition d'une seconde bouteille. Je me décidai à placer mon grain de sel.

— Elle est classique ton histoire, annonçai-je.

— Mais oui, tu nous fais chier, renchérit Magor. Et qu'est-ce que tu voudrais ? Que les nanas se baladent avec une casquette de chef de gare où c'est écrit BAISEUSE.

— Parce que si tu cherches une histoire dégueulasse, continuai-je avec un clin d'œil à Magor, je connais une fille qui s'est fait éclater la membrane par son cocker.

C'était tiré par les cheveux mais véridique. Un après-midi d'été, j'avais surpris une amie forniquant avec son clébard sur le bord de sa piscine. A peine gênée, elle m'avait informé qu'elle s'était assoupie, et que ce polisson de Nanouk en avait profité pour lui grimper dessus. Si je souhaitais succéder au chien, elle n'avait rien contre.

— Ah les salopes, articula Magor.

Voulant participer, Pescatore cita une revue de sexologie américaine où l'on décrivait des accouplements d'humains avec des animaux.

— Ils appellent ça la bestialité, expliquait-il gravement... lorsqu'il fut précipité à bas de son siège par un arrêt brutal.

— Ça commence bien, fit le paysan, qu'est-ce que c'est que ce bordel.

Dans le couloir, on se pressait autour des vitres baissées. La campagne avait recouvré son immobilité plantureuse : verdure à profusion, vallonnements bleutés, gazouillis, senteur des foins, azur. Et si je m'évadais ? J'espérais d'abord savoir qui j'étais, un lâche ou un brave. Pourquoi la réponse m'échappait-elle ? Eux, tous ces gamins bâtis en hommes, ils ont l'air de savoir. On va leur coller un fusil entre les mains, et ça leur paraît normal. Moi, ça m'affolait. On ne peut rien prendre au sérieux quand on marche au flair. On aperçoit la mort avant tout le monde, on la devine embusquée dans un regard, dans une main trop moite, le moindre bobo l'annonce, tout ce qui cloche est porteur de drame, et tout finit par clocher quand on y regarde bien.

— Enfin merde, y repart ou y repart pas ce con de train ! beugla une voix quelque part, une voix humaine assortie forcément des accessoires habituels, un visage, un corps sensible au froid, des projets et des chagrins d'amour.

— Les trains français sont encore réputés pour être les meilleurs du monde, énonça Pescatore.

Tout en défendant l'Administration, l'instituteur avait tiré d'un sac en papier deux sandwiches rebondis. Il était onze heures, et je ressentais moi-même un creux. Imitant Pescatore, tout le compartiment se mit alors à déjeuner. Je n'avais rien prévu. Magor m'offrit un œuf dur « tout frais sorti du cul de la poule ». J'en aurais bien avalé cinquante. L'instituteur mangeait à grosses bouchées bruyantes et se léchait les doigts. Il ne fallait pas compter sur lui pour du rabiot. D'ailleurs, il se détournait pour dissuader un emprunteur éventuel. Le paysan blond m'offrit de piocher dans un sac d'abricots qui constituaient, me dit-il, sa principale alimentation. Je détestais les abricots, mais ne sachant pas dire non, j'acceptai. Je lui demandai pourquoi il glissait les noyaux dans sa poche. C'est exprès, m'expliqua-t-il. Chaque soir, il faisait le compte des noyaux et le reportait sur un carnet. En fin de mois, il savait à un abricot près le montant de sa consommation. « L'abricot, c'est le thermomètre à ma santé. » Son record mensuel était trois mille deux cents abricots, soit plus de cent par jour.

Le train était reparti. Les yeux fermés, je me

laissais gagner par un sentiment d'abandon, flottant sur les eaux d'une indifférence massive à l'égard de tout. Je n'avais pas de fiancée, pas d'enfant, pas d'amis. Je n'aimais pas ma famille, j'étais ma seule attache et mon seul entourage.

— Le mec qui a tiré le signal, ça c'est un chef, lança Magor, mais ça va barder pour lui.

— Pas si on recommence, proposai-je alors à travers un demi-sommeil. Les sanctions collectives sont toujours moins lourdes que les sanctions individuelles.

L'idée fit école aussitôt et le signal fut actionné plus de vingt fois. A chaque arrêt, les troufions descendaient du train, cueillaient des coquelicots sur le remblai, s'égaillaient ou se couchaient sur la voie devant la locomotive, insultaient le chauffeur. Les sous-offs chargés de l'encadrement nous promettaient monts et merveilles, mais sans trop insister de peur d'une mutinerie générale.

Les flics nous attendaient à Marseille, de beaux C.R.S. pur sang chatouilleux du gourdin qui nous ont fait monter dans des fourgons brûlants. Camp de transit, cachots, interrogatoires : « Avoue que tu es un meneur, un syncidaliste, un objecteur de conscience, un coco, un pourri. »

Trois jours à ce régime, et la troupe fanait sur pied, épuisée par la ragougnasse et le dressage politique auquel s'acharnait la Sécurité militaire.

Le drapeau français, au milieu du camp, on ne comptait plus les fois où, dérision, rébellion, il était amené par les durs du contingent. « Allez sentinelle, casse-toi, ou on va te tailler un short. » Bien qu'armée, la sentinelle obtempérait, non sans avoir réclamé quelques horions comme pièces à conviction de sa loyauté.

Ce premier contact avec l'Armée française était

presque voluptueux. Tout se confondait, fondait dans ma tête et mon cœur. A travers les pins qui ceinturaient le camp et faisaient chanter la brise au goût fruité, j'apercevais la mer, j'entendais en contrebas sa respiration de bête comblée. Un baptême. Mélangée aux parfums terrestres, elle rougeoyait le soir dans la flambée d'un couchant qui pour moi préludait à l'Afrique. Le jour, elle verdoyait, bleuissait, poudroyait, se chinait sous l'ondée, j'étais sensible à ses palinodies qui me rappelaient la femme, et je rêvais d'embarquer. On m'avait coupé les cheveux, attribué un uniforme, et c'est vrai que superficiellement je me sentais uniformisé. Je bénéficierais sous peu d'une arme et d'une identité vierge. J'étrennais un personnage inconnu, sans savoir que mon nouvel aspect me ferait un jour horreur et que je me réveillerais la nuit pour hurler ma détresse.

XIV

La nuit, les cochons grognent. Impossible d'ajuster mon sommeil à ce raffut nasal, malgré les boules Quiès de fortune taillées dans un vieux slip en coton. Je n'en revenais pas d'être en Algérie, en pleine montagne, au cœur d'un silence de plomb saboté par des porcs. Je ne sais pas ce qui m'a pris de mettre Pescatore au courant de mes insomnies.

— Très cocasse, vraiment très cocasse, moi aussi je les entends. J'appelle ça : cacochonnerie. J'ai un truc pour relancer le sommeil. Je passe en revue tous les animaux comme les différents instruments d'un orchestre. L'oie, par exemple, elle cacarde ou gratonne. Le canard nasille ou couincouine. Le dindon glougloute ou cocodasse, le crocodile lamente, etc. A force de les voir défiler, toutes ces bestioles, de les entendre aussi, les cochons peuvent toujours grogner, tu ne le sais même plus.

Singulier vulnéraire auquel a priori j'accordais un crédit limité. Voilà bien des façons d'instituteur. Mais les essais se sont avérés concluants et, désormais, j'en écrase en compagnie des éléphants, des dindons et des poules, insensibles au barouf des faiseurs de jambon.

Leur bauge est en plein milieu du camp. Dans la journée, loisir permettant, les cochons sont visités par la troupe. Chacun d'eux a reçu pour nom celui d'un sous-off. Il y a le cochon Verdier, le cochon Paumel, le cochon Dalmas et le cochon Couillerot, naturellement ressurnommé Couillerose. Un après-midi, le brigadier Delétrase échauffé par la bière asticotait le cochon Marandoni avec un bâton : « Allez, Marando, suce-le, il est plein de merde, allez, vas-y Marando, tu aimes ça la merde. » C'est alors que le Marandoni bipède est arrivé par-derrière et qu'il lui a décoché du bout de sa ranger un coup de pied sauvage. Fracture du coccyx. Marandoni était tout fier de son shoot. « Et je peux vous dire qu'au lit c'est du kif. Si une souris me fait chier, je la défonce pareil. »

Ces bestiaux étaient l'aboutissement d'une odyssée qui avait vu mourir au champ d'honneur une première unité de cochons aéroportés. Le train d'atterrissage de l'avion convoyeur était tombé en panne à l'arrivée sur Colomb-Béchar. Le pilote avait dû larguer sa cargaison en plein ciel. On avait vu les porcs se mettre à pleuvoir. Vingt-trois sujets gueulards dévalant l'espace comme des cerfs-volants de plomb. Un carnage dont on n'avait pas pu tirer le moindre jambonneau.

Ceux que nous élevions au camp étaient les successeurs des cochons défunts : ils étaient arrivés par bateau.

Huit cent vingt jours au jus, autrement dit huit cent vingt siècles, et j'ai perdu la mémoire ou m'y suis perdu. La France est à tous les diables. Je ne me rappelle rien, sauf la traversée Marseille-Alger sur le *Sidi Ferruch*, un rafiot couvert de minium tout en mâts de charge et trépidations. Certains veinards avaient trouvé place à l'air libre. Mais le gros du contingent croupissait à l'étuvée dans les entreponts surchauffés qui puaient la graisse, la sueur et le tabac. Et le mal de mer n'avait pas été long à ravager nos estomacs pleins de vinasse. Avant le départ, je connus un vrai sentiment de bonheur. J'étais sur un bateau pour la première fois, tout pour moi sentait la bourlingue : le laiton crasseux des hublots, les lampes grillagées, les barrots couturés d'écrous, les cloisons gorgées de peinture où forniquaient des mouches, et je me répétais à mi-voix : « Un bateau, je suis sur un bateau », tirant de ces mots talismans des vertus consolatrices.

En pleine nuit, plus mort que vif, je me traînai vers un hublot grand ouvert où je voyais valdinguer une fricassée d'astres rouges. La mer écrabouillait mes yeux dans son étau blafard. Je sentais sur mon front les lanières glacées d'un vent chargé d'embruns, et presque évanoui je cramponnais le hublot comme une cuvette sanitaire.

Au petit jour, on nous fit débarquer aux accents d'une fanfare militaire et sous les applaudissements frugaux des curieux venus accueillir les nouveaux bataillons. Le hall de la gare maritime était une kermesse où des rombières de la Croix-Rouge étaient venues nous prodiguer risettes et colis alimentaires. Ces assauts d'aménité me donnaient envie de mourir et c'est avec joie que j'aurais troqué tous leurs biscuits contre un sandwich au cyanure.

*

Le voyage en car jusqu'à Tlemcen — centre général d'intégration — fut un autre calvaire. Six cents kilomètres et des poussières à vitesse d'escargot. Trois jours pleins. Décor évasif à travers les carreaux poudrés comme à frimas par le sable en suspens. Nous traversions des villages. Au seuil des maisons, sur les puits ou dans les jardins, un étalage crispé d'ossements blanchis, têtes de cheval, thorax et cornes de bœuf. Se succédaient plaines, monts, rocailles, grenadiers, caroubiers, palmes d'un vert fiévreux auxquels je prêtais une attention visuelle émoussée par l'épuisement. Azur cinglant, soleil poisseux, nuits glaciales où soudain vibrait une résonance infinie, une palpitation plus qu'un bruit qui donnait au silence une profondeur d'abîme. Nous dormions dans des camps relais et parfois dans nos cars qui puaient le zoo.

A Tlemcen, le capitaine devant lequel je comparus me donna le choix entre le Nord et le Sud. Un mot me frappa : Sahara. Je répondis : « Le Sud mon capitaine. » Et c'est ainsi que je fus affecté au camp disciplinaire du Cinquième Régiment d'Infanterie cantonné dans la montagne à El-Fadja.

Ce n'était pas le désert absolu, la mer de sable et les oasis brasillant façon Tintin et Milou. Le fort d'El-Fadja était un poste frontière en hauteur, perché dans les monts des Ksours sur les contreforts occidentaux de l'Atlas saharien dominant la frontière algéro-marocaine. Le poste avait pour fonction de contrôler le barrage électrifié séparant l'Algérie du Maroc et de prévenir les franchissements clandestins.

De l'extérieur, le fort avait grand air : mur d'enceinte édifié par la légion ; bâtiments chaulés blanc cru, dont le délinéament sur l'azur torride était animé d'un frémissement continu qui meurtrissait l'œil.

Soldats, sous-officiers, officiers — chef de camp mis à part — étaient logés à la même enseigne pouilleuse. Les chambrées excluaient tout confort. Les lits gigognes étaient jetés à même la terre battue. Pas de matelas. Nous dormions à la dure, insensibles aux micmacs des cafards qui se blottissaient dans nos sous-vêtements. L'électricité provenait d'un groupe engendrant moins de lumière que d'obscurité. Alignées au fond, les armoires individuelles étaient bardées de croupes et de nichons découpés dans *Cinémonde* ou *Détective*. A l'entrée, rappelant la guerre, étaient les râteliers à fusils que, la nuit, j'apercevais luisants comme crustacés.

Pour tout le fort, il n'y avait qu'un local sanitaire, à la fois douches communes et infirmerie. Les latrines avaient été creusées à plus d'un kilomètre au nord, gigantesque fosse en plein air que traversaient deux rails de chemin de fer assez rapprochés pour qu'on puisse interposer des planches, et s'exécuter sans danger. Offensée les premiers jours, la pudeur avait capitulé sous l'effet des dysenteries carabinées que provoquait l'eau dite alimentaire à l'usage de la troupe. Pour ma part, je n'en ai jamais bu la moindre goutte. J'ai traité ma soif et mon amerture à la bière pendant vingt-sept mois. Mais les autres, tous mes copains, je les ai vus décomposés d'avoir avalé ce breuvage infect dont la réserve fumait dans une cuve à ciel ouvert que, par dérision, je m'amusais le soir à compisser.

Pour mieux saisir la mission du fort, il faut rappeler qu'en 1957 le F.L.N. envoyait des recrues s'entraîner au Maroc, à Oujda, puis les rapatriait en contrebandiers par la frontière : véritable passoire dont les autorités françaises avaient entrepris de boucher les trous au moyen d'un barrage électrifié.

5 000 ampères. Le courant alimentait une haie barbelée protégée par un grillage empêchant les oiseaux de venir s'y poser — et donc de déclencher

117

l'alarme. L'espace entre le grillage et la haie permettait de patrouiller et d'assurer l'entretien. Tous les dix kilomètres, on trouvait un poste relai muni d'écrans radar.

L'emploi du temps variait peu. Une nuit de herse : cela consistait à longer le réseau à bord d'un blindé half-track en braquant un projecteur sur les fils. Une nuit de garde : cela consistait à faire la sentinelle à l'entrée des chicanes hors circuit jalonnant le barrage. Enfin, une nuit de repos convertible si nécessaire en nuit d'opération.

Chaque mois, la troupe allait tirer son coup aux frais de la Nation. Sous le soleil tapant, les G.M.C. transbahutaient les soldats déchaînés à Perrégaux, cité des oranges et des bordels contrôlés par l'armée. Mon plaisir à moi, c'était de me laisser enfermer dans les bordels après le couvre-feu et, tant pis pour la punition, de boire et de chahuter jusqu'à l'aube avec des filles dépoitraillées.

C'est à Perrégaux qu'un jour, j'ai vécu ça : une fringante Américaine de trente ans, jouasse, avec un époux tout neuf. Il y avait fête. Au hasard des rues, de petits orchestres locaux, perchés sur les capots des voitures ou sur les toits, entrecroisaient leurs flonflons lancinants. La foule imbibée de boukha, de bruits, et de fleurs d'oranger battait des mains. La foule. Un aveugle promenait sous le soleil de midi son accordéon couineur. Vers le soir, les Américains ont dansé. Un slow lascif. Dansé sur la place au milieu des orangers et des colonnes doriques, et la poussière luisait au ciel comme un plancton. La foule s'est rapprochée, faisant cercle autour d'eux. La foule battait des mains. Ce n'était plus un battement, c'était un pouls, un cœur collectif dont les palpitations peuplaient la nuit chaude. Puis soudain l'Américaine arrachée, l'Américaine hurlante et muette, et nous tous la violant au son de l'accordéon, soldats, légionnaires, mendiants, notables — et ça s'est terminé plus mal encore : Dombasle, l'aide-cuistot d'El-Fadja, c'est son revolver que cet impuissant lui a mis. Et il a tiré.

*

Les premiers jours au fort avaient été les plus éprouvants. Les gradés voulaient nous tremper le caractère par la brimade et provoquer chez la bleusaille un mouvement de solidarité. En pleine nuit, le sergent Grisard faisait irruption dans la chambrée : « A vos lits, silence pour l'appel ! » Chacun à son tour de décliner son matricule et son nom qu'il avait déjà donnés la veille au soir avant l'extinction des feux. « Revue de détails, messieurs, après vous pourrez dormir ! » Ricanement sadique. Grisard était un as de la cuite à froid. Plus il avait bu, plus il marchait droit. Il était court sur pattes et blond. Blond-blanc, coiffé si court que le cheveu semblait couleur de peau. Nerveux comme une cravache, il se dandinait constamment d'un pied sur l'autre, et portait aux deux bras pour frimer le poignet de force en cuir des hercules forains. « Je vois que tout est propre et que même les châlits sont dépoussiérés. Vous pouvez vous recoucher. » Repli général vers les sommiers. « Une petite seconde encore, s'il vous plaît ! » Il tripotait l'interrupteur, dévissait la coquille et passait un index fouineur. Et soudain, il écartait les jambes, croisait les bras, se redressait et se mettait à gueuler : « C'est ça que vous appelez l'hygiène ? Regardez, c'est plein de poussière là-dedans. Tout le monde

119

dehors, vous avez treize secondes pour vous habiller. Casque lourd, musette et masque à gaz. »

Il sortait. Souvent, on ne le revoyait plus. Il était retourné picoler au mess et nous avait oubliés. Mais Grisard était rusé comme un castor. On ne savait jamais s'il n'allait pas revenir. Un jour, il nous avait laissés debout jusqu'au matin et, pour tuer l'insomnie, j'imaginais les supplices qu'il m'eût été doux d'infliger à cette ordure. Il nous avait libérés comme je me remémorais celui du rat chinois. On attache une cage en fer garnie d'un rat sous la personne. On agace le rat au moyen d'une barre rougie au feu. Le rat trouve l'anus, le ronge et se réfugie dans l'intestin du condamné.

Le lieutenant Védel, notre chef, ne valait pas mieux. C'était un personnage ascétique, jaunâtre et morphinomane. Il avait les traits mangés de tics. Son sommeil était sa passion. Il le choyait comme une vache sacrée. Des consignes spéciales avaient été créées pour que le repos du pacha ne fût jamais troublé. Et si par malheur il l'était, un coupable était désigné d'office — et puni. Aux arrêts, se morfondait toujours un « baisé » qui avait servi de gibier lors du dernier réveil inopiné de cette marmotte paranoïaque. Tout sommeil manquant, le lieutenant le rattrapait par des siestes à n'en plus finir qui feutraient la vie du camp comme s'il se fût agi d'un centre hospitalier. La jeep du courrier avait ordre de couper son moteur à près d'un kilomètre du fort jusqu'à l'arrivée du vaguemestre — à savoir moi : j'allais à pied quérir le sac postal que je coltinais sur mon dos.

Ce lieutenant dormeur était surnommé Tourteau par Jacky, un Breton de l'île d'Yeu. Tourteau aimait d'autant plus la persécution qu'il se croyait persécuté lui-même. Un sifflotement jovial, un sourire, un regard anodin étaient interprétés en mauvaise part et pénalisés. On l'évitait soigneusement, ce qui supposait un certain doigté. Car s'il reconnaissait le soldat tournant les talons à sa vue, ce dernier pouvait dire ses prières. Du crabe, il avait aussi la foulée biaisante, et son regard à la mode égyptienne était perpendiculaire à son pas. Pour traverser la cour, il ne se retournait pas moins de dix fois, dans l'espoir de coincer un petit malin lui faisant les cornes ou le vouant à la sodomie d'un doigt pointé. Comme il ne voyait personne, il ricanait, l'air de dire : « On ne me la fait pas vous savez. » L'astuce en cas de rencontre était d'aller droit sur lui, l'œil décidé, et de détourner son humeur par une demande qu'il se faisait une joie de piétiner : « Mon lieutenant, ma sœur est malade, j'aurais besoin d'une permission, est-ce que... — Et une nourrice pour te donner la goutte, tu es preneur ? Et mon pied dans les couilles, tu es preneur ? »

Parfois, il franchissait la porte du foyer, balayait du regard les parties de poker tel un flic inspectant un tripot, dévisageait les buveurs adossés au comptoir, faisait avec sa bouche une espèce de pet méprisant, repartait.

XV

Rongé par le mal, le lieutenant Védel révérait la cruauté, la haine, le vice, et jouissait d'en mesurer les effets sur ces pauvres cons d'appelés qui ne verraient jamais la peur d'assez près. Un jour, il était venu boire avec la troupe au foyer. Sous couleur de payer sa tournée — comme il rançonnait la recette il ne perdait rien — il s'était offert un plaisir démoniaque aux dépens du soldat Poitrine : un paumé comme on n'en voit qu'à l'armée, révélés dans leur perdition naturelle à la faveur des lazzi dont ils font les frais. Poitrine était surnommé Cannibale, et plus simplement Cannib en vertu d'un sourire à déchiqueter le béton. En réponse à tout sarcasme, il montrait ses dents comme il aurait produit un ausweiss. Il a sauté deux mois plus tard sur la mine qu'il était censé poser. En ramassant les morceaux, j'ai trouvé dans la pierraille deux canines attachées par du caramel et je m'en suis fait un pendentif : en souvenir du sobriquet.

Ce jour-là, Védel avait sa dose. Sa dose de morphine. La drogue incurvait ses traits anguleux. Son œil reptilien, où l'iris était comme liquéfié, paraissait baigner dans le formol.

— Poitrine, tu as la tremblote en buvant.

122

Cannib avait souri. La troupe avait ri. Pas moi.

Cannib s'essayait à la bière comme il en usait du reste : il s'essayait à la vie, aux autres, à lui-même et rien n'allait. Il ne finissait pas ses bières, les autres le brimaient sauvagement, et sans doute il ne s'aimait pas.

— Et tu trembles aussi en baisant ?

Cannib avait souri, bon garçon qui ne veut pas contrarier les plus forts. La troupe avait ri, pas moi.

— Dis-moi, Poitrine, qu'est-ce que tu vois là-bas ?

Du menton, Védel montrait les bouteilles de sirop alignées derrière le comptoir sur un buffet.

— Des bouteilles, mon lieutenant.

Védel avait blêmi comme si la réponse outrageait la fonction militaire.

— Des bouteilles ! Et quand tu auras un fell au bout de ton fusil, conard, tu diras peut-être aussi que c'est une bouteille.

Poitrine s'était mis au garde-à-vous, souriant de toutes ses forces et claquant des dents :

— Tiens, je te fais un dessin.

Et sortant son revolver, Védel avait fait feu sur les bouteilles incriminées.

On ne riait plus dans le foyer, mais on bichait. Sauf Cannib, dont le maxillaire inférieur s'était mis à pendre et qui luttait visiblement pour ne pas sangloter.

— La prochaine fois que tu verras des bouteilles, je te conseille d'en faire autant, et de tirer le premier si tu tiens à ta graisse. En attendant, tu vas te porter volontaire pour toutes les corvées du mois prochain.

Puis se tournant vers ceux qui formaient son public et les agonisant :

123

— Quant à vous, tas de cons, vous n'êtes pas là pour vous friser les poils du cul. Vous êtes dans l'Infanterie, dans les sacrifiés, dans la merde si vous voulez le savoir, et vous valez moins cher que les capsules de vos canettes, moins que vos étrons. Vous savez ce qu'il aurait dû répondre, ce nabot ? N'importe quoi, mais autre chose : « C'est du sirop, mon lieutenant, ça pisse comme le sang, et comme la vie ça pète comme du verre. Et puis nous, on ne prendra même pas la peine de nous balayer, emballage perdu, la biffe n'est pas consignée. » Alors pas de pitié pour les bicots, on prend ses armes et son fric et on se taille en vitesse et j'aime mieux vous dire qu'en Indo, les Viets, on s'en faisait des oreillers.

Il postillonnait. La morphine embrasait son élocution délirante :

— L'Algérie des bicots : kaput. L'Algérie des juifs : kaput. L'Algérie des colons : kaput. L'Algérie, c'est nous, l'Armée, la vraie, c'est ça l'Algérie, kaput, tu es français, je suis crouille, prends ça dans ta gueule et au suivant...

Le sergent Grisard était venu le chercher.

— Qu'est-ce que tu viens nous faire chier, Grigri ?

L'autre qui connaissait son chef par cœur lui avait longuement parlé à l'oreille. « Ah bon, tu crois que c'est sa fête, au camion », avait dit Védel. Puis il était sorti sur ces mots sibyllins, laissant en suspens la question d'une fête en l'honneur d'un camion.

*

Restait le sergent Lemarquis, un meneur bienveillant qui ressemblait à son nom. Ce dandy saturnien devait avoir trente-cinq ans. Il était solitaire et pensif. A quoi pensait-il ? A des riens, mais ces riens le prenaient à plein temps. Au soleil trop chaud, à ses treillis poussiéreux, à ses chemises qui ne revenaient jamais à temps du lavage, au paquet de cigarettes qu'un soldat lui avait volé. Curieusement, il semblait au mieux avec Védel et Grisard, et s'il condamnait leurs méthodes, il n'en laissait rien filtrer. Peut-être même les approuvait-il, insensible à la cruauté dès lors qu'elle était exercée par autrui.

Lemarquis, d'ailleurs, n'avait pas froid aux yeux. Il exécutait son métier d'assassin légal sans passion mais sans barguigner. Je l'ai vu mitrailler des fells à terre qui me paraissaient morts depuis longtemps. « Quelquefois, ils font semblant, et quand on les fouille ils te font péter une grenade à la gueule et sautent avec toi. » Dans les mechtas, il n'hésitait pas à frapper femmes, enfants, vieillards, et s'il me voyait stupide, incapable de bousculer des paysans qui ne m'avaient rien fait, ou tout simplement d'entrer chez eux à coups de crosse, il me gourmandait paternellement : « Ecoute, Frocin, reprends-toi, ce ne sont que des bicots, mon vieux, si tu ne les cognes pas, ils ne vont plus comprendre. » A son instigation, je m'étais donc mis à cogner. D'abord de mauvaise grâce, en fuyant le regard de ceux que je violentais maladroitement. Puis à la longue était né comme un sentiment d'euphorie qui me faisait rechercher ces moments où mon devoir consistait à mettre à sac des hameaux sans défense et à tabasser des braves gens.

Lemarquis était adulé par l'aide-cuisinier, Dombasle, l'homme qui avait violé l'Américaine au pistolet. Je ne sais quel hasard avait permis qu'il fût enrôlé. Il se prénommait Pierre, autrement dit Pierre Dombasle, un patronyme assez lourd à porter. Petit, bossu, manchot, rondouillard, ce branquignol avait aussi l'œil torve et il bégayait. Il portait un bras articulé qu'il ne quittait jamais, sauf pour se doucher, auquel cas il réclamait l'aide d'une bonne âme afin de rattacher les courroies (certains s'amusaient d'ailleurs à lui confisquer son bras pour obtenir de la bière en échange). En plus il était à moitié fou. Quand les fells nous arrosaient au mortier, Dombasle se précipitait dans la cour au milieu des bombes et se mettait à gambader avec une espèce de cloche-pied dans la foulée, tout en s'esclaffant et en chantant comme une comptine : « Tu m'auras pas, tu m'auras pas. »

Je devais à Dombasle une émotion désespérée. A le voir ainsi bancal, je me demandais ce qu'il pouvait bien faire avec Aïcha, la vieille maquerelle de Perrégaux qui lui nettoyait sa solde mensuelle en dix minutes. Une fois, pour en avoir le cœur net, je les avais filés dans la rue et, les observant de loin — lui cabossé, boitillant, elle boulotte et peinturlurée, les épaules tombantes : tous deux se hâtant pour des motifs opposés —, j'avais ressenti l'envie de voir ces deux corps s'accoupler.

Ils étaient entrés dans un taudis. J'avais attendu quelques minutes sous le soleil au milieu d'une sentine où triomphait la pisse de chien, puis j'avais grimpé l'escalier qui donnait sur des chambres et j'avais poussé une porte au hasard : deux filles à l'intérieur en train de pouponner un gros lard gloussant, à poil sur un sommier. Au deuxième étage, je crus reconnaître le souffle geignard du cuistot. Une porte fermée. Le trou de la serrure était à moitié bouché, je ne distinguais rien. J'ouvris avec précaution. Il était bien là, Dombasle, sur

126

une paillasse avec la maquerelle, et il jouissait en bavant, l'œil tourné au plafond. Il pleurait : « Mon Dieu, mon Dieu », d'une petite voix haut perchée comme en ont les mongoliens, et moi aussi j'avais envie de crier « mon Dieu » en voyant ça, tout ça — le bras postiche en travers du lavabo, la montre Kelton sur le bras, l'uniforme en vrac, et Dombasle, tout nu jusqu'aux chaussettes pleines de billets de banque, Dombasle se masturbant couché sur la fille, mais pas tout à fait sur elle, un peu de côté, son moignon planté comme un sexe entre les grosses cuisses de sa partenaire, et répétant indéfiniment : « Mon Dieu, mon Dieu. »

XVI

J'étais arrivé sous les drapeaux sans foi ni loi. L'armée n'arrangea rien. Je sabordai ma dernière chance de faire un jour surface au milieu d'une vie normale. Aucun désir ne m'individualisant, j'endossai mon identité militaire comme un nouveau jouet que je n'allais pas tarder à mettre en pièces.

Nous étions une quarantaine au fort. Environ trente appelés et une section de harkis. J'avais retrouvé l'instituteur. L'agneau plastronnait maintenant comme un cow-boy. Il marchait d'un pas prépondérant, fier des grenades qui lestaient son ceinturon d'une grappe obscène. Du Christ, il n'était plus question. L'habit, chez Pescatore, avait défait le moine et je m'étais heurté à un mur le jour où j'avais voulu ranimer sa fibre sulpicienne.

Nous étions au foyer. La bière avait déjà pas mal coulé. Pescatore était en nage, il transpirait à longueur de temps depuis qu'il avait découvert simultanément l'alcoolisme et l'alcool.

— Et pourquoi après la quille, tu ne te ferais pas curé, Amédée ?

La réponse était venue d'un coup :

— Je ne peux pas blairer les curés.

— Tous des corbeaux, les curés, s'était écrié Radvany, un colosse au cou granitique dont le

128

cerveau logeait en tout et pour tout trois slogans catégoriques : « tous des corbeaux » pour les curés, « toutes des salopes » pour les femmes, « tous des enculés » pour ces messieurs du gouvernement Mollet.

J'avais repris :

— Enfin rappelle-toi, Amédée, dans le train de Marseille, tu m'avais bien dit qu'à ton retour tu entrerais dans les Ordres.

— Oh le bestiau ! pourquoi pas bonne sœur, si tu te fais curé, je t'encule à sec.

Pescatore essayait de louvoyer.

— C'était une idée de mon père. Il n'aurait pas été fâché de me voir embrasser la religion...

Adorable vision. On imaginait Pescatore lutinant Dame Religion dans un cagibi.

— ... Mais personnellement je n'y ai jamais songé. D'ailleurs, je suis instituteur.

— Et alors, on peut changer, mon vieux, quand je t'ai connu tu ne picolais pas.

Je lui plongeais le nez dans sa contradiction.

— Regarde Mallard, il est séminariste, il n'en fait pas tout un plat, ça ne l'empêche pas de boire et d'aller tremper sa mèche à Perrégaux comme tout le monde.

— Tut tut, Frocin, avait coupé Mallard fidèle à son interjection favorite. Je ne suis allé à Perrégaux qu'une seule petite fois et d'ailleurs la faute à qui. En plus, je n'ai rien trempé du tout, tu le sais bien.

— Mais si tu l'as trempé, corbeau ! avait aboyé Radvany en hochant la tête avec dégoût. Pescatore et toi, ça fait deux corbeaux.

Et comment Pescatore allait protester :

— Mais si tu es un corbeau, nous fais pas chier. Tu es un instituteur corbeau, c'est tout. Ça se voit quand tu marches, quand tu causes, et même quand tu pisses. On dirait que tu n'oses pas la tenir, comme si c'était celle du voisin. Tiens, si c'était que de moi, je vous foutrais tous les deux dans la merde avec les cochons.

*

Dans les chambrées, l'arrivage du courrier conditionnait l'humeur. Pescatore excitait la jalousie. Il bénéficiait parfois d'un lot de cinq ou six lettres. Il épistolait lui-même à longueur de temps. Soleillant, rose et blond comme son nom, ne recevait que du courrier parfumé. Pichard, fils de charcutier, se singularisait par des colis alimentaires : saucisson, confitures, abricots tapés sur lesquels chacun se croyait un droit.

Préposé au courrier, je dépouillais les sacs et goûtais un plaisir de concierge à constater que la fiancée d'Aboukaya le snobait depuis trois semaines ou à subtiliser, de loin en loin, le billet de mille francs que Mme Mallard adressait à son curé de fils sous un pli cartonné qu'elle pensait immunisé contre le vol par la mention « Photos ». J'épluchais le courrier comme si tous les envois — et leurs réponses — m'étaient adressés. J'étais intrigué de voir comme le style féminin variait peu d'un message à l'autre et comme les bonheurs d'écriture étaient fréquents chez ces dulcinées dont j'étalais quotidiennement, pour les comparer, les écrits sur mon bureau. Contrairement à leurs soupirants, elles ne raturaient jamais ; écrire au militaire absent les mettait en possession d'un élan créateur, et je songeais qu'elles ne retrouveraient plus le loisir, sacrifiées aux devoirs ménagers, de connaître ce jeu d'écrivain qu'est le transfert de la vie dans les mots.

Une fois, je m'étais trompé. J'avais interverti deux feuillets en rechargeant les enveloppes, éveillant les soupçons de l'infirmier Larougette et ceux d'un fils à maman, un certain Ronald, littéralement bombardé de recommandations procédant d'un triple impératif moral : santé-sécurité-probité. J'avais incriminé la censure et promis d'en toucher deux mots à Védel.

L'arrivée du courrier raccordant chacun de nous à ses horizons civils, introduisait un espoir fou dans ce camp terrassé par l'ennui. J'étais assailli. Jacky, le pêcheur de l'île d'Yeu, utilisait pour me réclamer son dû postal un terme propre à son île : la « godaille » qui désigne la part de poissons revenant à chaque marin sur un bateau de pêche.

— T'as ma godaille, l'ancien ?

— C'est tous les jours pareil, les gars. Je trie et je suis à vous. Tiens, Jacky, tu vas me donner un coup de main.

J'avais un faible pour ce Breton maigriot dont les yeux d'un bleu vibrant convoyaient la mer jusqu'à nous. Il était le premier servi. C'était comme ça. Ceux que j'avais à la bonne avaient leur courrier, si l'on peut dire, frais du jour et non profané.

Sinon, braconner dans les vies privées occupait mes soirées ou mes nuits. Je disposais d'un local qui, par miracle, fermait. Je m'isolais d'abord avec mon butin, procédant au partage après classement, ce qui me laissait un répit d'une heure environ. Mais distrayant chaque jour un peu de courrier que je replaçais dans la distribution du lendemain, j'avais fini par avoir un plein sac d'avance. Au point que le courrier distribué le 6 datait forcément du 5. La troupe n'y voyait que du feu. Heureusement, sinon je me serais fait lyncher. Au contraire, on appréciait mes talents de facteur. Tel

Gide arnaquant son journal intime et se prêtant certains jours, par souci d'équilibrage, des émotions qui l'avaient traversé d'autres jours, je modulais à discrétion les rapports du bidasse avec les siens. J'évitais de lui remettre d'un coup trois lettres arrivées le même jour ; je ménageais des intervalles réguliers pour qu'il ne reste pas trop longtemps sans nouvelles.

Je savais avec précision qui était pro-fell, qui pro-Français. N'étant d'aucun bord, je caressais chacun dans le sens du poil. J'étudiais les coupures de journaux que les parents bien intentionnés faisaient parvenir aux appelés. J'avais changé. Entre les cocoricos des nationalistes et le charivari des bradeurs, tous ces diafoirus palpant le même bubon qu'ils recommandaient, tantôt d'inciser, tantôt de guérir en douceur, je formais ma conviction selon des critères extrapolitiques et purement sensuels : je trouvais les Français ridicules et les musulmans touchants. Et parfois le contraire.

En fait, il n'y avait pas de guerre en Algérie, mais des opérations de simple police regroupées sous une étiquette avantageuse : la pacification. Sauf que l'Armée, ça la démangeait de remonter au créneau et de rosser l'adversaire d'où qu'il soit. Elle n'avait pas digéré Diên Biên Phû, l'Armée, et même si l'avenir devait la désavouer, elle détournait provisoirement le cours de l'Histoire avec pour seule ambition d'arriver à la fin du match en s'écriant : « De toute façon, militairement, nous avons gagné ! » Ce qui revenait à confesser que l'Armée, dans tout ça, se foutait de l'Algérie comme de la France.

Pour ma part, je me foutais de l'Algérie, de la France et de l'Armée. Je me foutais de tout.

Mon bureau jouxtait l'infirmerie. Il y avait assez

de place pour installer un lit (ma demande à cet égard était pour l'instant demeurée sans réponse). La paillasse d'un évier sans robinet était équipée d'un bec Bunsen où je faisais chauffer l'eau fournissant la vapeur et donc le moyen de crocheter, ni vu ni connu, le courrier du soldat. Le fourrier — sa liaison avec une femme de ménage enceinte (elle prétendait ignorer de qui) m'enthousiasmait —, m'avait procuré un fer à repasser style Zola. Chaque nuit, j'avais ma pile de repassage : une pile de lettres décachetées que je prenais soin de ne pas roussir en leur restituant un aspect confidentiel.

Si l'un de mes pairs me manquait, je retardais son courrier ou le supprimais carrément. Un chauffeur de blindé m'avait traité de planqué. « Salut, planqué ! » jetait-il sur mon passage. « Alors, planqué, on sort de son trou ! » Celui qui m'insultait vit son courrier se raréfier subitement. Chaque fois qu'un « salut, planqué » heurtait mon oreille, une lettre n'arrivait pas. « Rien pour moi, planqué ? — Que dalle, Choubi. » Il était à la colle avec une grosse. Elle lui envoyait des photos que je détruisais. Pour couvrir le feuillet recto verso, elle se répandait en détails sur son régime amaigrissant ou sur ces shampooings-décolorants-inodores-à-l'ammoniaque. Ça devait puer le chat dans sa tignasse. Il était méritant Choubi d'attendre avec une telle ferveur les derniers potins concernant les ablutions de cet amour ammoniaqué. « Toujours rien, planqué ? — Que dalle, Choubi. » Il me donnait du planqué, mais parallèlement il essuyait ses mains pleines de cambouis dans un torchon pour ne pas risquer de salir la lettre éventuelle. Il me regardait au fond des yeux, il me suppliait sans dire un mot. « Tu devrais faire une réclamation,

Choubi. A moins que ta nana t'ait viré! — Tu parles », jetait-il, au bord des larmes.

Le petit jeu aurait pu durer longtemps. Jusqu'au jour où ce pauvre Choubi, je l'ai vu s'effondrer. Il revenait d'opération. Une embuscade du genre arroseur arrosé. Il avait failli laisser sa peau. Vers minuit, alerte au barrage. Mais au lieu de fuir, les fells étaient restés cachés dans des trous, résolus à cartonner les premiers Français qui se présenteraient. Choubi, son half-track et trois servants, s'étaient retrouvés encerclés sous un mitraillage en règle. Ils n'avaient dû leur salut qu'au blindage du véhicule et à l'arrivée de la Légion prévenue par radio.

Il était là, Choubi, débraillé, poilu, l'œil violet d'insomnie. « Alors? — Que dalle, Choubi. » De fait, ce jour-là, je n'avais rien pour lui. Il avait regardé ses pieds crottés, regardé le ciel comme s'il leur trouvait un point commun. Transfiguré par le désespoir, cet imbécile était devenu beau. Ses mains qui auraient tant voulu caresser la lettre attendue avaient lâché le chiffon qu'elles trituraient. Les sanglots étaient venus après une série de ratés comme dans un moteur froid : des sanglots de mécanicien, n'avais-je pu m'empêcher de penser. J'étais édifié sur un point : même les simples d'esprit sont doués pour les grandes souffrances. J'avais rétabli la liaison postale entre la grosse et Choubi.

*

De France, je recevais moi-même un courrier surabondant. Séverine et Zoé me criblaient d'amour. Toinette, peut-être la plus aimante, essayait d'élever nos rapports afin de ne pas céder, disait-elle, à la vulgarité. Adorant tisonner la contradiction chez autrui, je la questionnai par retour : « La vulgarité, qu'est-ce ? » Elle éventa la mauvaise foi, m'informa que les mots lui étaient une valeur sacrée et que ma propension à « pinailler » la touchait aux nerfs. Vexé, j'objectai que « modeste éducateur de tennis mal dégrossi, je ne connaissais pas le mot pinailler et craignais de lui donner un sens grivois ». Elle ignora ce trait scabreux, déclara que ma façon d'écrire indiquait un sens littéraire hors série, et que j'étais le correspondant idéal pour échanger des vues sur la poésie. Du coup, voulant absolument la coincer, je truffai mes réponses de pataquès. Je lui dis qu'à part Marie Van Calis et Mérimée, j'ignorais les poètes. Sans malice, elle me réclama quelques vers de Marie Van Calis et de Mérimée. A Mérimée, je fis le somptueux présent du « Bateau ivre », j'en connaissais par cœur les premières mesures, et de Marie Van Calis je rapportai le chef-d'œuvre suivant :

> *Et sur les trottoirs de réglisse,*
> *On rencontrait, c'était charmant,*
> *Des bonshommes de pain d'épice*
> *Qui vous saluaient gravement.*

Après quoi je fus deux mois sans nouvelles de Toinette. J'écrivais : pas de réponse. Je me repentais avec tapage. Je jurais vouloir grandir intellectuellement. Elle finit par se remanifester dans un message bref que je me récite encore aujourd'hui : « Pardon si je confonds l'ironie et l'humour. Je ne sais pas, quand tu m'écris, si tu cherches à m'amuser ou à te jouer de moi. Par pitié, ne fais plus l'idiot, montre-toi. »

Je ne fis plus l'idiot mais ce ne fut pas mieux. Par deux fois je tentai l'effort d'être sincère et vrai dans mes élans vers elle. Impossible. Je n'étais pas armé pour la sincérité. J'avais l'impression d'aller nu dans les rues. Je trouvais beaucoup plus excitant que Toinette fût l'otage de ma pluralité. Je fis donc semblant d'agréer ce dialogue intellectuel à base de logomachie versifiée. Cela m'obligeait d'autre part à jeter ma vie militaire sur le papier. De retour à Montalbec, je ferais main basse sur ma prose afin d'y prélever les différents passages intéressant l'Algérie. Je ne manquais pas non plus de rappeler à Toinette qu'elle était mienne et que je l'aimais. Je ne voulais surtout pas voir se platoniser nos rapports sous l'empire de la matière grise.

La correspondance était d'ailleurs un bon moyen d'érotiser l'oisiveté que trop souvent le casernement m'imposait. J'écrivis à Joëlle au culot. Je ne savais pas quoi lui dire et commençai donc : « Je ne sais pas quoi vous dire ni comment vous le dire... » Son corps me fascinait mais je craignais de l'importuner par un aveu brutal : « Votre corps me fascine, mais vous ne me connaissez pas, voici mon adresse et mon nom. » J'inscrivis le nom de Pescatore et le promus sergent pour disposer d'un repère en cas de réponse. Trop risqué de révéler ma véritable identité : on ne savait jamais, elle pouvait mal le prendre et mettre son Biglard de chinetoque au courant.

Ma famille, ce qu'il en restait, me faisait signe régulièrement. Mon père et Tim m'écrivaient des lettres à périr où l'apprenti notaire et le pharmacien, associant leurs marottes, entreprenaient la conversation de l'inadapté social que j'étais. J'ai conservé ceci de leur part :

Montalbec, 10 janvier 1959.

Cher Marc,

Ta lettre nous a fait du bien. Tu verras que l'armée a du bon. C'est un avant-goût de la vie en société. Il faut de la discipline et de la persévérance. Pense à un métier. Toi qui aimes la lecture, pourquoi ne cherches-tu pas un emploi dans une bibliothèque de la région ? Tu auras des loisirs même si tu ne gagnes pas des mille et des cents. Veux-tu que nous nous renseignions, ton frère et moi ? Je veux bien t'aider financièrement au début comme je le fais pour Tim. Agnès est venue passer les fêtes et elle a demandé après toi. Prends exemple sur elle. Elle part à Marseille où on lui a demandé une conférence sur les problèmes des jeunes délinquants dans les H.L.M.

Dis-moi si les colis arrivent bien. Affectueusement,

Papy.

P-S. Le bar du Bief m'a envoyé une facture pour des consommations que tu devais régler plus tard. J'ai payé mais tâche de ne pas recommencer.

Suivait le couplet de Tim américanisé d'une jovialité qui sonnait faux :

Le froid est là, mon vieux, et ça pince. Devant la maison, il a fallu déblayer la neige à la pelle. Enfin c'est comme ça. J'ai bien ri en lisant ton histoire de renard. Mais ce serait idiot de t'attirer des ennuis. Je frémis de penser que ton supérieur aurait pu se faire mordre. Figure-toi, que moi aussi « je fréquente » comme on dit. Pauline a une particule, c'est une d'Orsignac, la branche bordelaise. Voilà pour moi. Ah si, j'oubliais, je prends des leçons de conduite qui me coûtent une fortune. Continue dans tes bonnes dispositions. Papa a raison pour ton gagne-pain

*futur, mais évidemment tu fais comme tu veux. Salut
et fraternité.*

Tim.

A ces messieurs, je répondais les premières âne-
ries qui me tombaient sous la plume.

A mon père :

*Janvier est ici la saison des amours. On voit
d'énormes lézards s'accoupler sans pudeur dans la
cour du camp. Nous les appâtons avec des chaussettes sales dont ils sont friands. Ils sont convertis en
ragoût. Chair ferme, arêtes fines, on dirait du poisson. Les sous-officiers sont charmants. Ils organisent
le soir de petits soupers aux chandelles, voire des
médianoches ou des goûters dansants après les
vêpres. La chaleur nous écrase. Je passe mes journées
en maillot de bain : un maillot de bain de combat,
sois sans crainte, équipé contre les radiations.
Comment va la pharmacie ? Envoie-moi du fric tant
que tu veux. Je n'ai pas encore tué de fell mais ça
viendra. Vive la France, vive l'Algérie, vive la Folie. Je
vous embrasse Milord et toi.*

Marc.

J'autocorrespondais. Je m'envoyais à Montalbec
des lettres qui m'étaient répercutées au fort un
mois plus tard. Je changeais mon écriture.

Cher Marc,
*Au fort, tout est laideur et beauté. Les cadavres sont
vite aspirés par l'azur. Le silence est musical. Tu
n'entends rien, ce qui fait un chant du plus fin bruit.
A midi, le soleil est un gril. L'œil est rôti le temps d'un
clin. Le désert déteint sur moi. Je me laisse gagner par
la perpétuité ambiante. Je me statufie, je tombe en
moi comme un caillou. J'élève deux renards, Hyde et*

Jekyll dans une caisse d'obus. Ils mordent, les salauds. Je leur arrache les poils du museau pour les éduquer. Ils me font la tête et j'apprends par là qu'un renard du désert a sa dignité. Quoi de neuf au fort ? As-tu reçu ma dernière lettre ? Et tes renards, comment vont leurs derniers poils ?

Bien à toi,

Marc.

De tels agissements, mensonge ou détournement postal, me grillaient à mes yeux comme ils m'auraient grillé aux yeux d'un tiers. Nous étions deux en moi. Nous étions Hyde et Jekyll. Mais chez Stevenson, ils se manifestent à contretemps. Sous ma peau, ils s'impliquaient mutuellement, chacun figurant le voyeur de l'autre et me voulant pour lui seul. Je me sentais coupé en deux, comme les fells par leur barrage électrifié. Je cheminais en moi le long d'une fêlure impossible à combler. J'étais fêlé. Et pourtant ma vie, ma double vie, il eût dépendu d'un rien que je l'offre à ceux que je grugeais, juste emporté par cet élan qui dans certains cas vous fait intercepter la mort du voisin.

XVII

Que nous fussions là pour tuer, c'était clair. Pour tuer la nuit. Quand on ne sait pas qu'on tue, quand on ne sait pas qu'on meurt. Au déclin d'une journée que le soleil avait rongée comme un vieil os, la brise élevait jusqu'à nos pierres le fumet sensuel du jasmin, des vols de flamants éraflaient très haut l'azur — El-Fadja renaissait à sa vocation guerrière : les rabatteurs descendaient au barrage, la garde aux chicanes était doublée, les blindés sortaient dans un bruit de ferraille.

Car « les soldats de la nuit », comme les paysans du djebel surnommaient les fells, portaient bien leur nom : ils se mouvaient la nuit, se battaient la nuit, l'obscurité favorisant ceux qui guerroyaient en sous-nombre et c'était la nuit qu'ils passaient la frontière.

La portion de barrage sous son commandement, le lieutenant Védel la bichonnait comme un joyau. Pour un peu, il nous aurait fait astiquer les barbelés, fier des 5 000 ampères où les fells venaient parfois s'empaler : « Les cons, ils ont des gants et ils trouvent le moyen de se faire baiser... » Côté marocain, le terre-plein préludant au barrage était truffé de mines. « Comme ça, quand ils arrivent aux barbelés, ils ont déjà tellement fait dans leur froc qu'ils se font tous châtaigner jusqu'au zob. »

De l'autre bord, en territoire algérien, patrouillait la herse, un dispositif automouvant composé de blindés half-tracks qui terrifiaient les Arabes. La herse était mythifiée, comparée à un dragon, les servants français passaient pour des djinns. Toute la nuit, la herse menait son guet minutieux le long du barrage, illuminant sous les projecteurs le grillage à haute tension qui emmaillotait la frontière. Il fallait voir au matin les yeux des conscrits hébétés par la veille. Les regards avaient scruté le noir comme une plaie. D'accord, les veilleurs n'avaient pas forcément eu d'accrochage, mais ce qu'ils avaient cru voir se bousculait sous les paupières exténuées. El-Fadja la nuit, c'était ça, toute cette peur, tous ces cœurs en pagaille, fells, Français, et ce tentacule d'acier dont on croyait flairer l'odeur d'abattoir jusque dans les chambrées.

A l'ouest du barrage, un Maroc d'abord quadrillé par les fils se haussait en pente douce : sable, caillasse et taillis comme torréfiés qui mauvissaient au pied des hauts plateaux convulsifs dont le soleil, ironie du sort, déportait l'ombre en Algérie.

A l'est, les monts des Ksours, debout comme un sahara vertical, faits d'un matériau compliqué : rocaille et terreau brunis que malaxaient parfois de courts orages.

En longeant la rocade, en bordure de barrage, on arrivait au poste radar commandé par Jacky. Il évoquait un patron de chalutier. Les radars, ce Breton bretonnant savait les cuisiner. « Mais non, l'ancien, c'est du vent ça ! » Penché sur le hublot luminescent, le profane indiquait des stries maculant la ténèbre autour du rayon qui balayait indéfiniment le paysage extérieur. « C'est pareil en mer, mon gars. » Jacky semblait ne pas voir la différence entre des poissons et des hommes. C'était le pêcheur en lui, pas le guerrier qui donnait l'alarme : « Branle-bas, gueulait-il à la radio, banc de fells au sonar ! » Son accent breton, « brizounek » disait Védel, rendait furieux les transmetteurs qu'il alertait : « Mal reçu, canard bleu, répétez message, mal reçu, canard bleu, répétez... » Et Jacky, surexcité par le picotis bleuâtre dont il suivait l'évolution sur son écran, relançait son message en boulant les mots : quel coup de senne on allait rater si ces foies blancs ne se grouillaient pas de porter le pet.

Au fort, le sens du jeu permettait à chacun d'étourdir sa conscience et d'oublier la mort. Jacky se croyait plus ou moins pêcheur dans une mer de sable et d'oubli. Choubi entourait son half-track de soins jaloux, comme un cadeau du Père Noël et non comme une machine à tuer. Pescatore, harnaché tel un desperado mexicain, écrivaillait dans tous les coins. Mallard noyait son oisiveté dans un dévouement presque maternel, encaustiquant la chambrée deux fois la semaine et catéchisant les gentils garçons. Certains se laissaient dériver au jour le jour. Ils attendaient que ça se passe. D'autres encore, perdus de violence comme on l'est de boisson, jouaient aux Indiens et aux cow-boys et trouvaient dans une vocation meurtrière une soudaine raison d'espérer. Ces casseurs de fells, je les retrouverais des années plus tard, désœuvrés sur le pavé des villes. Pour beaucoup, ils sont devenus flics. C'était bien le seul boulot qui leur convînt : un uniforme, un moral d'acier comme leur pistolet, et le droit d'humilier n'importe qui.

Quant à moi, pour changer, je me tenais loin des catégories. J'étais lucide et j'en souffrais. Mes visites au barrage avaient pour objet de maintenir en état mes sentiments antinationaux. Face aux barbelés je me pénétrais d'une certitude : « Je suis complice d'une tuerie. » M'attendrissaient en marchant les bouteilles vides et les capsules tordues, témoins des menus plaisirs gagnés sur la peur au cours des patrouilles.

Un jour, vers midi, flânant le long des fils, j'étais tombé sur un cadavre de fell ratatiné par la secousse électrique et mélangé au métal comme s'il avait fait un plongeon sous l'effet du choc. Une de ses galoches avait volé. Un pied nu se tendait en territoire algérien. On ne voyait pas le visage, tourné vers le Maroc. La main gauche cramponnait une cisaille, et je me demandais quelle rage avait poussé cet homme à braver la mort électrique avec un instrument qui la propageait. Le soleil écrasait cette vision qui n'était même pas macabre.

— Monsieur a laissé passer un client, cette nuit, avais-je lancé à Jacky en arrivant au poste.

— Mais non, je l'avais vu, j'ai même cru que c'était un bourricot, tellement c'était rien sur l'écran.

— Maintenant, ce n'est plus rien.

Les yeux bleus de Jacky fouillèrent la chaleur dans la direction du barrage où le fell était suspendu.

— Je sais bien, je suis allé voir au petit jour. Je me suis planqué dans un trou. Ah, j'ai rigolé. Il avançait en rampant, j'ai rien eu à faire. Il est entré dans le casier tout seul, comme un couillon. A peine s'il a pu gueuler.

Je lui demandai pourquoi il n'avait pas coupé le courant et dégagé le mort.

— Tant qu'il est là, les oiseaux ne viennent pas sur les fils.

C'était la première fois que j'entendais parler d'un cadavre humain servant d'épouvantail pour préserver les charognards qui se perchaient sur les barbelés.

*

Ma première vraie sortie avait eu lieu deux mois plus tôt. J'avais beau écarquiller les yeux je ne voyais la guerre nulle part. J'en venais à penser qu'on nous montait un fameux bourrichon avec les atrocités dont les journaux ne désemplissaient pas. Mes nuits aux chicanes se passaient bien. Je somnolais, appuyé sur mon fusil, redoutant plus d'être surpris à dormir qu'un éventuel passage de fells. Je me sentais presque en vacances, et je lisais comme un beau diable, étonné que la guerre accordât aux méninges un dérivatif aussi puissant.

— Allez debout !

L'ordre avait cogné. Je rêvais alors d'un sein, d'un grand sein, tout seul, qui n'était chaque fois ni tout à fait le même, ni tout à fait un autre...

— Et on se magne !

« Cette fois, c'est la bonne », avait fait une voix crispée. Je m'étais jeté sur mon treillis. Je regrettais mon sein. Il avait dû s'évaporer. Je me retrouvai dehors, remorqué par le mouvement des voix. Les pas grésillaient sur le sable. Un goût de crevasse imprégnait la nuit.

— Tout le monde est là ?

— Affirmatif, mon lieutenant.

— Et de la discrétion, hein Grigri.

Les fells venaient d'attaquer le barrage en trois endroits. Probablement pour détourner l'attention pendant qu'ils traverseraient par un quatrième. Dans le doute, on allait quand même au résultat.

144

La section harki commandée par Lemarquis resterait au fort en prévision d'une quatrième effrac-
tion.

— Radvany et Frocin, vous resterez avec eux.
Les autres : aux camions ! Et pas un bruit.

On entendit quand même le cliquetis des ridel-
les, puis décroître le ronflement bougon des
moteurs jusqu'à la révélation d'un silence épais. Je
claquais des dents.

— Ce n'est pas parce que j'ai peur, avais-je
précisé à Radvany qui s'était approché de moi,
c'est parce que j'ai froid.

L'embrasure de la porte ogivale, à l'entrée du
camp, béait sur la nuit, dessinant le beau sein dont
j'avais rêvé tout à l'heure. La main dans la poche
de mon treillis, je serrais machinalement ma
queue.

Radvany avait ignoré mon observation.

— Pourquoi ils nous ont mis avec ces vendus
d'Arabes ?

— Je ne sais pas, répondis-je. Peut-être parce
que tu es bon tireur et que tu pourras flinguer les
déserteurs. Peut-être aussi parce que je connais
bien le terrain et qu'ils sont sûrs que les premières
alertes sont bidons.

J'avais du mal à ordonner les mots dans le
claquoir gluant qu'était devenue ma bouche.

— C'est que je voudrais bien sortir, moi, avait
répondu Radvany. J'ai envie de m'en payer, des
fells. C'est pas le tout d'en entendre causer.

Les cochons s'étaient mis à brailler. Les gueu-
lantes que j'aurais voulu pousser, ils les poussaient
pour moi. Leur philharmonie devait convoyer les
décibels jusqu'au Maroc. Il était minuit passé.
Lemarquis avait fait rouvrir le foyer pour qu'on
puisse boire des bières en attendant. Une tournée

aux frais de la princesse en l'honneur du premier coup de feu. J'avais la gorge à sec mais je n'avais pas soif. Radvany, lui, buvait bière sur bière et rotait. Sa manière à lui d'exercer l'humour. Je vais peut-être y passer, pensais-je, je n'ai rien à regretter, je me fous de l'avenir et de la vie, mais j'ai peur.

Omar et Brahim, deux harkis soi-disant fidèles s'étaient joints à nous.

— Vouala, on y tous à la même soupe, li mecs... ti mal à ton tête ?

Les yeux d'or de Brahim me souriaient. Des yeux peloteurs. Des yeux qui salivaient quand on parlait femmes. Ses dents crasseuses, il les étalait sous mon nez comme un carré d'as. Je l'enviais d'être aussi rayonnant. J'essayais d'oublier les fells bourrés de grenades et de fusils qui, peut-être, allaient se déchaîner contre nous tout à l'heure. Quelle connerie.

« On les y prend à revers et on leur met li fessé aux fellouses. »

J'aimais bien Brahim, mais je savais ce qu'il fallait penser des harkis. Des girouettes. Un jour français, un jour fell. Un jour déserteur, un jour réglo. Souvent par calcul et, paradoxalement, pour donner un coup de pouce « aux Frères ». Dans certaines familles on s'arrangeait au mieux des intérêts révolutionnaires et privés : « Toi, tu iras dans l'A.L.N. pour niquer ces salauds de Français. Toi, tu iras chez les harkis pour la Sécurité Sociale et le pognon. »

— Moua, ji préfère li Sergent Limarkess. Grigri, l'a la chkoumoune. Si l'un zob y tombe, y si plante dans son cul à Grigri.

Mes mains avaient peur. Peur de ma peur. Je les sentais frissonner. Les mains d'Omar, celles de

Radvany et Brahim gardaient leur sang-froid. Elles roulaient des cigarettes, elles décapsulaient des bouteilles, elles méprisaient la mort. Elles avaient tué, elles tueraient, peu importait. Les miennes, pauvres filles, faisaient tapisserie sous mes cuisses.

XVIII

Nous cheminions à la queue leu leu. Brahim marchait en tête. Il était entraîné par une foulée rasante où l'on devinait des siècles d'errance. Je précédais Radvany dont le pas moins coulant faisait naître des craquements qui m'ulcéraient. Je regardai le ciel. Un crépitement, pensai-je, elles crépitent ces étoiles, elles battent la chamade avant l'assaut. Je faillis manger la consigne et pousser un cri comme on crève un abcès. Toujours ce goût d'entrailles minérales, en suspens. La guerre, j'y étais jusqu'au fond de l'âme. A cette pensée, j'étreignis mon fusil, me jurant bien de l'expédier dans le premier buisson si ça tournait mal.

Est-ce vrai qu'un soldat meurt le nom de sa mère aux lèvres ? Tous les romans l'assurent. J'essayai donc, réflexe littéraire inconscient, d'invoquer la mienne. Mais je ne la connaissais pas, je n'avais vu qu'une photo d'elle, une seule, et ce fut mémé qui me vint à l'esprit. Je clignai pour éjecter l'image, et raccrochai l'ombre de Brahim dont j'avais décidé qu'elle m'était bénéfique. Et ça aurait changé quoi, si j'avais été comme Ronald un fils à maman ? Probablement rien, mais je ne me serais pas senti un tel vide au cœur à l'idée de ceux qu'on chérit plus que tout au monde. Et quand Lemarquis, à l'entrée du foyer, nous avait lancé : « Fissa les mecs, ils passent juste en dessous », je n'aurais pas eu l'envie de m'allonger sur la terre battue et, s'il vous plaît, qu'on m'achève, mais n'attendez pas de moi que je vous suive.

Ma pensée me revenait par à-coups. Avec elle, un soupçon d'humour qui nuançait la peur. Je voulus rire : un gargouillis s'enclencha. Je me distrayais comme je pouvais. En matière de peur, Stendhal n'était pas convaincant. A l'en croire, il suffisait d'opposer la bravoure au trac pour recouvrer son sang-froid. Idiot. Repousser l'émotion grâce au courage impliquait d'avoir du courage à revendre. Encore fallait-il être vendeur, ce qui n'était pas mon cas.

Tout en rêvassant pour m'occuper les nerfs, j'avais gagné du temps et nous arrivions. On avait l'impression de marcher sur une plage où l'on aurait escamoté la mer. Nuit chaude où des éclairs mous palpitaient.

Les éclaireurs étaient tous là, tapis au sol. Pas un bruit. On n'entendait plus les cochons. Quand Radvany qui fermait la marche nous eut rejoints, Lemarquis ordonna la dispersion.

Je me retrouvai seul, rampant vers le barrage. J'avais d'abord songé rester là, bien sagement, à compter les étoiles comme sur un boulier. Quand le jour pointerait, je rentrerais au camp et je raconterais n'importe quoi. Mais les fells pouvaient aussi bien me tomber dessus par surprise. En revanche, en me portant vers eux, j'arriverais peut-être à les contourner. Le faisceau d'un projecteur balafra l'obscurité. Le half-track, le seul qu'on nous eût laissé : il était là, devant moi, et j'arrivais droit sur lui. Il me parut tout à fait normal

149

d'inonder mon pantalon. Ah, Stendhal, tu m'affliges, j'aurais bien voulu t'y voir, à la guerre, en pleine peur. Mon sang se remit à taper. Le half-track se rapprochait. La lumière aspergeait les barbelés, ripant au ralenti vers le nord. Je m'attendais à tout moment à voir le faisceau s'immobiliser sur une brèche. La soudaine giration du projecteur m'affola. Il s'écartait des fils et fouaillait maintenant le sol dans ma direction. Mon sang ne fit qu'un tour. J'aurais l'air fin si mes copains me prenaient pour du gibier. Un coup de feu péta sur la droite. Je me jetai par terre, la face dans le sable. Il m'avait semblé entendre un hurlement. Qu'est-ce que je foutais là ! Personne n'était taillé pour ce genre de corrida. Le half-track avait mis la gomme, il allait voir ce qui se passait.

« MAIS NON, ELLE NE LE SAIT PAS, MA MÈRE »... Je me répondais tout haut à la boutade favorite des sous-officiers du camp : « et ta mère, elle le sait que tu es là ? » Jamais une mère n'aurait accepté ça pour son fils, le pistolet, les grenades, la peur, la mort. D'ailleurs, si, elle l'acceptait, la mère, justement. Elle donnait le sein, elle versait du lait dans un enfant tiède et tant pis si le lait ressortait un jour, rouge vif, par une blessure. Je n'avais plus peur du bruit. Boursouplouff se mit à déclamer à tue-tête mes tables de multiplication : « DEUX FOIS UN DEUX, DEUX FOIS TROIS SIX, DEUX FOIS CINQ DIX. » Il y eut comme un froissement contre moi. Je me retournai d'un bloc et le ciel me dégringola dessus. Je vis les astres comme des galets fous, les astres pesés, roulés, médités par la nuit et sans motif, je vidai mon chargeur sur ce déluge.

— Allons, du calme, Frocin, c'est moi, Lemarquis.

Je faillis le prendre dans mes bras et le couvrir de baisers.

— Tu as eu les jetons, c'est normal.

Lui en revanche était parfaitement détendu. Il bavardait avec moi comme à la terrasse d'un bistrot.

— Ils ont réussi à gagner les monts, suis-moi. On se regroupe et on essaie de recoller.

— Et les coups de feu ?

— Radvany est tombé nez à nez avec un bicot qui lui a demandé en français de quelle katiba il était. Tu as entendu la réponse, allez grouille.

Mes jambes ne me portaient plus. Autour de nous, la nuit s'était reformée, cicatrisée : rien n'avait eu lieu.

— C'est toua qui li fait tout si broui ? jeta Brahim à notre arrivée.

J'essayai de le prendre avec humour.

— Ouais, ouais, c'est moi, j'arrosais la Grande Ourse.

— La Grand Ourse, il n'y pas fellagha.

Et dire que le poste radar où j'aurais pu trouver refuge était juste là.

On s'était remis à marcher. Toujours la même file indienne. Toujours cette impression que l'obscurité grouillait de haine et qu'à chaque pas l'éclair d'une fusillade allait taillader la nuit.

*

L'excursion dura bien huit heures. Il me semblait que nous avions procédé au jugé, je finissais par douter que les fellaghas, l'Algérie, la France ou moi-même aient jamais existé. Nous atteignîmes enfin le sommet d'un piton. Le matin rosâtre et cotonneux naissait par traînées. C'est avec émotion que je voyais revivre les couleurs qui marbraient la nuit déclinante. Je dormais debout. Mes compagnons sentaient le bestiau. Je les avais quittés glabres la veille au soir, je les retrouvais ce matin poilus et le regard défait.

— Ils sont là, fit Lemarquis.

Il désignait en contrebas un vallonnement broussailleux. On apercevait une mechta dans un creux planté de mûriers. Tout semblait calme.

— Ils sont là, reprit Lemarquis, et ils croient nous avoir semés. Donc ils roupillent. Omar, tu ne touches pas au bigo.

Le bigo, c'était la radio portative. Le sergent se méfiait. Le trafic des ondes était monnaie courante. Les messages, français ou arabes, étaient régulièrement récupérés par l'ennemi.

— On y va, dit Lemarquis. Frocin, tu passes en tête. Exécution !

Il croyait me faire honneur, et moi je me fichais bien de l'honneur et de prouver quoi que ce soit. Des kilos de sable étaient entrés dans mes rangers. Mon cœur était en plomb, toute ma peau. Je ne voulais pas avancer.

— J'ai dit : « Exécution ! », répéta Lemarquis.

Ce fut dans l'œil chafouin d'Omar que je lus ce « pas chiche » irrésistible auquel on doit, selon les cas, la prouesse ou la mort.

Je quittai l'abri que nous occupions derrière une roche, et j'improvisai parmi les ronces un chemin vers la mechta. L'action était un mot dont j'ignorais tout. Je m'imaginais aussi bien frappant civilement à la porte et réclamant un café au lait. Il y avait un muret, je me mis à couvert. Une minute plus tard, les autres m'avaient rejoint. Lemarquis me tapota l'épaule amicalement.

— C'est bon, Frocin, tu vois qu'on s'habitue très vite.

Je ne m'étais habitué à rien du tout mais j'étais content de moi. Le sergent se préparait à l'assaut quand la mechta s'ouvrit. D'instinct, nous nous écrasâmes à terre. Un homme sortit, torse nu, musclé, la trentaine. Il ne nous avait pas vus, il n'était même pas soupçonneux. Il commença par bâiller. Il entrait dans la clarté du jour, humant l'air comme un animal serein. Il observait une trêve avec lui-même, avec le monde, arrivé à bon port après les frayeurs du barrage. Il s'octroyait un instant de perfection tandis que ses compagnons dormaient, seul à seul avec le matin que pas un événement n'avait encore souillé.

Dans une posture universelle, il urina jambes écartées, presque face à nous. J'entendais rebondir l'urine et respirer Lemarquis, désorienté par la tournure de notre embuscade, et fasciné par ce combattant dont le moindre geste exprimait un désintéressement royal. De quel droit le mettre en joue, lui qui visiblement n'était pas en guerre à cette seconde et que toute méfiance avait passagèrement quitté ? Il rajusta son pantalon, rentra dans la mechta, puis ressortit presque aussitôt tenant une cuvette à la main. Il se dirigea posément vers un laurier-rose et mit en équilibre au milieu des branches basses un bout de miroir où surgit une lame de clarté. L'homme se passa le visage au savon, forma une mousse avec le blaireau, brandit un coupe-chou. Il se rasait. Envieux, je fis crisser sous ma main ma joue râpeuse. Je le contemplais avec admiration. On n'abat pas un homme qui se rase, et je me félicitais qu'il exécutât ses ablutions sous nos yeux : il était en train de gagner sa vie comme jamais.

La détonation me sonna l'oreille. La tête de l'homme accusa un hoquet, le corps effectua un saut périlleux, renversant la cuvette au passage et faisant chuter le miroir. L'homme s'écrasa dans un bruit mat, le visage couvert de mousse. Je me retournai.

Radvany, rose et sûr de lui, souriait aux anges, reluquant par-dessus son fusil toujours braqué celui qu'il venait d'assassiner.

— Et vous avez vu, chef, comment je l'ai eu : du premier coup !

Son accent bourguignon s'était persillé d'inflexions coquettes. Il attendait du sergent un mot de félicitations, mais déjà ce dernier fonçait vers la baraque et je me retrouvai chargeant moi aussi comme les autres. Coups de bottes. La mechta était vide. Sur la terre battue : une couverture de l'armée française, un fusil-mitrailleur, une chemise, une veste de treillis.

Dans une poche, sur un bout de papier soigneusement plié, Lemarquis trouva une liste de noms.

— Voilà pourquoi il est resté seul. Il devait encaisser le pognon des fells chez les paysans qui n'ont pas casqué. Les autres ont pris le large.

Radvany fumait dehors, surveillant du coin de l'œil celui qui était devenu son trophée. Comme une bécasse ou un perdreau. Il devait caresser l'ambition d'une médaille.

— Viens, me fit Lemarquis, on va le fouiller.

L'homme était encore plus beau de près que de loin. Il gisait à plat ventre. Il avait un physique de lutteur, je n'aurais pas aimé en découdre avec un tel gaillard. Il portait une chaîne de cuivre autour du cou. La balle avait touché la tempe. Cervelle et sang coulaient, creusant une rigole noire à travers la mousse à raser. J'étais moins ému par le spectacle du mort que je ne l'avais été par celui de l'homme administrant sa toilette avec une gourmandise évidente et le sens du sacré qui convient aux devoirs corporels. Un coup de fusil avait rejeté dans l'absurdité la toute-puissance de cette liturgie.

Lemarquis avait inspecté les poches, ouvert la braguette et fouillé.

— Regarde voir ses pompes, m'ordonna-t-il.

Penaud, je défis les lacets poussiéreux — des bouts de ficelle — et déchaussai le mort, évitant de regarder la figure où tournoyaient les mouches. Une puanteur me sauta au visage. Sous le pied droit, je sentis à travers la chaussette un morceau de papier. J'allais retirer la chaussette, mais je me ravisai. Je n'étais pas du genre à détrousser les cadavres même pour le compte de mon pays.

— Rien, chef, lançai-je d'un ton qui se voulait martial.

— J'étais sûr que je l'avais eu à la tempe. Ah! il n'a fait ni une ni deux.

D'un mouvement de la main fermée, Radvany mimait une pirouette. Il surplombait son mort avec attendrissement. Il lui savait gré d'avoir reçu la balle où il espérait la loger, le confortant dans la satisfaction d'être une fine gâchette.

— Tu l'as bien fouillé au moins ?

— Il pue des pieds, mais à part ça, il n'a rien sur lui.

Radvany tournait autour du cadavre et de temps en temps me regardait, n'osant pas me dire ouvertement qu'il se méfiait de moi.

— Et les chaussettes ?

Pour lui, des chaussettes pouvaient fort bien empester tout en servant d'abri à des secrets d'Etat.

— Si tu ne me crois pas, tu peux le fouiller toi-même, je ne suis pas ta bonniche.

J'étais sûr qu'il n'en ferait rien. Mais au lieu de s'en aller, Radvany posa son fusil, s'agenouilla sur le sol et se mit à tâter les pieds du mort. La rage m'aveugla, je l'attrapai par le col et le tirai de toutes mes forces en arrière, décidé à lui faire la peau. Lemarquis intervint juste à temps, revolver au poing.

— Vous allez me faire le plaisir de cesser vos conneries ou je vous flingue.

La vue du pistolet braqué sur nous dissuada Radvany d'insister.

— Alors, qu'est-ce qu'il avait dans ses godasses ?

— Absolument rien, chef. Mais Radvany ne me croyait pas.

C'était une parole en trop.

— Retourne les chaussettes, et ne joue pas au con.

Contrairement au fell, j'étais dans mes petits souliers. J'espérais au moins que le document caché n'était pas trop important. Une boulette de papier écolier roula. Lemarquis me dévisagea longuement, puis lut. Son expression se détendait progressivement.

— A ta place, j'aurais fait pareil, me dit-il avec un élan d'estime après avoir fini. Tu es sentimental, après tout c'est ton droit.

Je prenais un air entendu comme si je voyais de quoi il était question.

— Ceci dit, il n'y a pas de sentiment à faire avec les bicots, ni même avec leurs enfants.

Il montrait la feuille à Radvany.

— C'est une lettre du moutard. En français par-dessus le marché. Et pas piquée des vers.

Il me remit la lettre. Elle est encore aujourd'hui

156

dans mon portefeuille. Elle m'attendrit quand je
me sens par trop seul.

Chir Papa.

*Hier quand je passe dans la rue je vois afic mes
yeux tendres de biche une chose qu'elle est pas belle.
Quand j'assiste à la scène, je rigarde le chien elle crie
afic sa gueule armée de crocs pointus et de mollaires
broyeuses et tous les gosses comme un seul homme
animés d'un même idéal bor l'amitié franco maro-
caine ils frappent avec les mains durcies par le
travail. D'où vient-il cette bonne animal? Que font-
ils? Où va-t-il? faible et chétive. Il marche afic une
grosse kerkess qu'est la marmite à couscous qu'on la
lui a attaché à sa queue qu'elle pend lamentablement
afic un fil de fer solide et ductile. Je croise la tête avec
mon regard de pitié qui me fend l'âme. Il court vite
afic ses pattes, et la kirkess elle fait des bonds
splendides sur le pavé glissant, sablonneux, malaisé,
afic sa langue qu'elle pend. Je pense que sa queue du
chien elle lui fait mal dans la kirkess il lui tape dans
les fesses sans s'arrêter jamais. Je retire la moralité :
« Il faut pas faire aux autres ce qu'on ne veut pas
qu'on fasse à nous » (Li Fontaine)*

*Vive la France, vive le Maroc,
Chir Papa reviens fissa, fissa*

Saïd

*

Ce premier contact avec la violence intitulé
« Baptême du feu » par ceux qui m'avaient tenu
sur les fonts, Lemarquis, Védel et Grisard, me
rendit insensible à la peur dont je subissais pour-

157

tant les assiduités. Beaucoup m'ont dit que c'était le signe d'un vrai courage : connaître la peur et la surmonter. Dans mon cas je ne me faisais aucune illusion. Braver la peur me rendait service. Je simulais la bravoure pour oublier le sentiment d'agir au nom de la connerie. La vue du sang cessa de m'incommoder. Je ne tournai plus de l'œil chaque fois qu'une plaie dégoulinait, qu'un gosse chialait, ou qu'un soldat projeté par une mine retombait en chair à pâté. Ce progrès s'accompagna d'une leçon : la peur de tuer relève souvent d'un malaise hépatique, et l'on manie plus volontiers son fusil quand on est capable de siroter une bonne bière — le pied sur un corps déchiqueté.

XIX

Le malheur voulut qu'à mon retour au fort, je
m'accroche avec Védel. Je ne l'avais pas vu venir.
Un mauvais sommeil tel un mauvais vin me plon-
geait dans une espèce de délire conscient.

— C'est comme ça qu'on sèche le rapport ?

— J'étais de patrouille mon lieutenant. J'arrive
à l'instant même.

— Et alors espèce d'enculé, tu crois peut-être
qu'une patrouille te dispense du règlement ?

En général, il m'épargnait ses insanités. Supervi-
sant l'intendance et tout ce qui était paperasse
administrative, j'avais affaire à lui tous les jours et,
comme ces chiens furieux que seuls certains habi-
tués peuvent approcher sans danger, il s'apaisait à
mon contact. Sauf quand il relevait de morphine et
qu'on le sentait prêt à fusiller tout ce qui bougeait.
Vautré dans son fauteuil, la cravate en bataille, son
front livide en sueur, il vous faisait entrer, sans rien
voir, sans rien entendre, ne dissimulant même pas
la seringue hypodermique et les fioles de verre en
vrac devant lui parmi les notes de service, les
revues pornos, les graffiti dont il martyrisait tous
ses blocs-notes, et les tablettes de chocolat. « Il
t'intrigue, hein, mon chocolat ! » m'avait-il lancé
un jour. Je n'avais pas répondu. Je savais par

159

Dombasle à quel usage était réservé le chocolat du lieutenant. « Grâce à lui, je me fais glouglouter la tige par une petite de dix ans. Une Arabe, une crouille si tu préfères. Une barre de choco, un glouglou, c'est le tarif. »

On voulait s'éclipser discrètement, mais ses yeux comme des serres avaient agrippé les vôtres et l'on n'osait pas broncher. J'essayais de le ramener à des sujets professionnels. « Les cigarettes sont arrivées, mon lieutenant, voici l'état des comptes. » Il ignorait la diversion : « Dix ans, tu te rends compte, et déjà salope comme une vieille peau. Une langue à déboucher les chiottes. » Je persistais dans les cigarettes : « Si vous voulez, je m'occupe de la distribution. » « Elle s'appelle Samia. Si tu veux, je t'y ferai goûter, mais il faudra que tu payes toi aussi, que tu me payes, et je ne carbure pas au chocolat moi, mais je suis gourmand. »

Samia avait été ramassée par la patrouille aux abords du barrage et ramenée au lieutenant. Il avait décrété qu'il s'agissait d'une espionne et l'avait fait enfermer par Dombasle dans une chambre froide désaffectée. La nuit, sous couleur de l'interroger, il la violait dans son bureau contre un peu de chocolat. Dombasle avait même raconté qu'il lui faisait des piqûres de morphine. Et comme Samia, depuis quelques jours, s'était volatilisée, chacun se demandait s'il n'avait pas fini par la tuer. « Est-ce que je peux vous présenter l'état des comptes à signer ? » Il répondait : « Bon, bon », complètement ailleurs ou complètement là, vicieux en diable et cherchant à vous plonger dans l'embarras sous un flot d'incohérence. Il se curait le nez, mangeait la morve, observait vos réactions. Il pouvait même se lever et pisser à deux pas de vous sur un tapis vaguement persan. « Ils font même pisser les vaches dessus, ces bougnoules, pour les culotter comme des pipes. Ça fait vingt ans que je culotte les tapis et même les planchers. » J'essayais à nouveau de partir sans l'énerver : « Mes respects mon lieutenant, je dois retourner aux cuisines. — Tu ne retournes nulle par, aboyait-il en cognant du poing sur la table, tu es consigné jusqu'à nouvel ordre et tu vas me montrer tes comptes, espèce de petit con, je suis sûr que tu te fais du fric en douce. »

Evidemment que je m'en faisais. Un maximum. Mais j'étais assez méfiant pour tenir les comptes au centime près. « Les voici mon lieutenant. — Les voici, les voici, répétait-il, tu croyais peut-être t'en tirer comme ça, tu t'étais dit, hein, tu t'étais dit, ah je sais bien ce que tu t'étais dis... »

Et puis subitement, on en restait là. Incapable de vérifier quoi que ce soit, il réduisait l'état des comptes en boulette et le jetait par terre avec un clin d'œil qui signifiait : « Nous sommes deux salopards, toi et moi ! » Sur un signe de sa part, je débarrassais le plancher.

Ce matin-là, j'étais donc aux prises avec un Védel qui semblait d'une humeur plus massacrante que jamais. Samia devait lui manquer.

— Radvany et moi, lui dis-je, avons été détachés par le sergent Lemarquis pour sortir avec la quatrième vague. On vient juste de rentrer.

— Et tu en es fier ?

Fier de quoi, je ne savais pas. De toute façon, le mot fierté, c'était pour moi du martien.

— Et tu te la coulais douce, hein, je parie que tu te branlais dans un coin.

Le regard du lieutenant s'était teinté d'un éclat fiévreux que je redoutais de trop bien interpréter.

Par malchance, il n'y avait pas un chat dans les parages immédiats, Védel faisant le désert autour de lui.

— En plus, tu es mignon, beau brun, toi aussi tu voudrais peut-être une barre de chocolat. Mais tu bandes, dis-moi.

Je fis un bond en arrière sans pouvoir esquiver tout à fait l'attouchement répugnant.

— Espèce de tantouse, sifflai-je, le cœur au bord des lèvres.

J'allais le payer cher, mais tant pis. J'étais à bout de nerfs. Qu'il me frappe ou qu'il me tue, je m'en foutais, la mort à cet instant ne m'impressionnait plus. Me voyant prêt à craquer, Védel se contint et sourit. C'était la première fois que je le voyais sourire.

— Toi aussi, beau brun, tu es une tantouse, et de la pire espèce. Je les reconnais au pif, à l'odeur. Pense au chocolat et viens me voir.

Toute la journée, je remâchai ces mots vengeurs : « Je t'aurai, Védel, je t'aurais, méfie-toi de l'eau qui dort. » L'appétit coupé, j'avais cédé ma gamelle à Mallard dont la voracité ne désemparait jamais. Après le déjeuner, j'avais essayé d'écrire à Séverine un message érotique : en vain, les mots comme l'imagination m'échappaient. J'avais toujours entre les jambes, persistant comme un renvoi, le contact répugnant des doigts du lieutenant. Sa voix me pelotait encore : « Toi aussi, beau brun, tu es une tantouse. » Impossible d'écarter cette obsession. Je comptais bien sur mon expédition postale en milieu d'après-midi, trois bons kilomètres à pied sous le soleil, pour recouvrer mon indifférence à l'égard de tout.

*

J'étais parti de bonne heure. Après la rampe bétonnée, j'avais suivi la piste nue, marchant d'un pas rapide, le désert à mes côtés, le soleil en plein front, sable, éboulis, buissons presque minéraux, les monts des Ksours condamnant autour de moi des lointains vaporeux.

Au bout, s'évasait une aire où les roues des camions et des jeeps avaient tassé le sable. C'était le lieu du rendez-vous. J'attendais debout, à l'affût des scorpions, recourant à Boursouplouff pour tromper l'inconfort de ma faction. Chaque jour, je prenais avec moi cinq canettes insérées dans mes poches cuissardes, dont une pour le chauffeur, un Alsacien terrifié par les coupe-gorge qu'il devait franchir avant d'arriver jusqu'à nous.

— J'ai même demandé une prime, me racontait-il. J'ai commencé par bicher quand ils me l'ont accordée. Puis je me suis dit : s'ils me la filent, la prime, c'est qu'il y a vraiment du danger et qu'ils sont sûrs que je n'aurai pas l'occasion d'en profiter longtemps. Alors maintenant, je vais demander une surprime pour la trouille qu'ils m'ont collée en m'octroyant une prime.

Ce jour-là, j'attendis trois heures. Eperdu d'insolation, je lampai l'azur, les yeux rivés au ciel, ravi d'éprouver les premiers signes d'un état second dont j'espérais qu'il allait me précipiter dans l'oubli. Le soleil était un alcool : j'y noyai ma nuit d'épouvante, la mort, Védel, l'armée, Tim et tous les miens. Le soleil et l'alcool avaient en commun l'unité de mesure, à savoir le « coup » : un coup de rouge, un coup de soleil. Deux frères jumeaux.

Quand j'eus bu force coups de soleil, les yeux gorgés d'une vision dont les contours montagnards se gondolaient, je perfectionnai ma comparaison.

C'était l'univers tout entier, la violence, le grisou, le sexe, le cafard, et même le téléphone qui s'étalonnaient par le coup. Vive le coup. Mais j'avais beau m'empiffrer d'azur, le niveau du soleil ne diminuait pas dans la bouteille. On pouvait encore ajouter le coup de foudre et le coup de barre, et sur cette intuition prophétique, je vis nettement mon œil se changer en hélice, sable et ciel permuter dans l'espace, et je m'écroulai d'un seul coup.

Le baby-foot dont j'entendais dinguer les buts dénonçait l'endroit : l'infirmerie. Védel l'y avait fait installer, le baby-foot, parce qu'il exigeait une infirmerie bruyante et ne se prêtant pas au tirage au flanc. J'entendais la voix du lieutenant. Je l'apercevais même à travers mes cils brûlants qui me grillageaient la vue. Impossible d'ouvrir les yeux. Tous ces enfoirés m'avaient coulé du plomb ou quelque poivre incandescent dans les méninges.

— Ici, je veux que des macchabs ou des futurs macchabs, alors lui, je veux le voir crevé dans dix minutes ou debout. Sinon, c'est toi qui plonges.

— Bien, mon lieutenant... mais je ne sais pas si... enfin il est dans le coma.

C'était la voix de Noël, dit Nono, l'infirmier.

— Tes couilles aussi, tu vas les retrouver dans le coma si tu me les gonfles.

Védel ne pouvait pas exister ni parler sans référence à la virilité que, selon les cas, il convoitait par vice ou fustigeait avec le dernier mépris.

La porte claqua. J'aurais juré qu'on venait de m'enfoncer une hache en plein front, juste au ras des yeux.

— Je suis réveillé, Nono, articulai-je avec peine, mais ne compte pas sur moi pour bouger.

— Va bien falloir, mon pote, il est comme fou,

Tourteau. Le chauffeur de la jeep est entré dans son burlingue alors qu'il se tronchait une fillette qui n'a pas dix ans.

Samia. Elle n'était donc pas morte. Il avait dû seulement la changer de cachette. Aucun doute, j'étais à bord d'un vaisseau coulé, les mots se transformaient en bulles en arrivant dans ma tête. J'avais beau les ouvrir : rien à l'intérieur.

Plus tard, j'apprendrais qu'on m'avait retrouvé gisant à une cinquantaine de mètres du rendez-vous habituel. C'était miracle si les scorpions n'avaient pas joué les acupuncteurs sur mon cas. La jeep, avec trois heures de retard, était passée en trombe à côté de moi. Le chauffeur ne m'avait pas vu, il aurait aussi bien pu m'écraser. Il avait fait irruption dans la cour en klaxonnant, posé sa bagnole, et couru directement chez Védel qu'il avait surpris, culotte basse, en compagnie d'une fillette entièrement nue.

— Je vais te faire une piqûre de solucamphre et ça ira mieux. Du moins, le temps d'essuyer l'engueulade.

J'aimais bien les piqûres. Leur pincement suraigu mais bref n'appartenait pas à la douleur. Je dégustais cet instant où l'aiguille engendrait sur ma peau l'éclair d'une sensation que je pouvais rester des heures à décortiquer après.

Une certitude illumina fugitivement le cirage où mon cerveau pataugeait : je ne comprenais rien à mes congénères, à leurs valeurs, et n'espérais aucun avenir dans un monde où chacun devait briller par son grade.

Nono dut presque me porter chez Védel. La piqûre avait désencotonné vaguement mes jambes et mes yeux, mais j'avais envie de vomir à chaque pas. Tout le personnel haut le pied m'escortait pour me donner du cœur au ventre et se rincer l'œil en cas d'altercation publique. « Te laisse pas faire », enjoignit une voix. C'était Pescatore. Je l'avais oublié celui-là. Il devait trouver que sa famille lui battait froid. Je le privais de courrier depuis quinze jours. Je n'appréciais pas tellement qu'il me présentât dans ses lettres aux siens comme le parfait exemple du voyou social tel qu'il peut sévir chez les conscrits : celui qui dit niet au progrès, aveugle aux bienfaits des civilisations. Il va de soi que j'avais soustrait ces horreurs à l'attention de la famille Pescatore et pénalisé l'instituteur.

Je fus introduit dans le bureau du lieutenant. Védel me fit l'effet d'un volcan d'opérette ayant mal répété ses éruptions. Il triait avec soin les projectiles au mépris de tout naturel, hésitait entre un bloc de granit ou une coulée de lave ; il faisait euh euh très fort pour maintenir sa colère sous pression, postillonnait comme s'il crachait le feu : cet officier redoutable à froid paraissait dérisoire à chaud. Conscient d'un manque de brio qui pouvait lui coûter son crédit d'épouvante à mes yeux, il m'envoya son poing dans la figure. Je ne ressentis rien, immunisé par le solucamphre, mais je tombai en arrière, butai contre un mur et m'étalai. En sentant ma bouche pleine de sang, j'eus un accès de rage et je me jurai d'avoir tôt ou tard la peau du lieutenant.

— Debout !

Je restai sur le sol. Grisard, témoin de la scène, me jeta un verre d'eau tiède à la tête pour me ranimer. Je ne savais pas de quoi j'étais accusé, mais j'entendis qu'on m'infligeait une punition : creuser un trou à la sortie du fort :

166

... de quoi y foutre ton cadavre. Sauf que tu vas le remplir avec de la merde ce qui revient au même !

Une fois le trou creusé, je devais me rendre en courant jusqu'aux latrines, rapporter mon casque plein du mélange excréments-chaux vive et le vider dans le trou. Et ainsi de suite, en tenue de combat, jusqu'au nivellement du trou creusé.

Je creusai le trou. Il faisait une chaleur à crever. L'azur n'était plus bleu mais rouge sang ; le soleil suppurait. Nono m'avait fait une seconde piqûre. Je ramenai la merde une fois. Je ne courais pas, je titubais, Grigri me suivait en jeep comme si j'avais été un participant du tour de France. J'entendais le plop des canettes décapsulées. De temps en temps, il me doublait au ralenti pour me faire humer l'échappement noirâtre d'un moteur mal réglé. En voyant au fond du trou la bouse infime qui m'avait coûté tant de sueur et de souffrances, je calculai qu'il me faudrait au moins trois jours ou trois cents pour solder cette comédie, que j'allais mourir avant. Je jetai mon casque lourd dans le trou et, sans un mot pour Grisard, je partis à pas lents vers le camp.

— C'est pas fini, conard, la merde attend.

— Parfaitement, c'est pas fini. Mais moi, j'ai fini.

— J'en réfère immédiatement au lieutenant.

Les soldats comme les flics sont si peu francs du collier que pour moucharder ils ont inventé l'expression « référer ».

— Référez, mon brave, référez.

C'en était trop pour lui. Il hésitait sans doute à me casser la gueule, mais si j'y restais il était bon pour la cour martiale. Il fit rugir les gaz comme on bombe le torse afin d'épater la galerie, me frôla, puis repassa la première à l'entrée du fort, retrouvant le sens des édits védéliens relatifs au silence.

J'allumai une cigarette. Il faisait moins chaud. Le soleil penchait déjà vers le Maroc. J'héliotropai quelques instants. Mes doigts empestaient, j'avais des larmes croûteuses aux yeux. J'aurais volontiers déserté, d'autant plus que déserter dans le désert, c'était presque un pléonasme. Mais n'étais-je pas déserteur de naissance et porté déserteur partout, dans ma famille ou dans le cœur des femmes qui croyaient pouvoir compter sur moi. C'est du moins l'alibi spécieux que j'invoquai pour rentrer lâchement, quand la simple logique eût voulu que je m'offre ce beau Sahara pour suicide.

A mon retour, Védel n'avait pas encore réagi. Il devait dériver dans quelque narcose entre morphine et Morphée. Je bénéficiais donc d'un répit. J'en profitai pour me débarbouiller et me coucher, non sans avoir informé la troupe des derniers rebondissements de mon épopée. J'allais m'endormir quand Jacky me rejoignit :

— Il vaut mieux que je reste là, pour que tu ne sois pas seul quand ils viendront. Védel n'aime pas trop les témoins et...

Son accent breton chantonnant m'avait fait glisser en douceur dans l'inconscient.

Ils sont là tous les deux, Grisard et Védel. Ils ont allumé. Ils respirent fort. Toute la chambrée est réveillée, sauf moi. Sauf moi qui suis réveillé mais feins de filer le parfait sommeil.

— Tu vas retourner immédiatement remplir ton trou.

J'entrouvre un œil. C'est à peine s'il tient debout, mon chef. Il a les bras croisés, je vois des poils noirs. Sa voix est rauque et balbutiante, il doit friser la surdose. Je referme l'œil et me tourne d'un bloc vers le mur en lâchant un ronflement clownesque. Des rires éclatent. J'ouvre les yeux face au mur.

— Tu vas te lever. Tu vas remplir ton trou.

Le ton monte, les souffles râpent l'air. Ce que j'entends le mieux, c'est la respiration de Grisard, une respiration comblée. Punir, brimer, vexer : sa sensibilité n'est pétrie que de telles émotions.

— Toi, le pédé, je t'emmerde.

La réplique a jailli de moi, presque sans moi, outrepassant mes intentions, déléguée soudain par mes doigts merdeux, mes lèvres fendues, mes yeux boursouflés, mon cœur épuisé, c'est en témoin que j'assiste à l'insurrection de ma dignité.

... Et comme j'entends nettement les mots « ah tu m'emmerdes, alors viens te battre » et que malgré sa morphine et sa maigreur, je sais Védel imbattable au coup de poing, je compte jusqu'à trois, bondis hors de mon lit, dans le même élan lui flanque mon genou dans le bas-ventre, arrache son poignard du ceinturon et le lui mets sous la gorge : le tout n'a pas duré dix secondes.

... Ce fut un court triomphe, mais il m'exalta. J'avais senti le choc délicieusement mou de ma rotule écrasant ses parties privées.

Puis, Grisard m'a frappé par-derrière, ils m'ont traîné dehors pour me rouer de coups.

— Emmène-le dans mon bureau.

J'étais bien, je nageai dans un demi-coma bigarré. J'entendais la voix rocailleuse de Radvany. C'était lui que Grisard avait réquisitionné pour me transporter.

Védel à présent :

— Assieds-le dans mon bureau et téléphone au

169

P.C. Qu'un camion vienne le chercher tout de suite. Il m'a traité de pédé, il va en avoir pour son argent.

Ce fut si lent que je pensai bien ne jamais atteindre le fond du vertige. La respiration du lieutenant faisait un bruit d'enfer. Je sentais des doigts courir sur ma peau. Je me débattais dans mes cris tranchants comme des tessons. Je survivais par la bouche, mon nez devait n'être plus qu'un caillot. Au-dessus de moi, repoussés à l'infini, tourbillonnaient dans un dernier carré de ciel noir les signes clés que j'avais cru pouvoir dédaigner. Sibyllins, plombés, j'entrevoyais comme un revenant leur lointain conciliabule.

XX

Je fus emmené par camion, je ne savais même pas où. Après un trajet qui me parut l'éternité, on me jeta dans une espèce de coffre en béton, pas même un réduit, juste de quoi déplier les jambes et me mettre debout. La lucarne était ménagée dans la porte même. Elle étalait autour de moi les rudiments d'un jour électrique, et je déchiffrais sur les parois, gravés dans le ciment, maints blasphèmes aux dépens de l'armée : l'écriture une fois de plus suppléait l'action. J'étais en prison chez les légionnaires, en forteresse, à cent kilomètres d'El-Fadja. Ainsi l'avait voulu mon chef pour m'apprendre à l'avoir bravé.

Chaque soir, mon cœur paniquait à tout rompre. A peine avais-je avalé ma tambouille où des reliefs mous tremblotaient que Chipounov entrait en action. Il était russe, énorme, le crâne entièrement rasé, les bras comme des cuisses et couverts de tatouages, un cou d'aurochs. Condamné à la réclusion perpétuelle, il avait été versé pour bonne conduite au bâtiment des appelés — comme gardien de nuit.

Pour bonne conduite ! Il entrait dans les cachots, précédé d'un barrissement qui n'avait rien d'humain. Il tabassait, violait, repartait. Quand l'un de

171

ses gitons forcés l'agréait, les autres détenus pouvaient dormir en paix quelque temps. Pour ma part, Chipounov me visita six jours d'affilée. Je pleurais quand il entrait, faisant trinquer ses poings comme des boules de pétanque — je pleurais d'orgueil et de douleur. A vouloir se défendre, on risquait des avanies supplémentaires. Il avait cassé des bras, brisé des coccyx et des mâchoires, et convaincu ses victimes de ne jamais le dénoncer.

A la prison, le travail forcé représentait une distraction. Il permettait, pour épuisant qu'il fût, de respirer un air frais et de se dégourdir les yeux librement. Il alternait la brique et le bois. Le bois consistait à recevoir des bûches lancées d'un camion, un plein chargement, aspérités et nœuds vous arrachaient la peau, on avait les bras lapidés. La brique offrait les mêmes avantages et d'autres douleurs. Une aire de ciment frais qu'il fallait d'abord tasser en piétinant. La consigne était claire : « On piétine, on tasse, on la ferme. » On piétine, on tasse, on la ferme... On piétine, on tasse, on la... Avec des rangers sans lacets — les lacets étaient interdits pour corser le jeu —, on se retrouve généralement pieds nus à piétiner et à la fermer, et quelques jours plus tard les pieds enflent et s'infectent : plus question de se mettre seulement debout sans hurler. Hospitalisation. A son retour, le tasseur déficient est affecté au transport de la brique fraîchement démoulée. Le parpaing chiffre cinquante kilos, il faut couvrir en trottinant cinq cents mètres avec ce poupon dans les bras. Et toujours les rangers flottant autour des chevilles en sang. A moins d'un infarctus dès la première manipulation, on finit par s'habituer.

Le soir, jeté sur mon bat-flanc, les doigts de pieds en éventail — un éventail que le sang martelait —, j'essayais de me rappeler intégralement les lettres de Séverine que j'avais lues pour la plupart une seule fois. Je retrouvais certains passages, d'autres m'échappaient, je meublais les lacunes à ma façon pour me dérouiller les méninges. Le temps tué à coups de talon dans la journée, je le revivais le soir en phosphorant tant bien que mal.

La prose de Toinette m'avait davantage frappé la mémoire. Elle raturait, littératurait de courts billets porteurs d'un lyrisme axiomatique. Trop de poésie l'avait coupée des réalités. « L'homme n'est pas le fruit de l'arbre qu'il irrigue... » Et alors ? Vous êtes à l'Armée, chaque soir c'est pile ou face et quand ce n'est pas la mort qui vous abat, c'est l'ennui qui ronge le cœur, et la tendre amie censée vous revigorer se prend pour Paul Valéry dégoisant sur le fronton du Palais de Chaillot. D'ailleurs, les mots de Toinette ne s'adressaient à moi qu'incidemment. Je répercutais, tel un mur, l'écho d'un désarroi pédant qui s'exprimait seulement par écrit. De loin en loin, la tournure était plaisante et se laissait ruminer comme un chewing-gum : « Ne soyons jamais inférieurs aux tâches que l'on dédaigne. » Les pieds dans le pétrin gris du béton, je me répétais : « Ne soyons jamais inférieurs aux tâches que l'on dédaigne », et j'ajoutais : « Si j'en réchappe du ciment, des fells et de toutes ces simagrées, il faudra tirer ça au clair : l'infériorité, le dédain, il faudra savoir à quel saint ou à quel satan se vouer, mais en finir avec ce code moral appliqué béatement. »

Dans mon caisson pénitencier, pris dans les murs comme un cœur dans la glace, et démuni d'horizon, je fis une trouvaille d'ordre sensuel. J'étais sensible à l'odeur du ciment frais. Je l'aimais, j'aurais dû l'exécrer. Elle frappait mon attention quand j'étais étendu, arrivant par bouffées du conduit d'aération. Je respirais cette odeur comme un parfum végétal. Elle était capiteuse, épaisse, elle titillait ma rêverie, suggérant une fleur bien en chair genre tubéreuse, celle qui d'après Zola sent la femme, et j'inventai sur ce thème une plante rare aux tons gris que je baptisai d'un ton musical et vénéneux : « L'amiante. » Un bouquet d'amiantes. Un pétale d'amiante. La saison des amiantes. Mignonne allons voir si l'amiante. J'extravaguais : l'amiante était anthropophage, la pâte d'amiante était exquise. Elle défrayait ma chronique imaginaire : « Un enfant de trois ans dévoré par une amiante... », « Suite aux nombreux accidents, la vente libre des amiantes a été suspendue... » Plus stupide encore : « L'amiante religieuse est ainsi nommée parce que sa corolle inférieure évoque une cornette... », « L'amiante : un traitement révolutionnaire contre la grossesse nerveuse... » Et c'est ainsi qu'une imagination au pain sec trompe sa faim.

Par surcroît, ces variations olfactives autour du ciment grisaient mes sens. L'odeur agissait comme un encens aphrodisiaque. Je la respirais en me caressant. Je déployais des fantasmagories propices à l'oubli comme au plaisir, et voilà qu'un jour ce fut une chimère imprévue qui survint : Sher-Boukal, un harki de vingt ans, chauffeur de half-tracks à El-Fadja. Ce fils de cheikh ne parlait à personne et surtout pas aux Français dont il se tenait éloigné et bizarrement c'était lui, cet éphèbe aux cils d'adolescente que je découvrais embusqué dans mon sang. J'étais inquiet : « Suis-je un homosexuel, ou simplement un rêveur qui pallie les manques à n'importe quel prix ? » Je m'affirmais pour me consoler que le drame ne résidait pas dans la perversion mais dans l'indifférence aux appels du corps qu'il soit féminin ou masculin.

Pallier les manques, je passais mon temps libre à ce jeu qui permet de surseoir à la détention morale. Enfermez mon corps, si vous ne le torturez pas, il sécrétera l'évasion comme un suc. Je ne pouvais pas subsister sans romans. Sur les conseils de Boursouplouff, je fabriquai une histoire entrelaçant des phrases que j'avais en mémoire, originaires des lectures qui m'avaient marqué. J'écrivais intérieurement. Je voyais les mots défiler sur le papier. J'aménageai ma tête en classeur et dressai la liste des écrivains impliqués dans cette cacographie dont voici l'ouverture :

Pendant longtemps, le Marquis d'Epistémont s'était couché de bonne heure. (C'était l'heure tranquille où les lions vont boire.) Il était des plus faciles à nourrir bien que manifestant une vive préférence pour les épluchures de pommes de terre mélangées avec du son. Il habitait un pavillon, à Megara, faubourg de Carthage, dans les jardins d'Amilcar — son vieux camarade de régiment. Lorsque avec ses enfants, vêtue de peaux de bêtes, échevelée, livide au milieu du transept, elle s'écriait : « Que d'eau, que d'eau », le célébrant répondait du tac au tac : « L'homme est un à douleur, l'apprenmaître est son ti, et nul ne se souffert tant qu'il n'a pas connaît... »

J'essayais différents genres.

Absurde :

L'homme arborait l'habit d'apparat d'un escalier mondain : rampe ultra-fine, moquette ciselée, lavallière à pommeau, ascenseur trois pièces. Il faisait nuit. Un réverbère éclairait les rouages inférieurs dont il graissait machinalement la patte entre ses gants beurre frais. La peur se lisait sur ses traits (il l'avait déjà lue plusieurs fois). C'est alors qu'un inconnu l'accosta.

— Que pensez-vous d'un tel accostage, observa l'inconnu d'une voix si chargée en eau qu'on aurait cru du plancton.

L'autre pâlit de pied en comble :

— Le mal de mer, expliqua-t-il, et de plus je suis fils unique. Sur ce dernier mot, il dégaina une cuisse de poulet et fit feu dans un bruit de mayonnaise à explosion.

Populiste :

Pendant que lui, vautré dans un fauteuil à bascule, examinait goulûment les Entretiens de Pascal avec Monsieur de Saci sur Epictète, Angèle encaustiquait les tapis, plumait les brochets, écaillait les volailles, reprisait la toiture, amidonnait la chaudière, nettoyait les cols de chemises au bouchon noirci, débouchait les oreilles des murs et tressait des serpillières en rotin : une vraie femme en somme !

Je tentai même un roman génial à la Proust. Quelque chose comme ça :

C'est au premier regard qu'entre Claudette et moi, tout se joua pour toujours. Je vous aimerai toute ma vie, lui dis-je, mais je n'aurais pas assez de ma vie pour vous aimer toute.

Je n'ai jamais trouvé la suite, mais il me semblait déjà fumant d'avoir trouvé ça. J'entrepris aussi une préface d'inspiration religieuse en hommage à Dominique Savio dont on m'avait rebattu les oreilles étant petit. Je jouais avec les mots toute la journée. Ils me procuraient un plaisir buccal.

Certains se laissaient mâchouiller comme du caramel : baudruche, herminette, poulpiquet, melli-
flue, merluchon, consistoire, ribambelle... J'inventai des titres loufoques : « La brûlure et la cuisson. » « Le carton était presque bouilli. » « Mais
l'ascenseur ne s'arrêta pas. » « The armchair of my
mother in law. »

Ces menus travaux littéraires me divertissaient
et m'intriguaient. C'était comme un don caché qui
ne demandait qu'à voir le jour. J'aurais peut-être
été mieux avisé de me borner à ma vraie fonction :
légume. Légume appointé par l'Etat. Dodo, flingot,
boulot. Je ne pense pas, donc je ne suis pas, donc je
suis un légume et dès lors j'accepte tout, la brimade, la discipline et la connerie. Mais la connerie,
non je ne pouvais pas y souscrire, et elle proliférait
autour de moi comme les cafards. Elle éclatait chez
les idiots notoires ou les byzantins surdiplômés, et
c'était toujours pareil : un geste raté, une parole en
trop, un simple porte-à-faux dans la voix ou dans
l'intention qui soudain me tordait les nerfs et
suspendait irrévocablement l'échange avec autrui.

Individus ou réalités, je commençais à redouter
l'objectivité, lui préférant la dérision qui permet de
fausser avantageusement l'aspect du monde extérieur. Dans cet esprit, je posais les premiers jalons
de cet essai nombrilographique où je me dévoile
d'entrée de jeu avec cette franchise des menteurs
qui n'élucide rien. Voilà comment ce livre démar-
rait dans sa version primitive.

*Je suis un animal solitaire uniquement gouverné
par ses impulsions. J'aime la chair et j'aime les
cachettes. Les seuls bonheurs que j'aie jamais éprou-
vés, c'est à mon sang chaud que je les dois. Je ne
méprise pas les femmes : je m'en fous. J'aime leur*

corps, le reste m'est égal. Elles me croient hautain,
c'est beaucoup d'honneur. Je suis seulement égoïste
et préoccupé par mon plaisir. Je n'ai jamais reculé
devant un serment d'amour s'il pouvait favoriser le
dialogue des sens. On m'a dit don Juan. Ce grand
malade l'était moins que moi. Il déchirait les cœurs
comme des étiquettes, mais il était courageux et ne
craignait pas de s'engager physiquement. Je suis
douillet, j'ai peur des coups de poing, et je ne suis pas
plus honnête avec les hommes qu'avec les femmes.

Nous pouvions rester des jours entiers sans aller
au ciment ni aux bûches. J'étouffais dans mon
caisson. Je rêvais au bonheur. J'essayais de le
provoquer artificiellement. La cause des plus puissants bonheurs étant l'amour je tombai amoureux
d'une amante idéalisée dont je corrigeais jour
après jour l'apparence. Elle me parlait : « Non, pas
de mots entre nous, plus jamais de mots. — Mais
tout cela, lui disais-je, ce sont des mots. » Elle
insistait, ses yeux fondaient dans les miens, nos
voix s'enlaçaient. « Plus jamais de mots, plus
jamais. » Je me rappelais Nerval : « C'est peut-être
la seule au monde dont le cœur au mien répon-
drait. » Mais quand j'osais proférer cette évidence,
elle s'en allait, son regard s'échappait du mien,
refluant vers tout ce que j'ignorais d'elle et je me
retrouvais seul, assis sur mon bat-flanc, embras-
sant mes genoux, surpris qu'une telle fable ait pu
m'arracher l'eau des yeux.

J'étais sentimental.

Il m'avait fallu la prison pour dépister en moi
cette anomalie. Je logeais un inconnu sous mon
toit. Peut-être n'était-il pas seul. Combien y en
avait-il à battre ainsi la semelle en attendant leur
heure — ou plutôt la mienne. Avec une bonne

réclusion à perpétuité, j'aurais tiré mon personnage au clair, je les aurais tous démasqués. Car dans un sens, malgré la déprime, j'étais plus moi-même en prison qu'au fort. Sauf quand Chipounov s'en mêlait. Ce n'était pas d'être soustrait au danger qui m'apaisait, c'était qu'enfin les choses étaient dans l'ordre : moi qui me sentais enfermé par nature et prisonnier d'un malentendu, celui d'exister, j'étais sous les verrous pour de vrai.

XXI

Je fus libéré trente-neuf jours plus tard — trois fois treize, un chiffre qui flattait ma superstition. Une jeep de la Légion me laissa devant l'allée bétonnée. J'étais ému. Au premier regard que j'échangerais avec Sher-Boukal, je saurais vraiment que penser des émois qu'il avait éveillés dans ma peau. C'était le matin. Je voyais onduler au soleil la nageoire du drapeau national. A quelques pas du planton trottinait un scorpion violacé. « Scorpion du matin, chagrin », murmurai-je en passant la porte après avoir salué. Une fois signalée mon arrivée, mon premier soin fut d'aller à la Semaine afin de savoir où trouver Sher-Boukal. Grigri, les deux pieds sur le bureau, très shérif, lisait *Bunny*, une bande dessinée dont le protagoniste est un lapin.

— Ah te revoilà conard, fit-il, tenant d'une main son journal et de l'autre sa nuque.

Je n'oubliais pas quel rôle il avait joué juste avant mon arrestation. Bien décidé à me venger, je feignis d'abord de filer doux.

— Je viens voir les affectations.

— Ouvre plutôt la fenêtre et passe-moi un clope, je crève de soif.

Toujours aussi drôle. Il éclatait dans un treillis

180

léopard qui semblait peint directement sur lui. Sans doute estimait-il que boudiné de la sorte il paraissait plus mince et plus mâle.

Ne voyant nulle part le nom de Sher-Boukal, je hasardai, l'air de rien :

— Il s'est fait allumer le petit harki ?... Comment s'appelait-il, déjà ?...

— Sher-Boukal. Toi aussi tu voulais te le payer. Non, il s'est cassé, il en avait marre de se faire bourrer le pichet.

— Le maquis ?

Il avait posé son *Bunny*, non sans avoir corné la page en guise de signet. Les producteurs d'illustrés, pensai-je, devraient prévoir un ruban comme dans les missels pour des lecteurs aussi fervents.

— Et où veux-tu qu'il aille, à La Ferté-sous-Jouarre ?

La voix de Tourteau que je n'avais pas entendu entrer m'était tombée dessus comme une main de glace.

— Encore à bouquiner, Grigri. Ce n'est pas comme ça que tu vas boucler tes inventaires.

Car Tourteau était d'abord un maniaque de l'inventaire, et ses inventaires étaient toujours en souffrance, bols, souliers, fusils, musettes, il ne fallait pas qu'un point final soldât jamais l'entreprise, il exigeait une mise à jour permanente assortie d'enquêtes et de représailles au cas où le moindre petit pois viendrait à manquer.

— Et qu'est-ce que tu fous là, toi, je te croyais au frais.

Il était brûlant, son frais. Je ne sais combien de kilos de sueur, de sang et de haine il m'avait coûtés.

— Terminé, mon lieutenant, à vos ordres.

Il avait les lèvres minces comme une incision.

181

C'était par là que suintait son cœur de pierre. Je le haïssais.

— Tu rentres à point. Ton petit copain l'instituteur, tout diplômé qu'il est, le secrétariat, ça lui va comme une merde. Il n'a même pas été foutu de taper à la machine. A ce propos, cet après-midi, tu vas me rendre un petit service.

Il était devenu radieux et ses traits subitement illuminés révélaient un autre visage, très beau, celui qu'il avait sans doute avant qu'il ne donnât carte blanche à son mauvais génie.

— A Djenien, ils interrogent un témoin. Ils ont besoin d'une petite fée de la dactylo. Baumelin te conduira. Et je te rappelle que tu ne m'as toujours pas dit ce que tu foutais là.

— Je voulais rendre à Sher-Boukal l'exemplaire du Coran qu'il m'a prêté. Comme vous le savez, je suis parti précipitamment.

Mon ton était net de toute ironie mais la flèche avait porté. Tourteau fouilla mes yeux pour y détecter un motif de punition, ne vit rien, éluda grossièrement.

— Cette petite gouape... Tout le monde se la payait. Il s'est barré au maquis, mais vingt-quatre heures plus tard, comme un con, il se refaisait piquer.

— Enfin, ce livre lui appartient, je voudrais...

— L'enculer, je sais, arrête ton char avec le Coran. Mais je vais te dire, c'est pas un cadeau. Si tu bouffes de la viande de porc, avec lui, c'est râpé. Monsieur a des principes. Allez dégage.

*

Je m'étais retrouvé dehors, éperdu, naufragé. Je ne voulais pas être un dur, moi, toute ma peau

182

s'abreuvait à la vie. Je voyais le soleil, je voyais le sable, je me serais bien mis à compter les grains ou à les brouter. Je voyais le bout de mes chaussures, irresponsable, idiot, et je me disais : le mieux serait d'écraser le pied, de donner congé à toutes ces choses qui saignent. Je me disais : le corps qui fait mal fait aussi le mal. Je me disais : vivre est ma déroute, il suffirait d'abandonner, mais je n'ose pas mourir, je reste là les bras ballants, les mains, le cœur, l'esprit ballants. Je me disais : allons, pas de sentiments, du nerf, mais quand le cœur craque et s'ouvre en deux sous la douleur, les sentiments se ruent, la raison crève. La raison !... Il fallait bien ça, des tonnes de raisons pour juguler le chaos toujours latent du destin, il fallait bien injecter du froid au cœur si l'on ne voulait pas être embrasé, réduit en cendres au premier chagrin. Je me disais : les plus grandes joies me sont dues, à moi, mais je ne suis pas tout à fait moi, je ne suis jamais tout à fait là, je ne sais pas qui se tient dans mes godasses à l'instant même et je voudrais me perdre de vue. Je me disais : Qui ?... Quoi ?... Comment ?... Quel ?... Et surtout Quand ?... Oui, j'avais besoin de savoir quand ce serait fini. Je me disais : d'accord, il faut suivre sa pente, j'irais bien suivre la mienne ailleurs. Je me disais : une cause, il m'en faut une, tout de suite, un lest, je ne ferai pas les choses à moitié, je vais croire en Dieu. Je me disais : personne à qui penser avec élan. Je n'en demande pas plus. Un élan, une issue, mais que je ne sois pas seul à raser les murs dans ma tête, une main pour marcher dans ma tête, la tienne ou la vôtre, et je renonce à mes grimaces. Je me disais : le temps, quel salaud ! Je suis vieilli par le doute, jeune et lisse au-dehors, mais vieillard dans mon for intérieur. Je me disais : je suis bête, mais pas assez, je suis intelligent mais pas assez. Tout est mal dosé, le mélange ne prend pas, pulvérulent comme le désert, pas assez pour végéter, pas assez pour me grandir, il me faudrait la folie pour oublier mon destin. C'est drôle. Etre accablé d'azur, le soleil, là, comme un viol, et tout reste noir. Je me disais : je retourne au désert, à la caillasse. Il suffit d'attendre et je me résous en sécheresse, et minéralisé, carbonisé, je poétise à mon tour l'univers. Je me disais : si c'était moi l'ordure et pas le monde autour de moi. La vérité n'est peut-être pas la vérité. Chaque homme est un revenant, un partant, les ondes se propagent à travers les corps, la matière est emportée, peau, glaire, améthyste, écume, incendie. Je me disais : je suis né, mais QUI s'est permis de décider pour moi ? Ce n'était pas une mise au monde, c'était une mise à mort. Je me disais : si l'on se donne tout entier sur terre, la mort n'a plus rien à prendre. Je me disais : l'œuvre est égoïste, je suis égoïste, je vais faire une œuvre, je me couperai des autres pour aller vers eux. Le meilleur de moi-même et le meilleur d'eux-mêmes enfin réunis, élevés, enlevés à toute cette détresse des rapports qui ne signifient rien. Je me disais... mais quoi donc ?... quelques éclats, quelques bruits, je m'en souviens... je ne les entends presque plus.

*

Ne sachant pas quoi faire de mes pas, j'étais allé au foyer. Désert. Une odeur d'eau de Javel. Martin, l'un des barmen, tartinait des sandwichs au pâté. Je voyais les sandwichs en tas sur le comptoir. C'était idiot, tous ces sandwichs étaient idiots, tous ces estomacs goulus méritaient des claques.

— Salut la classe. Alors ils t'ont relâché.

— Ouais, ouais. Pas grand monde aujourd'hui.

— Ils sont tous à Perrégaux, enfin presque tous : représailles.

Il disait ça l'air contrarié. La bagarre, il n'aimait pas trop, Martin. Il craignait que les représailles n'entraînent les représailles et que ne s'instaure entre fells et Français un mouvement perpétuel sanglant. Je commandai de la bière.

— Sers-m'en trois. Et quand j'aurai bu les trois tu remettras ça. C'est quoi leurs représailles ?

— Des conneries, s'échauffa-t-il en décapsulant les canettes. Un pipo qui s'est fait descendre avec un journaliste en pleine journée. Y a pas idée non plus d'aller se balader dans un bled qui n'est pas sûr. Quel merdier.

J'avais déjà tout bu. J'allais mieux. Il restait de la mousse au fond du verre. Je revis tournoyant comme un guignol, les joues pleines de mousse à raser, le fell que Radvany avait descendu sous mes yeux. C'est con, la mousse. C'est plein de vent, ça prend de l'espace pour rien. De la mousse.

— Et alors ?

— Ben rien, ils ont demandé à Tourteau un détachement pour semer le bordel dans les mechtas.

— Et Sher-Boukal, qu'est-ce qu'il est devenu ?

Il bafouilla :

— J' sais pas trop. C'est Radva j' crois qui est chargé de lui.

— Comment ça ?

— Il le surveille, il s'en occupe, il l'emmerde. Tu parles d'un enfoiré, ce Sherbou.

Martin regardait ailleurs, faux jeton à souhait. J'avais son bras sous les yeux, poils de fille et peau grenue. Il portait une gourmette : Gérald. Un prénom mou comme sa lèvre inférieure. A la naissance on vous enregistrait, à l'école on vous enregistrait, à l'église on vous enregistrait, à l'armée on vous enregistrait, vivre c'était signer, coucher son nom partout, sous des visas, sous des tampons, alors basta, pas de gourmette, une identité de papier ça suffisait, nul besoin de la couler dans l'argent massif.

— Allez, ressers-m'en trois.

— A ta place, j'arrêterais.

Ecoute, Martin, si ta grand-mère s'intéresse au vélo, dis-lui que je connais un club de randonnée dans la région.

— Ça va, ça va, répliqua-t-il en ricanant, tu peux même me payer un coup.

— T'as vu jouer ça dans quel film?

C'était la meilleure. Il aurait fallu que moi, le tôlard élargi du matin, je rince la dalle au serveur. J'en avais assez de jouer au bon gus qui sort ses sous pour tout le monde. Avec quelle pudeur les autres montraient l'argent.

Je bus les trois bières suivantes sans même y penser. Pour arrondir provisoirement les arêtes qui me lacéraient les nerfs. Je payai Martin. Je ne savais pas où aller ni comment orienter la vie dans les minutes qui suivaient. Rendre visite à Jacky? Peut-être saurait-il, lui, où je pouvais trouver le fils du cheikh.

Je fus au barrage en un rien de temps. Le rien de temps, c'était la bière et le soleil, mais aussi la volonté de flotter à travers mes pas, l'œil mi-clos, la conscience abandonnée, avec ce détachement propre aux idiots.

... Ils étaient quatre, ils brasillaient fantomatiques, azurés, bleus-jaunes et, de loin, le moindre geste avait l'air d'une flamme. Ils se mouvaient en douceur, intermittents sous l'effet du mirage et l'un d'eux formait comme un triangle avec ses bras levés. Le silence accablait l'horizon. La lumière ondulait parmi la chaleur. J'avalais un vent rêche. Ils étaient quatre et je pouvais mettre un nom sur trois d'entre eux, Jacky, Sher-Boukal, Radvany, le quatrième avait les mains dans les poches et je ne l'avais jamais vu. Ils jouaient. Jacky brandissait une barre à mine et l'abattait sur les barbelés dont je distinguais l'éclat papillotant. Je connaissais le jeu. On coupait momentanément l'électricité, puis on essayait de matraquer les oiseaux qui venaient se percher sur les fils. Je connaissais le jeu, mais aujourd'hui j'avais peur. Des voix me parvenaient, embrouillées ou trop nettes et comme à bout portant. A toi Sherbou il faut de la patience on va voir si tu vaux un Français. Le rire de Radvany salissait l'espace. Jacky venait de passer la barre à Sher-Boukal qui l'essayait maintenant sur le sable, libérant des volutes de poussière. Il évoquait un manieur de pal. Le rire de Radvany. Le quatrième avait toujours les mains dans les poches, il était spectateur. Je m'arrêtai, voulant dissiper l'apparition. Rien à faire. Ils étaient là tous les quatre, gondolés comme des algues en raison d'un soleil si lourd que l'azur paraissait crémeux. Je vais chercher des bières et jeter un coup d'œil sur mes tableaux pendant que tu t'entraînes et puis après c'est du sérieux. Jacky s'éloignait d'un pas somnambulique en direction du poste. Je me sentis tout nu, tout seul au milieu du sable avec ce vent qui me battait les yeux. J'avais peur, je voulais appeler mais je n'osais pas. Sher-Boukal, pieds écartés pour assurer son aplomb, levait la barre au-dessus des fils une seconde ou deux, l'abattait, le métal dinguait, un oiseau s'envolait gluant de chaleur. C'est presque ça t'es vraiment un as c'est quelque chose un bougnoule. Le rire de Radvany. Jacky ne ressortait toujours pas. Les nerfs paralysés, je sentais monter la mort, j'étais comme l'autre avec ses mains dans les poches, un parfait badaud qui va se rincer l'œil. Puis le drame survint. Cela prit à peine quelques instants, mais ces instants étaient chargés d'éternité. Radvany tendit son bras vers le poste et je vis son pouce levé. Sher-Boukal, lui, n'avait rien vu. Il surveillait un oiseau noir qui marchait sur les fils. Sans doute un corbeau. La sueur me déchirait les yeux. Il prit son temps pour dresser la barre au-dessus de sa tête, très haut, et je sus qu'il allait mourir. En voyant l'oiseau se ratatiner soudain dans un spasme, il comprit la machination, comprit que l'électricité parcourait à nouveau les fils, voulut lâcher la barre, arrêter son bras, mais tout son poids, toute la vie l'entraînaient, la barre heurta les cinq mille ampères, un éclair gicla, Sher-Boukal se disloqua sans un cri comme si sa voix et ses os venaient de se liquéfier dans sa chair. Le rire de Radvany. Jacky revenait avec des canettes de bière en sifflotant. Je crus que j'allais vomir mes yeux.

XXII

Tu me connais, Boursouplouff, je hais la violence, et quand je mis au point l'assassinat du lieutenant Védel, ce n'était pas plus réel pour moi que d'acheter le boulevard Raspail au Monopoly. C'était un assassinat d'intérêt public, une mesure d'hygiène et je ne regrette rien. D'ailleurs, les enquêteurs n'ont pas insisté. Ils ont recueilli ma déposition, recueilli celle du chauffeur, confirmé l'accident.

C'était au garage, on alignait les blindés. Védel était au fond. Du geste, il m'envoyait des instructions que je répercutais au chauffeur placé à l'avant du char. Quand Védel, bras levés, se mit à effacer l'air des deux mains, signe qu'il fallait stopper net, j'ordonnai au chauffeur de mettre la gomme en arrière et le char fit un bond. Un hurlement. Le mur lui-même explosa. Védel n'était plus qu'une bouillie sanglante. Les coutures du treillis avaient éclaté comme de la peau de saucisse.

*

Le besoin d'agir m'est venu le lendemain de mon retour au fort, après que j'eus trempé malgré moi dans l'opération chastement dénommée « perdreau bleu » qui couvrait les représailles annoncées par Martin. Entre-temps, mes nerfs n'avaient pas chômé. J'avais vu mourir Sher-Boukal et, pis encore, je m'étais rendu à Djenien Bou Rezg en jeep — au Deuxième Bureau — pour taper les aveux d'un témoin.

Comme moi, le chauffeur ignorait tout des activités du Deuxième Bureau, lequel succédait sans doute au Premier Bureau, et pouvait éventuellement déboucher sur un troisième.

On m'envoya au sous-sol d'un baraquement blanc situé à l'écart. Je m'enfonçai dans une sorte de cave. Il faisait sombre. Une table, une machine à écrire, une bicyclette, un seau, deux tabourets, un évier, des murs dégoulinants, un soupirail étriqué : voilà l'image qui m'environna d'abord. L'odeur. Je ne l'identifiai pas. C'était davantage un climat qui chiffonnait les sens qu'une perception nasale isolée. Je m'assis sur un tabouret. Il faisait froid. Je me faisais l'effet d'un mort dans un tombeau. Je laissai mon œil errer. Des mégots constellaient la table. Il y en avait par terre aussi, je les sentais rouler sous mes pieds. La bicyclette était retournée, cadre et guidon assujettis par des pattes de métal à une espèce de socle en bois. La roue avant manquait. Des fils électriques partaient de l'arrière. Curieux engin. Je fumai. J'avais la tête remplie d'images, mes souvenirs de prison chevauchaient la vision de Sher-Boukal électrocuté. Une cigarette passa. Le planton m'avait probablement mal aiguillé. J'étais épuisé, je n'avais qu'une envie : regagner l'air libre.

Et puis des bruits de pas, une volée de pas déboulant dans l'escalier, longeant le couloir : « Toi, tu es là pour taper. Tu vois rien, tu tapes. Et rappelle-toi, t'as rien vu. » A peine si je les avais vus entrer. Quatre hommes, une fois de plus. Je n'aimais pas ça. Ils avaient les manches retroussées sauf un, le témoin sans doute, un Arabe. Celui qui m'avait parlé l'avait fait à voix basse et, pourtant, ses mots, c'était comme des pieux qu'il m'aurait enfoncés dans la nuque. J'ai dit : « Il n'y a pas de papier sur la machine. » Je voulais mettre en contact ma voix et la leur, décrisper les ondes, obtenir un signe amical. On m'a tendu des feuilles. Pendant ce temps, l'Arabe était déshabillé par un type dont les traits m'étaient familiers. Pourquoi étaient-ils essoufflés, tous, il n'y avait aucune raison. Le témoin se laissait déshabiller et même il aidait poliment. Il se retrouva en slip. « A poil, qu'on t'a dit. » Premier coup de poing. Le témoin s'écroula. Il resta d'abord par terre à quatre pattes, secouant son menton plein de sang puis, se relevant, la rage aux yeux, il fit glisser le sous-vêtement déjeté qui protégeait sa dignité. « Maintenant tu vas tout nous dire. » Il y en avait deux qui le tenaient, qui lui arrachaient les bras en le tenant. Le troisième n'avait pas attendu la réponse et frappait l'homme nu. Je voulais sortir, je voulais de l'air, de la vie. Les poings rendaient un son répugnant, on entendait craquer les os. J'essayai de parler : « Qu'est-ce que je tape ? » Ma voix me fit l'effet d'un chiffon poussiéreux. J'avais lu qu'en mer, en filant de l'huile, on pouvait calmer des flots démontés. Je filais de l'huile avec ma voix. Le cogneur ne m'avait pas répondu. C'était lui pour l'instant qui tapait. Il tapait l'homme et moi j'aurais à taper les mots de l'homme. Je n'osais plus regarder. J'entendais à présent des bruits d'éclaboussure, puis des gargouillis, puis comme des vomissements. Ils le remplissaient d'eau. Ils étaient en train d'achever l'Arabe et je n'intervenais pas. Je me contentais d'avoir le cœur sens dessus dessous. « Bois pas tout, bois pas tout. » La phrase était d'autant plus mal venue qu'elle semblait relever d'une franche camaraderie. Je me forçai à ouvrir les yeux. Il faisait sombre et je ne vis pas grand-chose. Trois têtes imprécises et une quatrième qui pendait en arrière. Le témoin ne tenait plus debout. Pieds en éventail, il se laissait aller dans les bras de ses tortionnaires, et cette intimité corporelle, cette embrassade et toutes ces respirations emmêlées étaient d'un grotesque obscène. « On va te réveiller, t'inquiète pas. » Ils cherchaient à l'installer sur un tabouret. Le témoin tombait — témoin de quoi je n'en sais rien — il fallait le redresser et le caler contre un mur. On lui colla deux fils sur le corps avec un sparadrap. Un sous la bouche, l'autre au pied gauche. L'homme était à présent relié à la bicyclette retournée. Je toussai, suffoqué par la fumée des cigarettes et par la nausée. L'un des types se mit à pédaler à la main comme un gamin qui s'amuse. Cette parodie servait à fabriquer du courant. Je vis le témoin, d'avachi qu'il était, se cabrer sur son tabouret, lancer de l'eau par la bouche et retomber d'un bloc sur la terre battue. Il n'avait pas dit un mot. La séance se prolongea quelque temps, je ne sais pas combien. Le bruit du pédalier me rappelait mon enfance et mon premier vélo. Je me croyais là depuis toujours en compagnie de ces trois meurtriers dont la sueur puait le vinaigre. Puis soudain, je ne sais pas pourquoi, ce fut fini. « Allez, allez, casse-toi », m'a fait l'un d'eux. Et je me suis cassé. J'étais venu pour taper puis pour me casser. Taper, casser. Et de la casse en effet j'en avais vu. Depuis le début de la journée j'en voyais. Et depuis le début de ma vie je me cassais un peu tous les jours, au propre comme au figuré, je m'abîmais tout bas, tout seul, et quand on me disait « casse-toi » j'étais presque tenté d'obéir et de mettre fin à mes jours.

Marcher dehors m'avait paru une féerie. Rien ne s'était passé, non, le cogneur avait bien fait de me préciser « t'as rien vu » car c'était vrai, je n'avais rien vu, je n'avais aucun souvenir.

J'ai retrouvé le chauffeur à l'intérieur du poste. Il faisait un tarot. Il m'a demandé distraitement si mes doigts avaient donné satisfaction. J'ai répondu oui. Personne ici n'avait l'air au courant des agissements du Deuxième Bureau dans les sous-sols. J'ai voulu boire. La bière avait un goût d'ortie. Je n'ai jamais goûté d'ortie. Des soldats récupéraient sur des sommiers. J'apercevais des bras ballants et des paquets de cheveux gras tassés par le casque. Toujours ce corps humain, ce sale corps qui se met à sentir et à souffrir dès qu'on l'oublie. J'ai prévenu le chauffeur que je voulais rentrer sur-le-champ. « Pour une fois qu'on est peinard à buller, mon pote, on ne va pas se gêner. » Eclats de voix comme des éclats de verre. J'avais envie de pleurer. Je me suis posé sur un siège et j'ai pensé que la prison recommençait, que c'était à nouveau l'enfermement, la coquille et la nuit. Le temps ne s'écoulait pas, j'avais peur dans ma peau. Alors j'ai tapoté mon imagination comme on fait repartir une montre en panne. Et subitement les mots se sont levés en moi comme le vent du désert.

« Ne prenez pas garde aux faits qui vont se dérouler sous vos yeux. Nous sommes à Tarass-Boulbec (prononcer Gotzimov) en amont de l'aquarium à vapeur diocésain. Le taux d'anisette est à bras raccourcis. La clinique est chauffée au mirlipoual mais le sirop d'orgeat pourrait convenir. » Cinq minutes, ça n'avait pas duré cinq minutes, ils avaient zigouillé

Le charme noir. 7.

l'Arabe et j'avais laissé faire, affolé qu'on me prenne pour un témoin et qu'on me remplisse d'eau moi aussi. « *Voilà, docteur, parlons net, dit Boursouplouff, je ne suis pas un nourrisson comme les autres. — Allons bon !* » Il y avait là le docteur Petiot, le docteur Jivago, le facteur Schweitzer et le docteur Cheval (ce dernier réputé pour avoir greffé des branchies sur une bonne sœur amphibie). Mais bien sûr, c'était Magor, je savais bien que j'avais déjà vu cette tête quelque part. « *Ce n'est pas de l'eau, voyez-vous, que j'ai dans la tête, c'est de l'or, de l'or fondu, en parfait état de fusion, de purs carats en chair et en os.* » Je leur aurais léché les pieds s'ils me l'avaient demandé. Tout, plutôt que recevoir sur ma peau le choc de ces regards où suppurait la haine. « *De l'or ! le mot roulait sur les bouches comme une pépite. Ils rêvaient déjà canots à moteur, adolescentes au fenouil et pédalos vanillés sur les bords de la Riviera.* » Moi, j'aurais tout avoué, j'aurais dénoncé n'importe qui pour ne pas souffrir, j'aurais inventé au besoin, j'aurais vendu mon meilleur ami. « *Il faut inciser, s'exclama la cantonade, il faut charcuter, massacrer, déchiqueter. — Mais attention, Messieurs, cet or cérébral ne fait pas l'objet d'un réservoir indépendant. Il rayonne à travers moi, tout mon sang est en or massif. — De mieux en mieux, de Charybde en Denis Papin* », hennit le docteur Cheval en tapant du sabot : « *Quel perlin, quel Papin, quel perlinpapin.* » Le gros, le cogneur, on aurait dit qu'il lappait en fumant. Il n'avait pas tiré trois bouffées avec un petit bruit de succion, qu'il écrasait la cigarette à même la table. Encore heureux qu'il ne l'ait pas fait sur l'Arabe ou sur moi. Sans doute un oubli. « *L'or de mes veines est de la race des métaux albinos, et ses vertus aurifères ont ceci d'effrayant qu'elles ne souffrent pas le plus petit*

*candela. Un dernier mot, Messieurs, un dernier mot,
le filon part de mon cœur et chemin faisant devient
radio-actif. »* De quoi ça a l'air de torturer un
homme avec un vélo. C'est comme un viol. Il était
tout nu. Le seul témoin, c'était moi. Témoin d'un
viol. *« Que diriez-vous pour l'anesthésie d'un
cocktail maison : un soupçon d'Arabe, un chèque au
porteur sur fond d'estomac caramélisé à la poudre
noire, le tout déglacé à main armée. — Et comment,
Messieurs, oui, comment comptez-vous m'opérer ? —
A la pattemouille mon cher, au marteau-piqueur, une
cotriade, en somme, on tape et on casse, et depuis le
début de ma vie je m'abîmais tout bas, tout seul, tout
seul, tout seul. »*

Le carpasson

XXIII

J'étais happé. La violence était sur moi. La noria
m'emportait. Le monde était une grosse plaie qui
s'infectait sous ma peau. Plus qu'un an à tirer. Tu
parles. A tirer au fusil. A représailler. « Perdreau
bleu », cela s'appelait « perdreau bleu ». J'ai tenu
un semblant de journal après avoir vu de près ce
volatile sanguinaire.

*Coup de pot, je suis arrivé trop tard pour participer.
Je faisais partie du convoi qui transbahutait la
bouffe. J'ai oublié ou je n'ai jamais su le nom du
douar où ça se passait. Les gourbis étaient clairsemés
autour de la propriété d'un colon. Les colons, d'ailleurs, on en voyait à la pelle, tous armés jusqu'aux
dents. Je suis parti me balader. Je croisai des copains
souriants qui se disaient contents de me revoir. J'ai
suivi un chemin au pif. Trois soldats m'attendaient
au bout. On ne passe pas. Pourquoi ? Regarde. Il y
avait une esplanade avec un court de tennis. Et de
l'autre côté du filet, on distinguait des gens attroupés.
Ils sont à poil ou quoi ? Parfaitement mon pote :
accroupis et à poil. Et le premier qui se met debout, il
est cuit. Jette un œil là-dedans, tu verras mieux. J'ai
pris les jumelles. Au moins cent personnes, enfants,
vieillards, femmes, tout nus dans un silence de mort,*

199

et derrière le grillage, des soldats qui braquaient leurs fusils. Mais c'est dégueulasse, ils vont crever de froid. Pas sûr. On a mis le feu à leurs fringues pourries. On les relâche ce soir. Tu as vu la petite, devant, la chatte et les seins qu'elle a ? J'ai rebroussé chemin. Il y avait une maison sur ma gauche, belle et blanche, avec des plantes grasses et des baies vitrées. Je vais m'arrêter là et demander une bière. C'était grand ouvert, je suis entré. J'entendais des murmures au fond d'un couloir garni de tableaux. J'ai poussé une porte. Quatre hommes de profil. Tourteau, Grisard, Pescatore et Radvany, debout dans une espèce de salon qui sentait la menthe et le cigare. Ils avaient des jumelles autour du cou. Par la fenêtre, ils surveillaient le court de tennis et, pantalons sur les chevilles, ils se...

Sylvia reposa le manuscrit de Marc. Trois heures au moins qu'elle lisait. Qu'elle se morfondait dans la cuisine en l'attendant. Trois heures qu'elle n'y comprenait rien. Ses journées, voilà donc ce qu'il en faisait. Du vent. Il faisait du vent, il racontait du vent tandis qu'elle le croyait au travail. Elle ne croyait rien. Il y avait beau temps qu'elle savait Marc mauvais joueur et menteur. « La littérature, mon vieux, c'est terminé. Tu gribouillonneras en enfer, ou quand tu auras payé tes dettes. » Elle rassembla les feuillets, ouvrit le placard sous l'évier, fit un petit « hum », et jeta le manuscrit dans la poubelle.

Il n'y avait pas grand-chose à dîner. Une pomme de terre. Une bintje. Une vieille fille cabossée, mal dans sa peau terreuse. Elle n'avait pas eu le temps de germer. Une patate, une seule, c'était bien peu pour un repas, bien peu pour mettre la friteuse en route. D'ailleurs, la végétaline avait tourné au savon noir. Sylvia considérait le légume avec attendrissement. Elle eût aimé lui parler, le consoler, mais elle avait faim : elle le ferait cuire à l'eau. Si Marc rentrait à huit heures, comme convenu, elle n'en mangerait qu'un tiers. S'il tardait, elle mangerait tout. Pour le dessert, elle avait prévu deux oursons en guimauve. Un pour chacun. S'il tardait, elle mangerait les deux. Il restait un fond de vin rouge, elle hésitait à finir. Seulement s'il faisait le coup du lapin, sa spécialité, le coup du temps qui ne passe plus, du téléphone qui ne sonne pas, de l'obscurité qui vous nargue, et se fait complice de l'imagination pour vous terrifier.

Le pain. Passé au four, il retrouverait son moelleux. Deux belles tartines et un croûton qui feraient merveille avec la patate. Tiens, elle voulait bien lui sacrifier le pain, mais par pitié qu'il ne la laisse pas encore à la merci du téléviseur : elle n'était pas la maîtresse d'un téléviseur, elle ne couchait pas avec un téléviseur, elle ne supportait plus ces soirées vides, et ces nuits plus vides encore où son destin lui restait sur l'estomac comme une indigestion. Marc jurait toujours ses grands dieux qu'il allait arriver — qu'il arrivait. Il téléphonait : « Le temps de traverser Paris, et je suis là. » Pour être là, il était là, mais ailleurs, et presque toujours c'est quand il venait d'annoncer un retour imminent qu'il désertait.

Quand elle avait rencontré Marc, il était démobilisé depuis bientôt vingt ans. Il en paraissait trente, il frisait la quarantaine, et les trente ans qu'il paraissait lui conféraient un air de bon garçon que le sort n'a pas encore éprouvé. Il était vaguement représentant. Il vivait seul, dans une chambre de bonne à Saint-Lazare, avec un paquet d'*Historia* et un lit de camp pour tout mobilier.

Sylvia contemplait désespérément la bintje. Une patate !... Elle ne valait pas mieux qu'une patate. Elle pouvait l'éplucher, bien sûr, la tuer, la manger, démontrer son pouvoir sur un féculent mondialement connu. Mais elle, quelque chose ou quelqu'un la dévorait tout bas, elle était jour et nuit la pâtée d'un mystérieux vampire installé comme chez lui dans ses idées noires.

Sylvia mit de l'eau à bouillir. Elle attendit cinq minutes, immergea la bintje avec un plaisir étrange, un plaisir de tortionnaire épiant les premiers signes de douleur chez sa victime. Mais non, la patate ne souffrait pas. C'était elle, Sylvia, qui méritait la compassion. Elle retourna au salon.

Le salon ! Un bien grand mot pour ce réduit mal éclairé faisant office d'entrée, de cave et de lingerie. Sylvia l'appelait ainsi pour le distinguer de la chambre et se donner l'illusion d'un logement décent.

Elle entendait les glings du couvercle agité par la vapeur. Elle s'assit sur la banquette. Un cadeau de sa mère. Une horreur équipée d'accoudoirs comme ceux des trains. Cette illusion de partance imminente la suppliciait. Cinq ans qu'elle n'avait pas vu la mer. Cinq ans qu'elle n'avait pas quitté Paris, excepté ces voyages en banlieue navrants comme des suicides. Marc avait pourtant promis le Pérou. Le Pérou, elle s'en fichait. Elle demandait seulement qu'on ne la laisse pas le soir, en tête à tête avec une patate bouillie.

Le téléviseur, elle n'y toucherait plus. Le grand œil vitré, vitreux, où jour après jour, s'évadaient par procuration ses désirs sans emploi resterait vide. Elle attendrait bien fort. Elle ferait la grève à son tour, la grève de l'ennui, la grève de la vie.

Peut-être même qu'elle allait se métamorphoser en bintje et que ce serait bien fait.

Et puis elle ne voulait pas vivre à trois. C'était trop petit chez eux. Et Maintenant qu'elle avait découvert le manuscrit de Marc, elle éprouvait un malaise, comme s'il se fût agi d'un passager clandestin. Oh, elle était tombée dessus par hasard. Qu'il n'aille pas claironner qu'elle avait fouillé. Un classeur en carton marqué solennellement IMPÔTS, ce n'était pas une cachette. Surtout quand on ne paie pas d'impôts et qu'on s'en flatte. A se demander d'ailleurs s'il ne l'avait pas fait exprès, s'il n'avait pas rédigé le livre à seule fin de l'attirer dans une nouvelle fable. Mais pourquoi, pourquoi ?...

Pourquoi ne rentrait-il pas ? Le couvercle et ses glings répétés l'exaspéraient. Elle enviait la bintje. Elle l'imaginait vautrée dans l'eau bouillante, mijotant béatement, respectant le délai de cuisson mentionné par les manuels culinaires, et ça lui tapait sur les nerfs le sérieux d'une patate. Bien sûr qu'il avait fait exprès. C'était lui tout craché. Tendresse et torture. Il n'avait voulu l'apitoyer que pour mieux la déchirer.

Y avait-il un mot de vrai dans ce fatras qui charriait l'ennui ? L'Algérie, elle finissait par douter qu'il y ait jamais mis les pieds. C'était sa mascotte, l'Algérie, il lui rebattait les oreilles avec des souvenirs qui semblaient tout droit sortis des *Historia* qu'il empilait dans les vécés. Le passé de Marc ? Un trou noir que sa confession n'élucidait en rien. Sylvia ne l'avait d'ailleurs pas lue jusqu'à la fin. Le mot fin figeait irrévocablement l'avenir, et Sylvia réclamait l'avenir, une suite pour se dédommager de tout un passé dévolu au cafard.

C'est qu'elle avait de quoi se méfier avec lui. Les

torts, ces riens ténus éraflant pour toujours l'émail d'une harmonie, Marc les avait accumulés. Il avait tout accumulé. Elle n'oublierait pas de sitôt la comédie des allocations familiales. C'était chez ses parents, quatre ans plus tôt, rue des Beaux-Arts. Ils venaient de se rencontrer. Marc n'avait pas où se loger. Elle était amoureuse, elle l'avait établi dans se chambre à l'insu de la maisonnée. Frappait-on, il se réfugiait sur le plateau supérieur d'un formidable placard mural contenant des romans, des revues, un transistor, une couverture, une lampe de poche et des raisins secs dont il raffolait. Marc bivouaquait parfois des jours entiers quand M. Lévy, le maître de céans, venait se planter devant le téléviseur qu'il avait offert à sa fille pour la consoler d'un double échec au baccalauréat. Si l'émission l'intéressait, Marc la suivait par la porte entrebâillé, vautré comme un Romain. Eventuellement, il faisait signe à Sylvia de régler les contrastes ou d'augmenter le son. D'un tel perchoir, il avait sur la calvitie du père une vue imprenable. Elle était saumon nuancée d'un duvet gris. En allongeant le bras, il aurait pu la toucher. C'était du théâtre, il adorait ça. Vers le soir, Sylvia lui tendait discrètement un plat de spaghetti à la bolognaise et la chose avait failli mal tourner le jour où Marc, voulant aspirer du même souffle un spaghetti trop long, avait fait entendre un gargouillis répugnant qui avait laissé M. Lévy pantois... Le matin, Marc avait un job. Il faisait les marchés pour le compte d'une firme spécialisée dans les meubles à monter soi-même. S'agissant des armoires, il estimait d'un comique achevé, subtilement égrillard, un slogan de son invention qu'il adressait aux messieurs : « Montez-la vous-même, ne la faites pas monter par les autres... » A quoi Sylvia répliquait qu'il n'était pas lui-même un monteur des plus vaillants. Les gains de Marc, elle n'en voyait pas la couleur. Il buvait le peu de commissions qu'il touchait, tapait le premier venu, Sylvia, les gogos ou les commerçants du quartier. Ce qui ne l'empêchait pas comme tous les tapeurs de pester contre l'avarice.

Un après-midi, Marc avait carrément fauché sur le radiateur du corridor le montant des allocations familiales que le facteur avait apportées le matin même. En rentrant, Sylvia l'avait trouvé dans tous ces états, pleurant à moitié, se proclamant victime d'un mystérieux agresseur qui l'aurait contraint sous la menace à remettre l'argent. C'était cousu de fil blanc. Mais il avait l'air si vrai, si désolé, il maniait si bien l'art du bluff qu'elle avait préféré souscrire à sa version des faits plutôt que donner libre cours au pressentiment qu'elle était roulée. Bonne pâte, elle avait remplacé l'argent.

De péché mignon, la grivèlerie chez Marc avait dégénéré en infirmité. Il s'y était d'abord résolu par nécessité. Comme Sylvia passait l'éponge, il y avait prit goût. Il dérobait tout ce qu'il pouvait, buvait tout ce qu'il dérobait, puis s'abîmait dans une contrition mystique où Sylvia, refoulant ses humeurs, finissait par venir l'assister.

— C'est à cause de mon frère, il fait des embrouilles.

Toujours le même alibi passe-partout ! Pour justifier des errements qu'il jurait accidentels, il incriminait son frère, un cauchemar spirituel, un grippe-sou qui voulait l'affamer. Il n'en disait pas plus, prenait des airs lointains, et Sylvia n'y comprenait rien. Elle avait rencontré Tim une fois dans un café. Il avait fait signer à Marc différents papiers dont elle ignorait la teneur. Tim avait grande allure, manteau de cuir et chevalière en or, son regard sonnait franc. Quand il avait su qu'ils vivaient ensemble, elle et Marc, il avait souri, sans un mot.

— C'était quoi les papiers qu'il t'a fait signer ?

— Rien, des embrouilles familiales, une fois de plus...

Embrouilles : il n'avait que ce mot d'opérette à la bouche, à la tête. Et, de fait, Sylvia n'imaginait pas plus embrouillé, plus brouillon, plus tendre et tordu que Marc. En fouillant, car elle avait fouillé ce jour-là pour en avoir le cœur net, elle avait mis la main sur ce qui ressemblait aux minutes d'un procès. C'était chinois, mais elle avait quand même appris que Marc, assigné en dommages et intérêts par son ex-épouse Patricia Frocin, née Bégon, mère de Chantal Frocin, leur fille, était condamné à lui verser la totalité des pensions alimentaires impayées depuis sept ans, plus une indemnité de retard. En outre, il devait acquitter une forte amende au tribunal pour n'avoir pas comparu.

— Tu as déjà été marié ?

— Non, pourquoi ?

— Tu n'as pas d'enfants ?

— Bien sûr que non, mais j'aimerais bien. On finira bien par se décider toi et moi.

Eclat de rire et clin d'œil.

Trois ans qu'elle le connaissait, ou plutôt qu'elle ne le connaissait pas, qu'elle était ballottée de méprise en méprise. Trois ans qu'il feignait de gagner sa vie tandis qu'il la perdait jour après jour, dilapidant ses dons à la faveur de tous les hasards. Trois ans qu'il écumait son identité comme un contrebandier, qu'il s'enlisait dans la défaite et remettait son avenir à plus tard sous prétexte que vivre est toujours urgent. Trois ans qu'il chassait l'expédient, prophétisant la guerre atomique et l'Armagédon qui résoudrait tout : il ne lui en fallait pas moins pour se blanchir de boycotter son destin. Mais c'était fou le monceau de couleuvres et de serpents qu'il lui avait fait avaler en trois ans. Après les allocations familiales, il y avait eu la librairie. Soi-disant qu'il possédait une librairie ! Le bail venant à expirer, Marc lui en confierait la gérance. Six mois de palabres et de mensonges. Ensuite, le cinéma. Il disait avoir une part dans un cinéma du côté d'Amiens. Grâce au porno, les recettes allaient grimper. Puis le Monoprix. Il avait accepté, très provisoirement, une place d'inspecteur au Monoprix du XVᵉ arrondissement. « Seulement, tu comprends, j'ai besoin d'une garde-robe un peu smart, je ne peux décemment pas inspecter dans cette tenue. » Elle avait avancé les fonds de la garde-robe un peu smart. Deux mois plus tard, Marc n'avait pas gagné un sou. Il partait le matin vers midi, rentrait le soir ivre mort. « C'est vraiment un monde, cette société. Ils ne m'ont toujours pas payé. Et sais-tu pourquoi ?... Je te le donne en mille ! Parce que je n'ai pas de compte en banque où virer l'argent. Et si je veux un compte, il me faut de quoi l'ouvrir, une somme symbolique. » Bien qu'échaudée, elle avait remis la somme symbolique et le symbole avait disparu dans la boisson.

Et c'est ainsi, rognant, grognant, donnant, que Sylvia faisait tenir debout leur budget que Marc fauchait d'un croc-en-jambe à la première occasion.

Pourtant Marc n'était pas un ruffian. Le repentir s'accompagnait chez lui d'une générosité maladive. Il se mettait à donner, volait pour donner, inondait Sylvia de menus cadeaux ménagers pouvant aller du dentifrice au tire-bouchon via la brosse à chaussures et le poivrier vénitien. Un jour, il avait coltiné jusqu'à leur cinquième étage un matelas géant. Suant, souffrant, puant la bière, il exultait. « Avantages en nature, avait-il expliqué, on est mal payé mais on a des compensations. » Sylvia l'avait cru. Quelle désillusion quand, un soir, dans un grand restaurant où il se faisait fort de l'inviter, Marc avait sorti religieusement de sa poche une carte de l'American Express et un chéquier « qu'un copain qui me doit tout m'a prêtés ».

Pourquoi ne l'avoir pas jeté dehors ?

Tiens, on n'entendait plus les glings. L'eau s'était sans doute évaporée. Elle devait en faire une tête, la bintje ! Dans ses petits souliers, l'idiote ! L'image intrigua Sylvia. C'était Marc en général qui rudoyait ainsi les mots jusqu'à l'absurde. Il ne parlait qu'en filmant, par tableaux successifs, cherchant les couleurs de préférence aux idées. On ne voyait pas trop ce qu'il voulait dire, mais qu'importe, il brossait un mirage et l'on écarquillait les yeux.

Une odeur de roussi maintenant. Ou de noirci. La bintje faisait une colère. Tant pis pour elle, on la laisserait trépigner. Cette pimbêche n'avait qu'à souffrir stoïquement. Sylvia, dans son canapé, n'était pas mieux lotie qu'une bintje au fond d'un récipient surchauffé et elle n'ameutait pas le quartier. Restaient les oursons pour tromper la faim. Marc la trompait : elle, Sylvia, trompait la faim. Cette pensée la déprima. Son estomac lui fit soudain l'effet d'une vieille mamelle fripée qui pendait lamentablement dans son abdomen. Elle se leva, gagna la cuisine. Une infection. Outre l'odeur, une fumée sèche et grisâtre imprégnait l'air. Elle ouvrit grand la fenêtre et faillit couper le gaz. Elle se ravisa à la vue des deux oursons, stupides au centre d'une assiette à entremets. Dix centimes pièce. Elle était réputée dans la boulangerie pour cette emplette dérisoire. Elle sauvait la face en invoquant le fils d'une voisine, amateur de sucreries. Un soir, par étourderie, elle avait réclamé un sachet. « C'est pour offrir », avait-elle précisé, rougissante, à la vendeuse qui ne lui demandait rien. Son caprice, il était modeste, était de choisir la couleur des oursons. Un rouge et un noir, invariablement. « Stendhalophagie », avait diagnostiqué Marc, la première fois, affectant de grands airs médicaux. Puis, moitié pour se moquer, moitié pour l'amuser, il avait découpé l'ourson en tranches fines, comme un jambon lilliputien.

Après tout, qu'ils aillent au diable ! Elle attrapa les bestioles et les lança dans la casserole où se mit à grésiller leur chair synthétique. Le fond de vin connut le même sort, puis le morceau de pain rassis, puis un litre de lait longue conservation vieux de six mois. Elle augmenta le gaz et se mit à pleurer. Un regard amer sur cette crémation saugrenue, et elle retourna s'asseoir au salon.

*

Quand ils s'étaient connus, elle et Marc, Sylvia commençait juste à travailler. Un ami chirurgien, dont elle avait fait plusieurs beaux soirs, lui avait procuré chez Rhône-Poulenc un emploi permanent de visiteuse médicale. Cela consistait à informer les médecins des dernières trouvailles pharmaceutiques. Et à supporter leur mépris. Sylvia languissait d'ennui. Dans son travail comme dans ses loisirs. Elle avait plus ou moins plaqué son petit ami qui voulait la transformer en bacchante. Elle attendait un miracle : elle avait rencontré Marc.

C'était aux Iles Sanguinaires, un bar corse où Sylvia, régulièrement, venait siroter un lait-fraise en fin de journée. Marc avait pris place à la table voisine. Au cinquième pastis — elle avait compté — il s'était mis à déclamer Rostand, Lamartine, Hugo, Musset, Villon, la messe en latin puis en argot, dévalant sa mémoire quatre à quatre avec la vélocité d'un camelot. « Vous ne connaissez pas François Darnal, le comédien ? C'est moi-même, un pseudo, j'ai joué dans *Les Tricheurs*, Terzieff est un ami intime. » Salades. Elle avait tout gobé. « On ne se quitte plus. Je vous invite au restaurant ce soir. Je vais téléphoner pour réserver pendant que vous réglez les consommations » Ils avaient dîné dans une pizzeria. Elle qui ne souriait jamais s'était vue riant aux larmes, au point d'avoir mal. Pour payer, Marc avait jeté sur la table une poignée de pièces de cinquante centimes, son seul et dernier argent. « C'est idiot, laissez, avait-elle dit, je vais faire un chèque. » Il avait rempoché les pièces. Puis soudain, comme s'il se jetait à l'eau : « Je t'aime, Sylvia, vivons un grand amour… » L'amour, c'était son rêve, celui dont chaque soir, elle remuait en s'endormant les images de cocagne et d'abandon. Elle avait la réputation d'une fille légère, incapable de repousser une avance, d'une fille qu'on peut prendre à plusieurs, et son petit ami l'avait démontré maintes fois. Mais dans son for intérieur, elle espérait un grand amour puissant et pur. Elle s'était donnée à Marc le soir même, et le surlendemain il emménageait dans le placard avec ses *Historia*. « Il nous faudrait quelque chose de plus grand… » Elle avait averti ses parents qu'elle comptait partir. On aurait dit qu'elle évacuait. Les parents s'étaient froissés. Sylvia s'était saignée pour négocier une location que Marc utilisait depuis comme un dortoir. Sans prévenir, il disparaissait deux jours d'affilée. Puis, en pleine nuit, le téléphone sonnait : « Viens me chercher ! » Elle disait non, mais notait fiévreusement l'adresse. Et elle brûlait tous les feux pour aller récupérer dans un bouge une espèce de sac à pastis vomissant, bredouillant qui lui disait qu'elle n'avait jamais su le comprendre et que c'était pour ça qu'il buvait. « Salaud, salaud, pleurait-elle en le poussant à coups de pied vers la voiture, et moi qu'est-ce que tu fais de moi ? — Toi, je te fais un enfant, et on se retire tous les trois à Montalbec, loin des cons. — Mais tu les aimes les cons, tu passes tes nuits avec eux. — Non, ce sont eux qui m'aiment, et quand on m'aime je ne sais pas résister. — Salaud, salaud, sanglotait-elle », et comme dans le fond il n'entendait pas ses appels au secours, il badinait : « Ça ?... L'eau ?... j'aurais juré un trottoir. » Elle le giflait, il ricanait, montrant ses dents pourries que pas un dentiste n'aurait daigné restaurer.

Elle n'avait plus d'amis. Elle redoutait les amis, tous faux, tous fuyants, dès qu'il s'agit de prendre sur soi, contre soi pour donner sans échange. Mais il fallait bien décourager la solitude, enrayer l'ennui qui s'immisçait partout comme un virus, et Sylvia, malgré son indifférence aux animaux, s'était laissé offrir un chien par son coiffeur, lequel ne faisait qu'obliger un vieux client partant s'établir outre-mer.

C'était un bâtard séraphique et ventripotent, mi-loup mi-loukoum, parvenu au dernier degré d'une dégénérescence amorcée depuis des siècles avec le concours d'un griffon-cortal. Il aboyait mou, il avait la foulée cotonneuse, l'œil baveux, le poil poisseux, c'était un grabataire invétéré qui détestait sortir et se couvrait de ridicule avec un patronyme de seigneur : Condor! Loin d'apaiser Sylvia, Condor lui ratissait les nerfs par ses flatulences intempestives, par sa manie de coucher dans le bidet, par sa léthargie contagieuse et par un va-et-vient traînassant qui le mettait toujours dans ses pieds. Marc ne supportait pas Condor. Il lui bottait le train comme on tire un penalty, le bourrait de sucre et de café, poivrait l'eau de son écuelle et, finalement, voulant solder une bonne fois cette aberration canine, il l'avait défenestré. Cinq étages et un entresol. On avait entendu Condor s'aplatir comme une bouse. Au vu de ce pétrin sanguinolent, le concierge avait porté plainte. Deux inspecteurs s'étaient présentés. Marc avait dépeint Condor sous les traits d'un animal quasi fabuleux dont la perte ne peut que vous laisser veuf, orphelin, sinistré. S'il avait malencontreusement chu, pauvre bête, c'était par la faute du nom prédestiné qui l'exhortait à s'envoler.

La fumée grouillait sous la porte. Un bouillonnement noirâtre que Sylvia feignait d'ignorer. Plutôt passer un masque à gaz que de céder à une patate aussi mal embouchée. La casserole serait fichue ? Et alors. Pour l'usage qu'elle en faisait. D'accord, elle servait de gril, de bouilloire et même de lessiveuse à l'occasion. On s'en passerait, voilà tout. On mangerait froid. On pique-niquerait. Peut-être même qu'on supprimerait l'alimentation. De toute façon, Sylvia s'était juré de transformer les repas en corvées. Qui disait guignon conjugal disait grisaille alimentaire. Marc ne voulait pas payer ? Tant pis pour lui ! Depuis deux mois, elle n'allait plus au marché qu'en fin de matinée pour bénéficier des remises sur les tomates défraîchies, sur les fruits poussiéreux roulés sous l'éventaire, sur la triperie la plus flasque et la plus visqueuse, intermédiaire entre la nourriture animale et la nourriture humaine. Elle avait même rapporté du mou, voyant dans ces abats le juste avatar de sa nausée psychique. Le spectacle du mou trônant, monumental, sur la Une d'un vieux *Figaro* avait enchanté Marc. Il s'était mis à quatre pattes en faisant miaou-miaou. Puis il s'était chargé du dîner, annonçant une recette à lui, un pur délice, le « mou froid mayonnaise ». A table, en apprenant que cette gélatine couleur d'orgelet faisait le régal des matous, Sylvia s'était presque évanouie d'horreur, ayant par confusion le sentiment d'avoir ingurgité du chat. Marc, lui, s'était goinfré.

On ne voyait plus grand-chose. Le regard s'embrouillait dans un mélange de nuit et de fumée. Sylvia se lovait dans la pénombre avec l'espoir inconscient que la pénombre allait la dissoudre et l'assimiler. Elle entendit sonner neuf heures. Marc n'était toujours pas rentré. Neuf heures à nouveau. Elle n'avait jamais su quelle église arrivait ainsi tous les soirs aux rendez-vous que Marc négligeait d'honorer, comptant et recomptant d'un gosier saturnien les gros sous du temps qu'il gardait pour lui seul. Et l'autre chien, le chien qui chaque soir hurlait à la mort, elle n'avait jamais su de quel appartement tombait son aboiement suicidaire, plainte aussi désolée que la fanfare haletante des Samu. Combien de palpitations, de bruits, surprenait-elle ainsi du fond de sa détresse, à l'affût comme une bête : la sortie des poubelles, le retour des derniers voisins, le chant nasillard des tuners, quelques lambeaux symphoniques unissant au loin

Beethoven à Zappa, des rires ou des sanglots d'enfants, des grondements qu'elle n'identifiait pas, puis le déclin progressif des rumeurs et, soudain, les battements de son cœur la submergeant comme un flot.

XXIV

L'Algérie restait sa passion. Mythologique ou vécue, Marc l'avait dans la peau. Il en parlait tous les jours comme un amant congédié que l'espoir tiendrait en haleine au mépris des faits. Sans aller jusqu'au lamento du légionnaire entonnant l'apologie du soleil rouge et du sable chaud, Marc jurait avoir perdu là-bas le meilleur de son rêve, et perdu même un élan créateur qu'il aurait délibérément sabordé par la suite. Il ne disait jamais : « C'était le bon temps », il disait : « Quel sale temps ! J'ai vu en Algérie le vrai visage de l'homme. » Mais il était fasciné par les salauds et les magouilleurs, et la probité l'ennuyait.

De loin, au fil des années, il édifiait une épopée, la sienne, en piochant dans le tréfonds d'une mémoire où l'imagination primait l'événement. La vérité ? Marc en disposait. Elle n'était jamais figurative ou fidèle à l'histoire, elle était lyrisme pur, célébration, flamboiement. Il suffisait qu'on le crût pour qu'il crût lui-même avoir dit vrai.

Voilà pourquoi Sylvia rechignait devant un livre qu'elle estimait truqué. Où était l'homme enfantin, qui lui avait un jour promis bonheur et continuité. Le bonheur ! Pareil mot ne tenait pas plus dans la voix que l'anguille dans la main. Pareil mot aurait dû figurer sans définition dans les dictionnaires, au seul titre du néant qu'il renfermait.

En fait de bonheur, il eût fallu déjà raser les malheurs anciens, raser les vieux signes qui nourrissaient l'amertume : la peur du lendemain, l'insomnie, les chèques sans provision, les jours de pluie, les dimanches après-midi, les miroirs matinaux où la tête surgit comme un trognon. Sylvia ne réclamait plus le bonheur, non, elle réclamait seulement d'avoir moins mal.

Enfin quoi, elle avait toujours été franche avec lui. Il savait bien qu'elle n'était pas fortunée, qu'il devait mettre la main à la pâte. Il avait dit : « L'argent pourrit tout. » Ce qui n'était pas faux. Manquant ou surabondant, l'argent finissait par vulgariser les plus beaux liens. Mais était-ce une raison pour se dispenser d'en gagner, pour lui laisser l'exclusivité du trafalgar pécuniaire : ardoises en tout genre et relevés bancaires désastreux.

La bintje sentait moins fort. On avait fait une grosse colère et on demandait pardon. Sylvia se rendit à la cuisine où la puanteur avait effectivement décru. Le fond de la casserole était blanc-rouge. Un relief noirâtre indiquait qu'un objet, mais lequel, avait péri carbonisé. Les oursons, il n'en restait rien. Le dieu des guimauves ait leur âme et qu'il accorde sa clémence à ces deux innocents. Sylvia sortit cuiller et couteau et, prudemment, fit passer dans une assiette la dépouille du féculent. C'était une concrétion calcinée, minéralisée, avec de petites cloques éclatées gaufrant le pourtour. A quoi pouvait ressembler l'intérieur du météore ? Elle le fendit par le milieu, ignorant si le couteau rencontrerait une résistance ou non. La consistance évoquait le pain rassis, en plus friable, et l'aspect de ces granulés charbonneux médicinaux qui barbouillent de noir la bouche et les dents. Sylvia goûta. C'était bon, très bon, magnifiquement bon... magnifiquement bon... magnifiquement bon...

... Un chuintement douceâtre imprégnait la nuit. Il régnait une langueur de bon aloi, les angles s'estompaient, une ondulation ténue parcourait les murs, des laminaires allaient et venaient, une brillance évangélisait la vieille ampoule au-dessus de l'évier, le robinet qui coulait faisait entrer la mer au numéro 25 de la rue Grisel...

Ce fut à son insu qu'elle arrêta le gaz. Les premiers scellés de la mort glaçaient déjà son regard quand sa main fit le geste qui la sauvait. Quelle chance d'être assise par terre à flotter, détendue, pacifiée, loin d'une vie qu'elle voyait trembloter à perte de vue comme un astre errant.

Cette imbécile de casserole avait débordé, noyant les brûleurs. Demain les trous seraient bouchés. Il faudrait les ravoir un à un avec une aiguille, et nettoyer les traînées qui marbraient l'émail autour des plaques. L'œil, peu à peu, retrouvait l'usage des contours familiers, le frigo, la planche à repasser, le compteur du gaz entre un calendrier qu'elle ne consultait pas, et un bloc-notes où elle n'écrivait plus. Une disque virait à l'intérieur, mouchardant le peu d'énergie qu'elle dépensait. Les émanations qui avaient failli la tuer, c'était risible, allaient figurer sur l'addition.

Et Marc qui ne rentrait toujours pas ! Dans quel délire de bière avait-il sombré à cette heure, dans quel bistrot « se finissait-il », comme il disait ? Ah ils étaient jolis tous les deux, lui bourré d'alcool, elle affalée sur le pavé froid, les poumons farcis de gaz et l'estomac plein de cendres.

De Dieu, il ne lui avait jamais soufflé mot. D'ailleurs elle n'aurait pas supporté. Que Dieu tienne d'abord ses promesses et ne se contente pas d'être Dieu comme le beurre sur du pain. Mais ce fou de Marc lui avait soigneusement caché sa pente religieuse, et Sylvia se sentait frustrée qu'il en parlât si cavalièrement dans son livre. A moins que Dieu ne fût sa dernière invention contre la honte ? A moins qu'il n'utilisât vraiment l'alcool pour se mettre en prière, et débusquer au fond de lui cet espoir de vérité que certains naïfs ont divinisé.

En tout cas, jamais une vaisselle. Monsieur était flemmard comme un caillou d'Orient. Partait-elle en Normandie voir sa famille, jamais plus d'une semaine, elle pouvait compter à son retour sur le déballage intégral des assiettes et des verres que Marc empilait dans l'évier. Sans préjudice des tubes de mayonnaise et autres flacons de ketchup qu'il fallait reboucher derrière lui. « J'ai peur de casser », protestait Marc. Sylvia nettoyait, rangeait. Lui, pendant ce temps branchait un vieux tourne-disque, un Teppaz, et moulinait pour la millième fois la *Symphonie parisienne* de Mozart ou le *Marché persan* de Kettlebey, ses deux enregistrements favoris. Assoupi sur la banquette, les mains jointes, il pouvait rester des heures à seriner la même musique, remettant inlassablement le bras au début et l'aidant à franchir les sillons abîmés. Sylvia était depuis longtemps couchée qu'il n'avait toujours pas bougé. Que cherchait-il ?... « Tu pourrais peut-être varier un peu. » Elle hasardait cette objection déguisée quand il se glissait furtivement dans les draps. « Justement, je ne pourrais pas.

Comme on fait son lit on se couche. » Et sur ces mots sibyllins, lumière allumée, il se mettait à ronfler.

Car il ronflait, c'était une cathédrale tonitruante, elle n'en revenait pas qu'un personnage aussi menu puisse édifier de telles falaises. Elle avait beau siffler, tempêter, pincer, griffer, rien n'y faisait : Marc ronflait, le monde pouvait s'écrouler. Désemparée, elle examinait ce dormeur assourdissant. La tête enfoncée dans l'oreiller, tournée vers la ruelle, il bavait, la lippe congestionnée, un masque mourant sur les traits. A bout d'arguments, elle se levait et partait se réfugier sur le canapé qu'il venait de quitter. Mais ça ne suffisait pas toujours. Une nuit, le vacarme nasal l'avait refoulée jusque dans la salle de bains. Elle avait coincé un matelas mousse entre la baignoire et la penderie. Un moustique l'avait arrachée d'un premier sommeil. Impossible de l'attraper. Ne l'entendant plus et pensant vaguement l'avoir eu, Sylvia s'était recouchée. Pas moyen de dormir. Le silence autour d'elle était maculé de bruits ténus qui l'exaspéraient. Le chauffe-eau ronronnait, le réveil tictaquait, à intervalles réguliers le frigidaire se mettait à vrombir. Elle avait débranché le frigidaire. Elle sombrait quand le moustique était revenu l'asticoter, ravivant au passage tous les bruits dont elle avait réussi péniblement à s'abstraire. Il y en avait un de plus, un floc-floc provenant de la cuisine. En allant voir, elle s'était retrouvée les pieds dans l'eau, le frigidaire ayant commencé à dégivrer. Le plus rageant, c'est que Marc avait cessé de ronfler. Mais, bien sûr, il eût suffi qu'elle le rejoignît pour qu'il remette ça. Il était plus de quatre heures. Hébétée d'insomnie, elle avait fait couler un bain brûlant où elle avait eu le sentiment de connaître la mort.

La nausée l'avait jetée dans une espèce de syncope entrecoupée de visions et de sursauts. A sept heures, elle n'avait pas entendu la sonnerie du réveil. Elle cauchemardait, frissonnait, toussait à s'arracher le cœur quand, vers midi, elle avait repris connaissance au milieu d'une eau glacée.

Peut-être Marc ronflait-il parce qu'il ne voulait plus d'elle à son côté. Les premiers temps, il ne ronflait jamais. Les prologues de l'amour ont ceci d'évasif que chacun s'y montre plus beau qu'il n'est en vrai. Mais le choc passionné n'a qu'un temps et sitôt qu'il décroît, le corps et le cœur sont rendus à leur vérité primitive où le sublime est chichement compté. Eût-elle pu jurer qu'elle ne l'avait pas déçu ? Qu'elle n'avait pas favorisé l'irruption dans leur vie de ces négligences répétées qui font de l'autre une routine ou un étranger : le laisser-aller progressif de la voix, de l'hygiène et du geste, l'humeur qui s'aigrit, l'amour bâclé rapprochant sans les unir deux élans solitaires ?

D'ailleurs, ils ne faisaient plus l'amour depuis longtemps. La magie des commencements déclinant, la magie des sens avait décliné. Ils avaient d'abord espacé leurs échanges, ils les avaient appauvris, visant l'excitation pure au mépris d'une harmonie plus élevée. Et quand ils avaient tacitement supprimé tout rapport, chacun s'était senti délivré : lui parce que Sylvia ne l'inspirait plus, Sylvia parce qu'elle se faisait l'effet d'un cadavre entre ses mains.

« L'amour n'est pas seulement la rencontre des corps, mais le retour de deux êtres à l'unité. » Elle avait lu cet axiome un jour chez le coiffeur, dans Union. Elle entrevoyait l'idée, sa motivation, sa portée, mais l'art de formuler lui manquait pour la transposer dans son langage et l'assimiler. Elle ne voyait pas que les mots figuraient la mise en lumière d'une évidence et qu'à vouloir l'exprimer autrement elle pouvait la tuer. Le retour à l'unité... Comme c'était beau. Elle l'avait dit à Marc. Il s'était esclaffé. Il avait transformé la phrase en slogan grivois : « Que dirais-tu d'un bon petit retour à l'unité, cet après-midi ? » Mais quelquefois, le soir, sur fond de *Symphonie parisienne*, il jetait d'un ton désabusé : « Chez nous, ça n'a jamais été l'unité, chez personne, quelle connerie ton retour à l'unité ! » Et il montait le son pour noyer l'amertume.

Loin d'en user simplement avec elle et de l'informer qu'il ne la désirait plus, Marc n'avait pu s'empêcher de filouter. Sous couleur d'un mal de reins le rendant inapte à l'amour, il avait simulé la souffrance, passé des examens, feint d'être gêné vis-à-vis d'elle et mortifié dans sa virilité : tout ça pour en arriver à la conclusion qu'il était passagèrement impuissant. « Prends des amants, je ne t'en voudrai pas. » Comme une idiote, elle avait marché et s'était résolue calmement à l'abstinence, estimant que le plus à plaindre, c'était lui. Mon œil ! Des femmes le réclamaient au téléphone. Sylvia tombait sur elles. « Des collègues de travail », expliquait Marc. Ensuite on lui raccrochait au nez. « C'est plein de farceurs. » Enfin, il y avait eu cette lettre qui l'avait achevée, elle enrageait à ce souvenir, c'était ignoble, on remerciait Marc effrontément d'une copulation mémorable, on le suppliait d'accorder une suite à l'entretien, on appelait ça « la reconnaissance du ventre », on râlait par écrit, quelle dégoûtation !

Il s'était emporté, nullement gêné. « Une vengeance, quelqu'un m'en veut, mais crois-moi je vais faire une enquête... D'ailleurs tu sais très bien que je ne mens pas, tu as vu toi-même les feuilles d'analyses. » En effet, il avait poussé la supercherie jusqu'à se faire établir par un ami médecin de faux certificats mentionnant en bonne et due forme une colibacillose foudroyante. « Et tu as vu tes yeux, avait-elle gémi, jamais tu n'obtiendrais de certificat pour des yeux pareils, avoue que tu me méprises, avoue que tu mens... » Il avait avoué. Si sereinement qu'elle en avait perdu son latin, se prenant même à douter de ses aveux. Car il était aussi roublard dans la vérité que dans le mensonge, il insinuait du vice en tout.

Petite, elle aimait l'humble bonheur de déguster une glace au cinéma ou d'égayer l'eau qu'elle buvait par une pointe de sirop d'orange. Elle embellissait la vie grâce à des riens dont elle pouvait se réjouir des semaines à l'avance. Il n'était pas chagrin qui ne trouvât son dénouement dans les sucreries. Jusqu'à la puberté, les croissants aux amandes et les mille-feuilles dégoulinants tenaient lieu chez Sylvia de baume existentiel. Et beaucoup plus tard il lui arrivait de faire un crochet par les pâtisseries pour neutraliser la déception d'exister. Elle eût souhaité que rien n'ait changé depuis cette époque où l'on acquérait pour quelques francs plénitude et liberté. Ce n'était pas seulement faute d'argent que Sylvia rapportait le soir des oursons en guimauve. Il entrait de la nostalgie dans ce mouvement qui ressuscitait la gourmandise enfantine.

... Et les desserts, donc ! Pas un sacrifice autrefois qui n'eût paru léger contre ses desserts favoris : l'île flottante arrosée de crème anglaise et la charlotte au chocolat, cet échafaudage exquis de biscuits à la cuiller imbibés de rhum qui fondaient sur la langue, enlaçaient les dents, faisaient de la bouche un eldorado sucré.

Marc n'aimait pas les desserts. Qu'aimait-il d'ailleurs à part le vin rouge ? A peu près rien, sauf cuisiner un civet « ma façon » qu'il préparait suivant une recette à son avis géniale et que Sylvia jugeait un non-sens gastronomique. Il noyait dans la moutarde un capharnaüm de champignons, olives, aromates et vins blancs divers, ajoutait l'animal, faisait cuire à grand feu, puis servait cette cacophonie malodorante avec les airs négligents d'un aubergiste à toute épreuve en matière de tradition. Il y avait longtemps qu'il ne cuisinait plus. Pas d'argent, pas de civet. Pas de civet, pas envie de rentrer à la maison. Ce salaud ne trouvait le chemin du retour que s'il était sûr de pouvoir se goberger. Sinon, il se mettait en chasse d'une bonne âme avec qui festoyer à l'œil.

Ce salaud !... Elle avait mis du temps à le baptiser ainsi. On ne brûle pas du jour au lendemain ses idoles. Au début, Sylvia lui trouvait mille excuses, allait au-devant de ses discours, l'aidant même à se dépêtrer d'une argumentation vaseuse, absolvant tout d'avance et bénissant le ciel qu'il fût là, souriant, contrit, amant — le reste importait peu.

La première fois qu'il était rentré soûl, Sylvia n'en avait pas cru ses yeux. L'alcoolisme lui répugnait. Marc n'avait pas réussi à franchir la porte. Elle avait ouvert, il s'était répandu sur le paillasson, il vomissait, bafouillait, empestait la vinasse et la bile, c'était à n'y rien comprendre, lui, Marc, son dieu, perdu d'ivresse à ses pieds. Dans quel guet-apens s'était-il fourré ? Elle s'était penchée pour l'aider. Il avait forcément un alibi. Il allait parler, rassurer, convaincre. Marc l'avait insultée comme la dernière des serpillières, hideux, n'en pouvant plus de haine, elle l'avait laissé par terre et, tremblante, avait couru pleurer dans son lit. Elle n'avait pas éteint la lumière et pas fermé l'œil : elle avait bien trop peur qu'il ne vînt l'égorger.

Elle songeait parfois que depuis quatre ans la vie n'était plus la vraie vie, mais une illusion d'optique, un mirage où n'existait rien dont on fût vraiment sûr. A force d'ironie, Marc avait tout rendu superflu. A propos du cinéma et des films en général, il avait dit : « Le cinoche, il est dans la vie, pas dans la salle. Le mythe de la caverne, ce n'est pas mon rayon. En plus, je n'en ai rien à faire de tous ces conards qu'on trouve séduisants parce qu'on les voit se trémousser sur grand écran. »

Plus de cinéma. Elle aimait le patin à glace, elle avait voulu l'initier. « D'accord pour le patin glacé. D'ailleurs j'ai fait du patin à roulettes autrefois, c'est kif-kif. Sans compter les patins que je roule, des patins impériaux, dirait-on à Hong Kong. » Il s'était élancé comme un fou, très ancien champion qui renoue sans effort avec sa spécialité, puis il avait déchiré son pantalon sur toute la longueur et s'était retrouvé en slip au milieu d'un public hilare. Plus de patin à glace. Elle était abonnée à *Cosmopolitan*, un magazine féminin qui la comblait sur tous les plans : imagination, distraction, information. Quelle joie d'être femme et d'avoir entre les mains une revue qui vous le confirme à chaque mot. On trouvait là des trucs pour améliorer un shampooing, gommer un bouton, colorer les cils, rattraper un amant, plaire à son patron, réussir les crêpes ou les œufs au plat, sans compter des extraits de roman qui l'émouvaient aux larmes. Marc, au début, n'avait rien dit. D'ailleurs Sylvia, voulant plus ou moins consciemment préserver une intimité avec son journal favori, s'arrangeait pour le lire en cachette : elle subodorait la réprobation. Puis un jour — c'était un dimanche après-midi, ils se morfondaient —, avisant la pile de *Cosmopolitan* rangés bien droit contre la banquette, Marc s'était emparé d'un numéro et il avait feint de s'y plonger avec passion : « Tu m'en diras tant ! " *Madame, votre peau vous aime, aimez votre peau* ", " *Où évaluer votre potentiel beauté* ", " *Les frigides du cœur* ", " *La désintoxe d'après divorce* "... mais c'est une mine ce *Cosmopolitan*. Je comprends mieux pourquoi tu es si cultivée. » Il tournait les pages de loin, le sourcil levé, le regard de biais comme s'il avait craint de se salir les yeux. Il pouffait, lisait un paragraphe à voix haute, raillait les horoscopes, et la ridiculisait ouvertement. Un supplice. Elle était d'autant plus vexée qu'elle avait envie de faire l'amour et qu'elle s'en voulait de désirer celui qui la martyrisait. Elle était restée muette, sachant très bien qu'il n'attendait qu'un mot de sa part pour la mortifier davantage.

Mais il voulait, lui, qu'elle parle et se fasse mal en parlant. « Est-ce que tu penses, mon amour ? — Comment ça ? — Oui, est-ce qu'il y a de la pensée derrière ton front, ce qu'on appelle la pensée, un mouvement, quelques grains d'énergie... » Perdue, elle s'était dérobée platement. « Pourquoi tu me demandes ça ? — Je m'intéresse à toi, c'est tout, je voudrais savoir ce que devient dans ton cerveau ce prodigieux document. » Il avait les yeux rivés sur une publicité représentant une femme nue couchée sous un vibromasseur. « Voilà qui est vibrant n'est-il pas vrai ?... Tu ne réponds pas ? » Non, elle n'avait pas répondu, la mauvaise foi la désarmait. Elle était sortie les larmes aux yeux, mais Marc avait gagné : elle n'avait plus jamais ouvert un *Cosmopolitan*.

Tout le reste avait suivi. Elle avait renoncé au peu d'amis qu'elle fréquentait, Marc se soûlant à mort quand elle les invitait. Elle évitait ses parents, redoutant des réflexions pointues sur sa vie privée. Elle n'osait plus regarder la télévision que Marc éteignait d'autorité, comme il éteignait les cigarettes qu'elle abandonnait momentanément sur le rebord des cendriers. Lui qui vivait à sa charge exerçait un terrorisme larvé contre Sylvia qui, désemparée, ne chantonnait plus dans la salle de bains, ne demandait plus à faire un tour en barque au bois de Boulogne, n'écoutait plus ses disques de Barbara, Brel, Higelin, ne laissait plus de petits mots tendres qu'il se permettait d'annoter comme un instituteur, n'émettait plus le moindre avis personnel sur aucun sujet. Marc avait tout confisqué, jusqu'au loisir de se mouvoir librement dans ses instincts.

Mais lui, d'où tirait-il cet ascendant sur autrui ? La solution crevait les yeux, mais elle crevait le cœur au passage. Il y avait chez Marc un pouvoir, une magie qui finissaient toujours par infiltrer la rancune et disposer au pardon. Elle avait essayé de le chasser. Un soir qu'il lui avait fait faux bond, avait précipité dans l'escalier le maigre ballot de vêtements qui constituait sa garde-robe. La vue du pantalon qu'elle avait recousu après le patin à glace et d'une carte orange qu'elle avait payée de ses deniers avait brisé net sa fureur. Elle s'était presque sentie penaude en ramassant les affaires. Et Marc n'avait jamais su qu'il avait frôlé la mise à pied.

XXV

Il était bien deux heures. Elle se pelotonna. A rester par terre elle risquait une bronchite. Elle voyait la poubelle où elle avait jeté le manuscrit de Marc en se disant qu'une ordure, il était normal de la mettre aux ordures. Elle n'avait pas tout lu, redoutant la suite. Elle pouvait l'imaginer la suite. Il devait s'emparer d'elle et se répandre en calomnies sur son compte. En fait, il détestait la femme et la mentalité féminine. Elle avait beau lui répéter que tous les individus sont différents, qu'on ne peut pas généraliser, Marc brandissait des discours d'une misogynie sans appel : « Ce que vous voulez, c'est nous coincer à la maison entre la belle-mère et la télé. — Ma mère n'a jamais voulu de toi, la télé c'est moi qui l'ai payée, et pour ce qui est de te coincer à la maison, personne ne s'y risquerait. — Mais si, tu as essayé, tu veux me coincer, tu n'arrêtes pas, c'est pour ça que je rentre tard. » Eclataient des disputes sauvages qui pouvaient s'étaler sur de pleins mois.

C'était tout ça la suite, c'était hier, aujourd'hui, demain, c'était l'attente, la nuit qui monte à la tête, les nerfs qui crient, les ongles qu'on ronge parce que la seule chose à faire quand il n'y a rien à faire, c'est bien se ronger les ongles ou se tuer.

Elle considérait le bout de ses doigts ravinés par les grignotages nocturnes et cherchait s'il ne restait pas un dernier lopin de corne à tourmenter.

Les ongles, elle les rongeait depuis que Marc avait frappé d'interdit tout ce qui était maquillage et produits de beauté. « Tu nous emmerdes avec tes rouges à lèvres et tes vernis. Le sang, le sang qui souffre, hein, ça ne te suffit pas. Il t'en faut du synthétique... » En fait il protestait ce jour-là contre la disparition d'un rasoir qu'il disait tenir d'un aïeul, et qu'il avait tout simplement acheté aux puces.

La suite c'était du vent, c'était le mensonge universel greffé sur l'événement si ténu soit-il. La suite, elle aurait pu l'écrire à sa place. Elle l'écrirait peut-être un jour et on verrait qui aurait le moins trafiqué les choses. Pour un peu, elle serait bien allée vérifier qu'il avait tout charcuté, saccagé à ses dépens. Pas si bête... Le plus fort était de ne pas lire cette malédiction.

Si seulement le jour avait eu la bonne idée de se lever. Mais non, surtout pas, cela eût signifié que Marc avait intégralement découché, qu'il n'allait pas rentrer de la journée, pas la nuit suivante et peut-être plus jamais. Un haut-le-cœur la secoua. Qu'il ne rentre plus, voilà bien la dernière éventualité qu'elle pouvait endurer. Il n'avait pas le droit de se défiler et de la planter, là, elle et tous les malheurs qu'il avait installés sous son toit. Qu'il paie d'abord, qu'il gagne la liberté de prendre congé décemment. Quelle injustice ! On fonde un amour, on le taille en pièces et on s'en va. Et depuis quelque temps Marc mijotait son départ, c'était flagrant, il ne prenait même plus la peine de regretter ses beuveries : « A prendre ou à laisser,

ma jolie... » Elle l'aurait mordu quand il l'appelait
« ma jolie ».

Elle entendit comme un bruit de pas dans l'escalier. Son cœur bondit d'espoir. Et si c'était Marc...
Elle n'entendait plus rien. Il avait dû boire et il
était tombé. Elle s'arracha du canapé, défripa sa
jupe, alluma la lumière en grand pour manifester
que tout pouvait rentrer dans l'ordre et que
d'avance elle disait pardon. Elle sortit sur le palier.
La minuterie ne fonctionnait pas. Elle tendit
l'oreille en quête d'un ronflement. Elle retourna
chercher les allumettes et descendit du cinquième
étage au troisième, espérant buter sur Marc
endormi. Personne. Elle poussa jusqu'au rez-de-
chaussée. Personne. Elle remonta. Sa porte ouverte
lui fit peur. Elle était essoufflée. Elle avait l'impression d'arriver dans un appartement dévalisé.
Avant d'entrer, elle marqua une pause, épiant la
nuit, guettant la moindre brindille sonore pouvant
dénoncer une présence indésirable, un voyou, un
tueur. Rien. Elle murmura : « Rien » et faillit
hurler. Car *rien*, c'était sa part dans la vie, son
butin. Marc l'avait réduite à ce rien souffreteux qui
réclamait la faveur d'un bon coup de fusil pour être
un vrai rien.

Ses larmes la déchiraient de l'intérieur. Tant pis
pour la peur, elle entra, claqua la porte... et puis la
rouvrit. Quand Marc arrivait à l'aube, il se faisait
le plus discret possible, il mettait bien cinq
minutes à tourner sa clé. Mais il avait beau ruser
avec le pêne, il y avait toujours dans le gosier de la
serrure un déclic dérisoire, et Sylvia percevait le
déclic et le savourait comme un coup de tonnerre
bienfaisant. Elle referma la porte avec une adresse
de cambrioleur et, de fait, le déclic attendu tinta
contre la nuit. Sylvia recommença une fois, deux

fois, vingt fois, écoutant le renvoi de métal qui l'avait si souvent libérée, s'attendant presque à voir surgir Marc en réponse à l'incantation. A la fin, n'y tenant plus, elle verrouilla la porte et gagna la cuisine, résolue à continuer sa lecture, à tirer la suite au clair et à ne pas lui faire grâce d'une virgule.

Les pages étaient chiffonnées. Sylvia les aplatit sur la table, et poussa un profond soupir en se juchant sur un tabouret, trop haut, dont le siège imitait celui d'un tracteur : l'un des cadeaux volés de Marc. Elle sauta les passages concernant l'Algérie, elle était saturée d'Algérie, visant ceux qui la touchaient personnellement, ulcérée de rencontrer des noms de femmes dont il s'était bien gardé de lui parler. Combien y en avait-il ? C'était affolant, toutes ces maîtresses : affolant s'il mentait, affolant s'il disait vrai, affolant si cette Christel avait vraiment compté pour lui. Mais elle, dans ce grouillement, dans cette pluie de femmes, où figurait-elle, où l'avait-il reléguée « sa Sylvia » qu'il disait avoir aimée, suraimée ? Elle avait beau scruter les feuillets, elle ne trouvait pas trace de son nom.

Alors quatre ans qu'elle n'existait pas ! Quatre ans qu'il n'avait pas jugé décent de mentionner dans sa biographie ! Folle de rage, elle allait tout déchirer, tout remettre à la poubelle quand un paragraphe accrocha son attention.

*

« ... Dans *carpasson*, il y a deux mots : carpette et paillasson. C'est Sylvia. On s'essuie les pieds, le cœur, on entre, on se sert, on sort et on remet ça quand on veut. Elle ne comprendrait pas, pauvrette, imaginerait que je veux la déprécier, que l'ingratitude m'étouffe et que je méconnais tout le dévouement dont elle m'a fait largesse au cours des quatre ans que nous avons passés elle et moi, passés ensemble à ne jamais l'être vraiment.

Si j'en ai rencontré des carpassons ! Elles le sont toutes un peu, carpasson. Toutes un peu limande, un peu ras du sol et plat ventre en dépit des grands airs bravaches et des serments d'orgueil démesuré, prêtes à ramper comme des chiens pris en faute, à s'offrir corps et biens, corps et âme au repos du guerrier. Une seule condition : que le guerrier soit bon guerrier, fastueux amant, qu'il n'usurpe pas sa position sur le podium.

Sylvia fait partie des carpassons poisseux, des carpoissons dirons-nous, chez qui tout devient glu, marmelade et miel sous l'empire d'un sentiment diluvien. Soyons franc, je l'ai peut-être aimée moi aussi, j'ai savamment frayé les voies d'une passion que je me savais incapable de partager longtemps. Une semaine ou deux, j'ai donné dans le panneau que je tends à chaque femme au premier contact, au premier échange oculaire et j'ai ressenti la démangeaison d'un sentiment vrai pour elle. Une semaine ou deux ! Puis j'ai dit « je t'aime » et tout bas j'entendais « ridicule » : une fois de plus je mettais les pieds dans le plat familier du canular. J'avais besoin du gîte et du couvert : j'ai continué de déclarer « je t'aime » en entendant « ridicule » au fond de moi. J'ai obtenu gîte et couvert, estimant d'ailleurs que j'y avais droit. Ne faisais-je pas à Sylvia le somptueux présent de m'avoir, moi son amour, à domicile ?

Mon loyer consistait à lui seriner jour et nuit : « je t'aime », « il est beau notre amour », « j'ai l'impression de t'avoir toujours connue » et Sylvia

231

s'estimait grassement payée par ces sucreries. Mon loyer consistait aussi à faire l'amour. Une autre paire de manches. Au début tout allait bien. Je roucoulais et caracolais sur cette anatomie nouvelle, assez bien enlevée ma foi, ravi de l'initier à des luxes qu'elle ne soupçonnait pas. Un mois plus tard, j'étais excédé. Je me creusais tous les soirs pour trouver le moyen de couper à la corvée séminale. Et Carpasson, déjà, carpassonnait en catimini, grignotait ma patience à la dérobée : « J'ai hâte d'être à ce soir, soupirait-elle. — Pourquoi, répliquais-je ? — Tu ne devines pas ? » resoupirait-elle. Parbleu, je devinais dans sa voix le souffle de la femelle en proie au désir, et j'imaginais avec terreur qu'il allait me falloir caresser, dorloter, couvrir ce corps, supporter à bout portant ce regard chaviré d'avance, et faire crier cette femme dont le plaisir m'était odieux.

Chaque jour, Carpasson faisait les courses avec son petit argent gagné à la sueur de son petit front — pardon : Carpasson « allait aux commissions ». Mais avant tout, Carpasson préparait le petit déjeuner de son « Chouchou boubou », un sobriquet brioché qui me donnait envie de me désaltérer dans un torrent. Carpasson rangeait la cuisine, eau de Javel et serpillière, rangeait la chambre et le salon, aspirateur et plumeau, s'affairait pour que le petit coin sentît bon le pin des Landes et que tout fût charmant, douillet, propret, subtil : des bougeoirs marocains sur les napperons, ambiance médina, du pain Wasa dans la corbeille, ambiance nordique. Il y a des gens chez qui tout est propret. Peut-être même vont-ils dans leurs souvenirs des patins aux pieds.

Allait-elle travailler, Carpasson, tout était prêt.

Chouchou boubou n'avait que le mal d'enfiler ses mules et de se mettre à table où le petit déjeuner piaffait de tous ses thermos, de tous ses toasts grillés à cœur, un billet doux sous la serviette annonçant qu'il y avait du jus d'orange au bas du frigidaire et une pièce de dix francs dans le compotier « au cas où tu souhaiterais boire un café dehors... » Va pour la pièce. Mais dix francs ma chère, c'était maigriot, je préférais les billets de cent francs que tu gardais épinglés dans ta boîte à couture, et je prélevais un exemplaire avec jubilation quand la liasse était dodue. C'était le bon temps des vaches grasses : il n'y a plus un sou.

Carpasson était douée d'un joli sens familial. Outre les repas dominicaux chez papa-maman, elle avait toujours un petit mariage sous le coude, un petit anniversaire à l'horizon. Elle espérait m'y traîner : des clous ! Elle y allait en vieille fille à qui l'on a fait toucher du doigt son accointance avec sainte Catherine. Elle se pomponnait, sortait son parfum du dimanche et ses beaux atours qu'elle mettait bien deux heures à repasser, me suppliait une dernière fois de l'accompagner : des clous ! Elle me quittait fâchée. J'allais boire.

Un jour, Carpasson voulut me présenter ses parents que, personnellement, je connaissais déjà par le placard. J'avais vu Mme et M. Lévy dans leur plus simple appareil, je les avais même entendus se donner du plaisir un dimanche après-midi. Sylvia leur avait parlé de moi. Depuis qu'ils la savaient sous la coupe d'un quadragénaire, ils lui serraient la ceinture. Les bougres étaient bijoutiers, ils se méfiaient. Le scénario du fringant fiancé qui part avec la fille et la caisse, on ne le leur ferait pas. J'acceptai un dîner. Ils avaient déménagé depuis mon époque, ils avaient pris du grade et logeaient maintenant rue Royale. Immeuble de « haut standing », ascenseur capitonné style calèche, appartement qui devait friser l'hectare, assemblée tsouintsouin. « Ma fille nous a tellement parlé de vous. » Je ne sus que répondre à Mme Lévy dont le regard me donnait l'impression d'un magnétoscope : il m'enregistrait de pied en cap, évaluant le prix de mes chaussures, celui de ma chemise et de ma personne en général. Intimidé malgré moi, je bafouillai un compliment si fumeux qu'elle vint à mon secours : « Vous n'avez rien contre le saumon j'espère. » Pour ne pas rester muet, je m'offris à découper le saumon, et je fus classé, fusillé d'un coup d'œil en biais qui pesait plusieurs quintaux. « Whisky ? » me proposa le père dont la calvitie était une vieille connaissance. Whisky sur pastis, car j'avais déjà ma dose en arrivant, j'étais fin mûr au moment de passer à table et de choisir dans l'arsenal des couverts en argent qui flanquaient mon assiette l'engin conforme à la dégustation d'une tourte au saumon. « Et vous habitez dans quel quartier ? » Sylvia étant de seize ans ma cadette, il était entendu que pour ses parents nous ne concubinions pas. Blagueur, j'avais répondu : « La banlieue, Vitry-Plage », et Carpasson m'avait taxé d'une œillade incendiaire. « Vous travaillez dans quelle branche ? » C'était ta mère, l'air de rien, elle voulait jauger le guêpier où tu t'étais fourrée, où tu les fourrais eux et tous leurs bijoux s'il te prenait la lubie d'épouser ce ringard de Vitry-Plage qui massacrait la tourte avec une fourchette à dessert. « Marc est inspecteur général dans un grand Monoprix... » Tu croyais m'épauler, mais c'était toi que tu tirais d'affaire, pour ma part je faisais bon ménage avec l'humiliation. Tes parents n'avaient pas insisté. Ils étaient fixés, atterrés. Les autres convives avaient l'air de s'amuser prodigieusement. Tous ces bijoutiers crochus et bagués voulaient me remettre sur la sellette, mais tu avais détourné les coups, et l'on m'avait fichu la paix.

Pourquoi m'avais-tu giflé quand on s'était retrouvé dehors après une soirée qui s'était finalement mieux passée que prévu ? Tu m'avais soutenu que je m'étais conduit grossièrement, que j'avais bu comme un trou, mangé comme un porc, coupé la parole à tout le monde et sorti des énormités. Je ne me rappelais pas grand-chose hormis le détail suivant : ta mère, elle s'appelait Hélène, s'asseyait et marchait jambes écartées. C'était choquant. D'un cheval, on aurait dit qu'il avait les aplombs ouverts. A part ça, il me semblait que j'étais resté gentiment dans mon coin, que j'avais éveillé la sympathie générale et compté studieusement les mouches en attendant le signal du départ. Le lendemain matin, coup de fil de ton père indigné. Sitôt raccroché, tu as fondu en larmes. Et si tu ne m'as pas chassé, Carpasson, c'est que vraiment, non vraiment tu ne savais pas où aller, tu ne savais pas dans quel cœur plus offrant blottir ton cœur de carpasson.

Tu crois au Père Noël, à savoir qu'on peut relever de lui-même un homme de quarante ans qui, s'il fait volte-face et prend sa mémoire en enfilade, est tenté de la broyer comme une noix. Qu'il a tout raté, l'homme, il le sait. Qu'il aurait pu s'aligner sur les autres, avoir un avenir et s'atteler à ses dons, jouer le jeu que tout le monde un jour se met à jouer, trimer, procréer, gagner la vie qui vous incombe à chaque instant et finalement se ranger comme on capitule, il le sait aussi. Mais ce qu'il ignore, et peu lui en chaut désormais, c'est quel jour, à quelle minute, à quel top, le compte à rebours fut épuisé, la partie perdue, c'est quel jour il aurait pu déclarer à coup sûr : « J'ai raté ma vie. »

Le Père Noël n'est pas descendu dans ta cheminée, Carpasson, tu voulais renflouer l'épave et la charger sur ton dos, le monde entier tu l'aurais chargé sur ton dos pour dégager la bête échouée, mais c'est la bête qui ne voulait pas. La vérité a transparu sous l'aspect, le Chouchou boubou est retombé dans ses errements crapuleux, tu sais à quoi t'en tenir et malgré ça tu persistes à m'aimer. Ce n'est plus de l'amour, non, c'est fureur et connerie : tu attends que je rentre et je ne rentrerai plus, que je t'aime et je ne t'aimerai plus, que je reste si peu que ce soit dans tes parages et tu vois, non, je prends le large. Adieu.

*

Il me semble, et c'est là ma plaie, que j'avais de quoi réussir la vie, mieux que ça, de quoi la grandir, et grandir la vie, c'est condamner la fatalité, décider à tout prix que la souffrance est révocable et que le progrès peut émerger dans la vérité.

Mais tu vois, l'avenir, ce grand flandrin qu'on ne voit jamais, j'y croyais comme au dahu, je n'imaginais pas un instant que c'était lui ou moi, et que si je ne l'aspirais pas jusqu'au trognon, lui m'aspirait, me désossait, je donnais carte blanche aux élans du corps et je croyais gagner, oui, oui, gagner contre le temps, contre la mort, quand je me livrais au plaisir.

La conscience n'est pas la boîte noire où la cause absolue des faits et gestes est gravée. On ne sait

236

pas, voilà tout. Même la boisson ne m'enivre plus. En Algérie la moindre bière m'envoyait au ciel.

Tu voudrais bien savoir si c'est vrai ou si c'est faux tout ça, si c'est de la triche ou du solide, mais ne compte pas sur moi pour t'éclairer. Quand on fait profession de mélanger le mensonge et la vérité, la différence importe peu.

Ce qui est sûr. J'ai commencé mon autodélation voilà deux ans. Mes quarante ans m'aveuglaient. Je posai les premiers mots, la pierre d'angle. Faire un livre, oui faire un chef-d'œuvre avec une vie manquée, j'eus cette lubie, prouver qu'il était en mon pouvoir de retomber sur mes pieds : je suis retombé sur les tiens, je t'ai fracassé le cœur en m'apercevant que le livre ne voulait pas naître. Il ne suffit pas d'avoir les mots pour mériter son œuvre, il y faut un élan, un allant, je m'y prenais trop tard, j'avais flambé tous mes élans. Et puis Christel me poursuivait par son absence. Je l'avais chassée de ma vie : ma vie me chassait.

Au début, j'écrivais tous les jours. Je m'installais dans les bars, dans les églises ou dans le métro, n'importe où, et voyant les pages défiler, le lingot s'épaissir, j'avais bon espoir d'arriver à destination. Je n'ivrognais plus, tu n'y comprenais rien, je t'ai même refait l'amour une ou deux fois pour fêter ça.

Mais la pente est trop forte, et quand j'eus le sentiment d'atteindre au but, je connus un éblouissement fatal et ce fut la dégringolade.

« *Un raté.* » Ce mot, c'est du sang, ce sont les illusions pilées, et cette fois, ton bobo, tu ne peux plus le porter tout seul, il est trop lourd, c'est un bateau qui prend l'eau, l'étoupe est noyée, les rivets éclatent, tout penche à l'intérieur, les rats désertent les cales, et si ça continue tu coules avec lui, cousu dans un sac, mais tu es un pur Jim et tu files en chaloupe — au diable-vat j'ai bu.

Plus d'imagination. Alger la Blanche et les spahis neigeux contre l'azur noir du désert, je ne savais plus comment les bouger, c'était fini, tout ce guerroyage emphatique avec de la poudre et du caoutchouc brûlé, tous ces fortins croûteux sous le soleil, ces couffins piégés, ces rafales de sable et ces étudiants vendus, ces canons, ces camions, ces enfants déguisés en soldats avec au poing des pistolets couleur de nègre, et moi tirant les ficelles : c'était fini, plus d'imagination ; j'avais dorloté la chimère, elle avait disparu.

Je travaillais moins. Pincée par pincée je travaillais moins. Fil à fil je décommettais le beau chanvre tourné par mes soins, et quand je raccrochais c'était mécaniquement, sans les motivations qui m'avaient d'abord aiguillonné. Je rêvassais. Je comptais, recomptais mes feuillets comme des dollars. Ah, les jolies coupures, ah, la superbe liasse, le beau mille-feuilles que voilà. Six mois de labeur encore et mon destin pouvait enfiler son frac et passer à la caisse.

C'est ainsi que je n'en fichais plus une rame et qu'au lieu d'en finir avec ce manuscrit, je repris la bouteille et fus un homme fini.

Tu m'horripilais. Tes petits plats dans les grands, tes petits airs dans les grands dès que j'apparaissais, comme si Diable ou Dieu avaient franchi ton seuil, ton indulgence à dormir debout : voilà qui pouvait légitimer mon impuissance à conclure. L'exaspération me rejeta quelque temps au travail. Peine perdue. Je buvais. Je ne voyais plus comment ordonner ma biographie. Je cinglais vers la névrose. Je ne voulais pas raconter Christel, mais seulement l'Algérie. Or pour être sincère, il me fallait inciser des plaies fermées, rouvrir des cicatrices et ranimer les douleurs anciennes. Boursouplouff me harcelait. Je ne voulais pas. C'était dix ans qui n'auraient pas dû passer. Lourds comme l'aveu d'un crime sur la langue. Et d'ailleurs, ça ne te regarde pas, ça ne me regarde plus.

Mais on ne peut pas indéfiniment contourner la mémoire, et mes souvenirs me rongeaient le cœur comme des rats. Je voyais tout : le retour d'Algérie, la mise en charpie du livret militaire à la barbe des flics, la brouille avec ma famille, la résolution d'exploiter cette société qui distribuait la mort comme des bons points, la tête hors de l'eau grâce à des boulots saisonniers : docker, déménageur, videur dans une boîte de strip-tease dont je me suis fait vider pour avoir été molesté par un gringalet, mercenaire au Mexique, piqueur de rouille sur un cargo, et même apprenti pêcheur à bord du thonier de Jacky. Dix ans. Je n'arrivais pas à me fixer. Je cambriolais. J'étais une fripouille quand je rencontrai Christel, tu ne sauras rien, rien, rien.

XXVI

Je t'ai ratée, Sylvia, tu m'as raté, je souris — c'est nerveux. Les humains me passionnaient. Leurs anomalies, j'en faisais collection, je les épousais. Je ressemblais à tout le monde. Androgyne à volonté, j'insistais selon les cas sur la femme ou sur le garçon. J'étais catholique, juif, anarchiste ou conservateur s'il le fallait, caméléon dans tous les râteliers qui passaient, doué d'un tel vernis que je remontrais bridge ou musique à des amateurs compétents sans éveiller les soupçons. Je me coulais partout, jamais différent d'autrui, voilà bien mon drame, et si l'interlocuteur se contredisait, je lui emboîtais le pas.

Pour quoi faire ?... Pour voir. Et pour voir il faut être assimilé. Je me faufilais même chez les vieillards. Le sieur Masson, par exemple, un Crésus qui jouait les nécessiteux. Il ne décollait pas d'un appartement dont il disait qu'on voulait le chasser. Il aimait la persécution : payait pour la subir et pour l'infliger. Il faisait venir des visiteurs exprès pour cet office. Le rituel ne variait jamais. Je lui préparais une bouillotte et un bain de pieds. Puis je lui peignais sa condition sous un jour désastreux. Il s'affalait sur son lit de camp pour mieux m'écouter. Je lui décrivais sa laideur, son grand âge, son

240

manque d'hygiène et sa radinerie. Il était aux anges, il prenait des couleurs, et finissait par lâcher : « Vous ne savez pas, j'ai l'impression ces derniers temps qu'on me vole mon argent. — Vous n'êtes pas sérieux, monsieur Masson, vous m'aviez juré que votre argent était en sécurité chez vous. — Oh, mais maintenant, je le cache, essayez voir un peu de le trouver. » C'était le signe qu'il souffrait un délicieux martyre. Je pouvais alors fouiller à ma guise, et j'en profitais pour introduire un complice qui sondait jusqu'à la chasse d'eau. L'argent était forcément quelque part, mais on ne trouvait que des broutilles, un billet de cent francs dans le meilleur des cas, ce qui était suffisant pour vouloir persévérer.

Ce maladroit s'est suicidé, pendu, un jour qu'on l'avait laissé seul dans l'appartement sans bouillotte et sans jérémiade, et la police a mis la main sur un pactole de cinquante millions en or cachés sous son matelas. Rarement j'ai autant ri de ma vie. Avoir eu des mois durant ce trésor à portée de main et le voir partir en fumée pour cause de flics !

J'ai trop bu. Je ne sais pas pourquoi je te rapporte ces faits. Pour te montrer que je ne jetais pas le temps par les fenêtres, et que la plupart de mes journées avaient leur objectif. J'aimais rencontrer des gens bizarres et me commettre avec eux. Il y a les gens normaux : je n'en suis pas. Il y a les anormaux : je n'en suis pas non plus. Je ne suis nulle part et d'aucune sphère, les gens comme moi n'existent que pour parasiter ceux qui croient vraiment exister. Dans mes rapports avec autrui, il s'agissait de soutirer ce qu'il ne voulait pas donner — argent, confiance, amitié.

Spoliation.

Sans compter ceux qui meurent et qui restent

debout. Et qui continuent d'arpenter la vie. Ils ne savent même pas qu'ils sont morts. Des gens comme moi les ont supprimés clandestinement.

J'aime boire, j'en conviens, je réponds même au signalement du parfait poivrot, mais j'ai tout lieu d'être inquiet. L'ivrogne se double aujourd'hui d'un buveur moins plaisant : l'alcoolique. Je buvais par gauloiserie, je bois désormais par dépit. Je buvais en compagnie, je bois désormais tout seul. Je ne suis plus un paillard fourmillant d'insolence, mais un viveur à la côte déjà saisi par l'arrière-saison.

Dès lors, si tu me pressais de dire pourquoi je ne t'aimais pas je sens que cela ne se pourrait exprimer qu'en répondant : parce que c'était toi, parce que c'était moi (clin d'œil, ma chère, et tu n'y vois que tu feu). A la vérité, ça n'était pas moi : mais c'était toi, j'en jurerais. C'était toi quand tu traversais la maison de ce pas si lourdaud qu'il constituait à lui seul un motif d'altercation. C'était toi ces paquets de cheveux que tu jugeais décent de laisser traîner dans l'évier, comme tu jugeais décent de parapher tes allées et venues par des mégots posés, floc, n'importe où comme une déjection. C'était toi le soir quand tu nouais sur des bigoudis un fichu si serré qu'il te conférait un profil d'épervier. C'était toi cette envie d'aller voir le dernier Belmondo : sa trogne hilare et ses airs casseurs te faisaient pâmer. C'était toi, toujours toi je t'ai reconnue chaque fois que tu dévorais *Cosmopolitan* ou que tu revenais de chez le coiffeur le cheveu froncé d'une ondulation qui me rappelait la marée basse au Mont-Saint-Michel.

Mais ce n'était pas moi... Un freluquet génial, Rimbaud pour ta gouverne, a beau soutenir que « je » est un autre, on n'est pas plus avancé. S'il n'est domicilié, cet autre, dans aucun moi profondément voulu, tu restes un étranger. L'astuce, elle est répandue, consiste à s'identifier à un métier : je suis pâtissier, je suis boucher, je suis calibreur de porcs, et l'homme, à défaut de jamais devenir ce qu'il est, devient ce qu'il fait. C'est si vrai que pour beaucoup, dans les milieux populaires, être et faire ont le même usage, et l'on entend des gens vous confier qu'ils « font cordonnier » ou qu'ils « font infirmier ». Moi, je ne fais rien — donc je ne suis rien. Je mens comme je respire, ou plutôt je mens pour respirer, le mensonge est mon radeau de survie.

Un qui n'a pas raté sa mort, c'est l'adjudant Malaine, en Algérie. J'aurais donné cher pour être à sa place le jour où, bonsoir, il a tiré sa révérence à la vie. Malaine était parachutiste. Comme d'autres ont le pied marin, il avait le pied nuageux, il n'aimait que fendre l'air, surtoilé comme un clipper, haubanné, craquant, bardé de sangles et de mousquetons. Il avait un rêve, se tuer en beauté. Il n'en savait rien lui-même, il disait : « Je fais des expériences. »

Et quand il a pris la tangente, la dernière, j'ai bien compris qu'il venait d'accomplir un chef-d'œuvre d'adieu, et je n'ai pas oublié.

C'était tous les jours que ce paladin du plein ciel imaginait un nouveau défi gaguesque à la gravitation. Il sautait par exemple, avec une sonde au pied : une corde étalonnée que lestaient des casseroles. Le ramdam des casseroles dinguant sur le plancher des vaches avertissait Malaine qu'il arrivait au sol. Une fois, il s'est fait enfermer dans une caisse avec son parachute et un marteau, laissant l'ordre que la caisse ainsi bouclée fût jetée par-dessus bord à deux mille mètres d'altitude. « J'emmerde la mort », a répondu Malaine à ceux qui contestaient son projet. Et de fait, il s'en est tiré, il a pu briser les parois de la caisse et déployer son parachute à temps. Une autre fois, il a ni plus ni moins kidnappé son fils juste après la naissance et, malgré les supplications du pilote, il a fait décoller l'avion de garde et il s'est fait larguer au-dessus du camp le gamin dans une musette.

Il avait calculé, Malaine, il calculait tout, qu'il existait pour le parachutiste un laps d'apesanteur idéale au cours duquel, après avoir été comme aspiré par la traînée de l'avion, le sauteur se retrouvait debout dans l'espace — immobile. Un soir d'ivresse, il avait fait le pari d'arrêter scientifiquement la seconde exacte à laquelle on pouvait quitter sans parachute un avion volant à basse altitude, et se retrouver debout sur le sol comme si de rien n'était.

Il faisait grand beau temps, le jour de sa mort. Il y avait du monde. On apercevait le Fokker au loin, tremblotant dans la chaleur à la sortie des hangars. Il manœuvrait vers la piste. Le soleil arrachait des couteaux de lumière sur la carlingue. Les moteurs ont rugi, l'appareil a pris son élan. Comme il décollait, la porte s'est ouverte. Un trou noir où Malaine est apparu. Il a salué de la main, puis il est descendu dans l'air libre à la façon d'un nageur confiant que l'eau va porter. L'instant d'après, il s'écrabouillait sur la piste.

Ah, comme j'ai pu l'envier, ce piéton de l'air, lui et son faux pas génial qui l'avait définitivement mis hors d'atteinte, hors la loi, hors destin. Comment s'y prend-on, dis-moi, pour filer à l'anglaise avec cette radieuse emphase ? Il faut avoir la

244

conscience tranquille et je n'en suis pas là. Je sais, le repentir verbal te laisse froide. Il te faut du sonnant et du trébuchant, des actes, et non pas cette fiente oratoire où je me complais. J'ai mal partout. J'ai dû franchir le cap des quarante pastis. Combien de fois m'as-tu battu quand je rentrais soûl ! Quelle barbarie, le couple, une fois révolue l'euphorie des premiers temps ! Un soir, tu m'as foncé dessus avec ta « voiture de l'année » : c'était pour me tuer, je me suis esquivé de justesse. Tu m'as ouvert l'arcade sourcilière avec je ne sais plus quel projectile ménager, tu m'as écrasé des mégots brûlants sur le corps tandis que je dormais, tu as voulu me chasser, ne mens pas, tu ne t'es pas laissé vaincre sans combat, l'honneur est sauf.

Ivrogne et maintenant alcoolique. L'alcool est ma tanière et probablement mon tombeau. Je bois pour entrer en contact avec ce qu'il y a de plus triste en moi. Tu sais, le jour où je t'ai dit devoir me rendre à Mézidon pour un stage de formation, ce n'était pas vrai. Je suis juste descendu à la cave et j'y suis resté quarante-huit heures avec le magnum d'alcool de café que tes parents avaient rapporté d'Espagne. Je voulais m'enivrer jusqu'à me sentir infiniment seul, mais je n'ai pas rencontré l'ivresse. J'étais comme un voyant. Je versais l'alcool sur ma conscience, elle cédait tel un coffre-fort sous l'acide, mais il n'y avait rien à l'intérieur à part le magma des souvenirs dont je connaissais déjà les ravages.

Carpasson, ne pleure pas, tu n'es pas la seule, tu n'es pas tombée si bas que certaines de tes consœurs dans cette délinquance absolue qu'est l'amour-passion. Moi-même à cet égard, je te rends des points. Je t'ai surpassée dans la servilité, et ce que tu n'as jamais fait, te tromper d'amour, moi je l'ai fait. J'ai massacré ma vie sur un coup de cœur, et regarde où j'en suis à présent.

XXVII

Vers trente ans, je connaissais tous les plaisirs de l'amour — sauf l'amour. Et puis ça m'est tombé dessus. J'étais à l'hôpital Bichat pour un coup de couteau. Je sombrai dans l'inconscient bercé par les yeux bleu-vert de l'anesthésiste penchée sur moi. Des yeux couleur d'éclaircie, de retour, de pardon. Je me réveillai fou d'amour. Trois jours plus tard, je partais à sa recherche à travers l'hôpital, errant de service en service, entrant même une fois par étourderie dans un bloc opératoire en pleine activité. Je finis par la retrouver. Emue par ce grabataire en pyjama, elle m'écouta, s'attendrit, accepta mon invitation à dîner. Je ne la croyais qu'à moitié sincère : elle vint. Ce soir-là, je me surpris à raconter « ma vérité » : Montalbec, l'Algérie, la bourlingue au jour le jour, la peur d'exister, absolument tout. Elle n'eut pas l'air impressionnée. Ses yeux brûlaient d'un feu léger qui me réchauffait et m'illuminait. je réglai le dîner avec un chéquier volé. Elle me laissa faire en souriant. « La prochaine fois, me dit-elle, nous déjeunerons chez moi. Ce sera moins risqué. »

Elle s'appelait Christel. Elle était fille d'un armateur danois. Elle avait un léger accent que j'aurais voulu passer ma vie à grignoter. Divorcée, elle

247

habitait avec Sven, son fils, une péniche embossée sous la tour Eiffel. M'installer dans la péniche fut l'affaire d'un clin d'œil. Un clin d'œil de trois semaines, au cours desquels nous échangeâmes tous les serments, toutes les folies, tous les pardons. Seule la mort nous séparerait.

Christel avait la sveltesse d'un voilier ou d'un faon. Sa démarche annonçait un envol. Sa voix chantait, son rire enchantait. Elle allait comme la brise, belle d'une beauté que n'incommodait pas l'artifice. Elle avait la vocation du bonheur et faisait le mien presque à mon insu : on ne fait pas attention à l'air qu'on respire, et je respirais, je buvais mon bonheur sans m'en apercevoir.

Je l'adorais, son fils Sven m'adorait — mais je désadore instantanément — je la trompais gentiment, mon cœur d'un côté, mon corps de l'autre, et tout allait pour le mieux. Je la surnommais tour à tour « ma sirène » ou « ma poussinette », elle m'appelait « le gros zoulou » Ridicule ?... Oh que non. Les sobriquets amoureux ne relèvent pas d'un code esthétique, ils offrent seulement l'émanation d'une attirance inintelligible au reste du monde. Aussi bien je couvrais Christel de ces noms fous qui font maintenant de fins poignards plantés dans mes remords.

Tu souffres, hein, Carpasson, de m'entendre ainsi m'enflammer à l'évocation d'un amour que je t'ai caché. Tu me croyais inhumain. Sache que j'ai bêtifié comme la dernière des midinettes pendant des années. Tout m'attendrissait chez Christel, sa voix, sa peau, ses dents, ses oreilles légèrement décollées, son regard où palpitait le bleu-vert tigré des pierres sous-marines. Le spectacle de ses culottes séchant sur le radiateur de la salle de bains me transportait d'émotion, je les humais avec délice. Ses pieds nus me bouleversaient, j'avais le cœur serré à l'idée que de tels pieds puissent connaître la douleur. J'aimais ses gestes mélodieux. Je l'aimais pour cet ensemble de signes diffus qui rendent l'autre indispensable — ou détestable —, et je berçais l'illusion, ce fut la première et la dernière fois, de réussir mon amour et ma vie.

Or je suis un prédateur, et bâtir n'est pas mon fort. Je voulus, d'abord inconsciemment, carpassonner Christel. Il n'y avait plus une goutte d'apéritif à l'appartement. Elle m'autorisait le vin rouge au cours des repas, mais je voyais fondre ma ration de mois en mois. Je feignais la docilité. Je lui disais : « Quelle chance de t'avoir rencontrée, je suis un autre homme. » Et j'y croyais. Je me sentais allégé d'un démon. Je me dupais moi-même. Comme elle avait pris un an de congé pour mignoter nos amour, je n'avais même plus le loisir d'un crochet par les bistrots. Christel m'avait procuré un travail d'infirmier. Je culbutais les lingères dans la chaufferie, mais je ne buvais pas. Deux ans à ce régime et je repiquais au pastis. Et ce fut l'abîme.

Je commençai par découcher, multipliai les lapins. Comme à toi, je lui fis le coup de l'impuissance physiologique. Je lui soutirais de l'argent ou le prenais directement dans son sac. Je lui mentais. A cette époque, il me restait encore un semblant de gaieté, un gros semblant, j'étais l'insouciance même, et pour un faux bond j'offrais cent pirouettes : on me pardonnait toujours. Christel pardonna. Elle pardonna une fois, deux fois, vingt fois. Puis comme je ne m'amendais pas, que j'empirais, et prenais un malin plaisir à la récidive, elle m'admira moins, m'aima moins, et me retira son estime.

Quand Christel eut manifesté que je redevenais pour elle un amant comme les autres : un être fragile apparemment fort, un être fourbe apparemment franc, je me sentis à la fois plus libre et plus seul. Et bizarrement, moi qui ne faisais jamais intervenir l'émotion dans mes coucheries hygiéniques avec des partenaires d'un soir, je me surpris à déclarer « je t'aime » à des femmes qui ne valaient rien. Christel ignorait mes acrobaties mondaines, ou faisait semblant. Elle me voyait rentrer au petit jour sans un mot de reproche. Elle maigrissait, ternissait. Je détestais la faire souffrir, je me jurais chaque jour de cesser mes ignominies, mais j'étais emporté. De savoir Christel édifiée sur mon compte avait décentré ma sensibilité que je bradais avec n'importe qui. Pis encore : j'évoquais l'éventualité d'un mariage, aspiré par une fringale de remords sociaux. Je voulais passer à la mairie, à la messe, et fournir des citoyens à la nation. Je promis l'alliance à Régine, une intellectuelle pulpeuse assez mordue pour me prendre au sérieux. Je me présentai chez ses parents et demandai sa main. Moyennant quoi, sans la moindre explication, je cessai brusquement de la voir. J'avais peur de moi, de mes actes, et de tous les mots qui trompaient mes pulsions profondes. J'étais dépassé par cette insistance à berner ma compagne, alors que je l'aimais, oui, d'un amour dépassionné, mais je l'aimais ma sirène, je n'étais en paix qu'auprès d'elle, et, dans le fond, qu'elle m'ait ou non confisqué son estime, j'étais sûr que je ne la quitterais jamais.

Puis je rencontrai Patricia. Prénom loukoum, prénom mal de mer : tu le prononces une fois, tu es malade. J'aurais dû prévoir ou prévenir la fatalité.

J'aurais dû fermer mon cœur à double tour : je l'ai grand ouvert à des sentiments qui m'ont poignardé. Patricia chantait dans une cave à Montparnasse. Je la trouvais belle, excitante, follement drôle, et convoler avec cet oiseau de nuit me parut bientôt l'autre chance de ma vie. Malgré son prénom cauteleux, j'eus pour elle un coup de béguin que je m'empressai de convertir en passion. Un mois plus tard je plaquais Christel comme si je l'avais rencontrée la veille et que je ne lui devais rien. Nous étions restés ensemble trois ans.

Trois ans. Tu écris « trois ans » sur une feuille blanche — et tu déchires. Ecoute le bruit que font trois années d'amour quand tu les déchires. C'est l'harmonie du désespoir. Déchirure et déchirement. C'est encore une fois les appels, les pas, les noms, les chansons, les mains, les rires de ceux qui t'unifiaient, qui s'unifiaient à ton contact, même si tu faisais le fou la nuit. Trois ans. Plus c'est doux, plus ça hurle, plus ça hante et revient. Tu te meus en toi comme un revenant, comme un pillard traqué par le bonheur qu'il a mis à sac. Nos actes nous suivent : ce sont même de sacrés limiers. Des souvenirs qui s'estompent ou de ceux qui perdurent, têtus comme des ressacs, je ne sais lesquels font le plus mal.

Patricia : catastrophe. Je l'épousai. Mariage à périr dans une ancienne usine. Muscadet, buffet campagnard, « ambiance copains » — tout ce que je hais. J'avais des larmes aux yeux que Patricia mettait au crédit d'un bonheur trop fort. Elle admirait sa bague, une émeraude appartenant à Christel. Je l'avais subtilisée la veille de mon départ.

Au bout d'un mois, j'aurais tué ma femme. Et tu sais mieux que personne ce qu'il en est quand les nerfs se mettent à gouverner mes réactions. Je lui menais une vie d'enfer. Je ne pouvais m'empêcher de la mesurer à Christel. Sa beauté trop fignolée m'ennuyait. Sa voix me hérissait, je la faisais taire, je la tourmentais pour un rien. Eberluée par ce revirement que ne justifiait aucun écart, la pauvrette carpassonnait tant qu'elle pouvait. Mais elle tombait mal. Je n'étais plus en humeur de parader. Je ne comprenais pas ce qu'elle foutait là, au beau milieu de ma vie, profanant les souvenirs que je tenais d'une autre. Qui diable l'avait fait entrer ? Je voulais réintégrer mon destin naturel dont je m'estimais délogé. Perdu pour perdu, je me vengeais sur Patricia qui m'avait connu délirant d'amour et prêt pour elle à tous les abandons. Un an de vie commune à ce régime, et je désertai. J'ai toujours été déserteur. Divorce et pension. J'étais fixé sur un point : j'aimais toujours Christel, elle incarnait dans sa fragilité l'être le plus puissant qu'il m'ait été donné d'émouvoir. J'étais fixé sur un autre point : on ne vit jamais deux grands amours et si l'occasion s'en présente, attention d'être sûr que le second est plus fort, sinon le premier finira tôt ou tard par dévorer son rival.

Tu vois, Carpasson, celui qui se trompe d'amour une fois ne s'en remet jamais. Avoir eu ce que n'a personne, le bonheur, et l'avoir broyé délibérément — c'est le ratage absolu. J'ai entrepris, j'ai raté. J'ai désormais sous les yeux cette double évidence : l'inanité d'agir et l'inexorable invasion de tous mes projets par l'échec. Je ne suis plus un homme d'action mais un homme de phrases, et je me console avec cette idée qui est bien d'un raté : un jour, je cesserai d'exister.

J'essayai quelque temps de relancer Christel. Je téléphonai : personne. J'entendais la sonnerie retentir parmi les murs où j'avais été heureux. J'étais jaloux de la sonnerie. J'écrivis. Une kyrielle de lettres folles où je lui rappelais tous nos jeux, tous nos fous rires, et cette alliance innée qui nous avait rapprochés. Je la suppliais, tapais du pied, me blottissais. Pas de réponse. Je me rendis à la péniche. Volets clos et pancarte « à vendre ». En rentrant, ce soir-là, je me soûlai à mort toute la soirée, toute la nuit, décidé à crever et à cracher ce poison qu'était ma vie.

C'est trop fort pour toi, Carpasson, tu n'imagines pas qu'on puisse abandonner la femme qu'on aime et suivre, épouser une femme qu'on n'aime pas, quitte à la renvoyer à son tour un an plus tard. Tu ne sauras jamais à quelles démences la passion de l'instant, plus impérieuse encore qu'une passion d'amour, pouvait m'entraîner autrefois. Car je croyais que je pourrais indéfiniment disposer des êtres et de leur clémence à mon égard.

La chair est triste hélas et j'ai lu tous les livres sur la tristesse et la chair. La chair convoie la nostalgie d'une perfection dégradée jour après jour par la force des choses, et si j'ai bu, ce soir comme tous les soirs, c'est bien pour mêler l'ivresse au venin du cynisme — ce recours des vaincus.

S'il te plaît, Carpasson, lis bien ce qui suit, je n'aurai qu'un lecteur, un lecteur de magazine féminin, mais après tout c'est assez pour moi.

Je rencontrai Christel par hasard dans le métro. Maigre à faire peur. Elle s'était juré de ne plus avoir affaire à moi. Elle me raconta des choses insensées qui font intervenir la logique, mais prouvent seulement qu'un être sensible a déraillé. Elle m'affirma que des identités, elle en avait plusieurs. L'amante au grand cœur qui veut bâtir un foyer, c'était bien fini. Depuis mon départ, elle avait renoué avec ses habitudes anciennes. Elle qui devant moi n'avait jamais fumé, fumait. Elle qui ne buvait pas, buvait. Elle que la fornication sans amour déprimait, se donnait au premier venu. Elle n'avait pas vieilli, toujours aussi pimpante avec ses trente ans qu'une éternelle adolescence environnait. Et toujours ce regard d'éclaircie négligemment tendu vers l'impossible, et si lumineux qu'il faussait celui des autres où le mensonge est toujours latent.

Je regardais cette femme que j'aimais, que j'aime encore, et je reconnaissais ma vie au détour d'une intonation, d'un geste, ou dans le désir que j'avais de la serrer contre moi. Je ne sais plus qui a dit ça : « *Il y a certainement quelqu'un qui m'a tué.* » Et je pensais que j'avais tué Christel ; elle était vivante, mais je l'avais tuée.

Elle me refusa la moindre coordonnée. Ses yeux verts au fond des miens — une dernière fois. Je la regardai partir, s'éloigner, disparaître. Le forban se mit à sangloter sur le quai de la station Picpus au milieu des passants médusés.

Les jours suivants, je fis chaque nuit le même cauchemar : j'apercevais Christel au bord d'un lac, assise de dos. Je l'appelais, voulant voir son visage. Elle ne se retournait pas. Je m'approchais. Son visage touchait l'eau, je ne voyais rien. Je le prenais dans mes mains, et me retrouvais tenant un biscuit blanchâtre où les traits de Christel étaient imprimé : les traits s'effaçaient, le biscuit s'effritait.

J'ai quarante ans, Carpasson, et j'ai perdu l'appétit devant les choses de la vie. Moi qui fus pionner dans mes relations, je ne veux plus voir personne, je ne fais plus fête au jour levant. Je bois. Mais mon repli dans l'alcool est celui de l'anachorète ou du soufi, pas celui d'un noceur. Je convoite la paix de l'esprit, non plus la stupeur des sens.

*

Tu l'aimais presque maladivement, la vérité. Tu l'as prise en pleine tête, et tu attends maintenant que je mette un comble à ma franchise en beurrant si peu que ce soit ta tartine. Et que veux-tu que je dise ? Que tu es jolie ? Ce n'est pas vrai. Tu l'as peut-être été, mais tu m'as connu depuis : notre amour, une collision, t'a gâché les traits. Bien faite, tu l'étais autrefois : fesse arrogante et seins altiers. Tout s'est avachi. Ton regard lui-même est flasque, éventé par la déception. Partirais-je, et tu resplendirais à nouveau.

L'intelligence ?... Ah comme tu voudrais qu'avant de m'en aller je te fasse l'aumône d'un sou d'esprit. Ça me coûterait quoi de te bailler un madrigal célébrant ton humour ? Je pourrais même, si tu veux, te prêter du génie ?... Mais tu sais mieux que moi ce qu'il en est : tu détestes avoir un cerveau. Si les cerveaux s'arrachaient comme des dents gâtées, ou s'épilaient comme des sourcils, il y a beau temps que tu aurais fait supprimer le tien. Tu n'aimes pas lire, pas écrire, pas parler, les activités de l'esprit te répugnent. A quoi sert ton cerveau ? A souffrir de tous tes nerfs, une activité comme une autre.

Je n'insiste pas. Tu avais pour toi l'ordre, et tu m'as ordonné quelque temps : merci. Tu pourvoyais à l'occupation du « temps » ménager. Chaque jour, par tes soins, baignait dans une huile où je mettais mon insouciance à rissoler. Je pouvais m'adonner en toute quiétude à cette vanité qu'est la réflexion, d'où je tire une certaine aisance à mouvoir les mots sur du papier. Tu voulais m'épouser : bravo ! Tu étais de celles qui comblent les crevasses entre les individus par un ciment nommé famille. Et famille veut dire progéniture. J'ai bien failli donner dans le panneau — rapport au fric paternel. Tu voulais un marboum. C'est un enfant, le marbum. Un enfant, ça joue du tambour, ça couine, ça tape dans la bouillie, ça réveille la nuit — c'est donc un marboum. Pluriel : des tarboums, c'est comme ça quand on est marteau. Tu voulais des tarboums. Une nichée de tarboums, une escouade. Et toi biberonnant tout ton soûl, toi promenant ton gros sein laitier, fruitier, sur le museau des tarboums gloutons. Moi pas vouloir. Tarboums : nicht gut. Entre deux tétées, les tarboums klaxonnant à plein gosier, tout leur petit sang colérique en épilepsie, et les angles des murs, les plafonds, les parquets diffusant à longueur de journée la philharmonie tarboumienne, et toi nou-nouteuse à souhait, toi mamanteuse avec tes purées au jambon, tes suppositoires à la vanille, et tes inhalations au pralin : nicht gut. Tu m'aurais tâté le jarret, aromatisé les narines, badigeonné de suif en vue de la cuisson, la grande cuisson corps et âme dans la marmite à dissoudre les libertés.

XXVIII

C'est donc aujourd'hui. Aujourd'hui que tu vas mettre la main sur ma feuille d'« impôts ». Ce sera par hasard, je n'en doute pas, mais un hasard que j'ai dûment branché comme une souricière.

Voilà des mois que j'attends ce jour où tu liras d'un trait ce que j'aurai mis des mois à rédiger. Et tu lis d'un trait. Laisse-moi t'épater. Tu es rentrée comme chaque soir vers six heures et demie. Après un détour à la boulangerie pour quérir tes satanés oursons, tu as traversé le square afin de respirer ce que tu appelles un bol d'air. Arrivée chez toi, tu ne m'as pas vu et tu t'es dit que ce salaud était encore en bordée. Machinalement, tu as tourné le bouton du transistor afin d'avoir les informations. Renseignée sur le va-et-vient des divers événements : l'augmentation du lait, la couleur du ticket de métro, d'éventuelles mesures en faveur de la femme, tu as pensé te préparer un thé — c'est une boisson bon marché qui distrait l'humeur. Et, tout-en-sirotant-ton-thé-dans-ta-tasse-de-baptême, tu paniquais à l'idée du noir de la nuit qui n'allait pas tarder à te pourchasser avec ses grosses pattes gluantes. Que faire ? Aller chez ta maman ? Tu étais en bisbille avec elle à cause de moi. Allez chez ton amie Marie-Jo ? Elle t'avait laissé entendre que tes visites la toucheraient d'autant plus que tu les espacerais. Aller au cinéma voir un bon film, de préférence avec Annie Cordy, Pierre Richard ou Darry Cowl ? Tu avais bien trop peur qu'un bicot vienne te peloter. C'est ton fantasme chéri le bicot qui met sa main sur la cuisse des femmes seules, au cinéma. Mais alors quoi ?... Et tout en rageant de voir la soirée s'annoncer aussi mal, tu réfléchissais que peut-être j'avais laissé un mot, il m'arrivait d'en laisser, que peut-être j'allais rentrer, que peut-être tu t'affolais en vain.

Et tu as cherché comme un brave toutou qui veut son nonosse et tu n'as pas trouvé le petit mot, tour à tour rassurant ou torturant, que je pouvais dissimuler dans le ficus, dans le four ou dans le garde-manger — à seule fin de te faire enrager. Parfois, j'en cachais plusieurs. C'était un puzzle. Quelle tête tu faisais, Carpasson, quand après avoir déplacé jusqu'au moindre cendrier et rapproché laborieusement tous les éclats de papier, tu tombais sur un message incohérent du genre : « NAKAPA FOUILLER NAKAPAFARFOUILLER NAKA-BIENFOUILLER NAKAFOUILLIFOUILLA LANGAU-CHA POILOPASTAGA. » Bref, tu n'as rien trouvé. Ni mots doux, ni mots durs. Mais tu as trouvé mieux. Au fond de notre unique armoire — cinquante francs je crois dans une vente au Domaine — sous la musette que j'ai rapportée d'Algérie et qui me sert de grenier pour de menus souvenirs, tu as découvert ma feuille d'impôts — mon roman — et naturellement tu t'es jetée dessus. Le toutou n'avait pas eu son nonosse : il décrochait un bœuf intégral, il allait pouvoir s'en mettre jusque-là. Te poses-tu seulement la question de savoir pourquoi j'ai voulu cet affrontement ce soir entre mon livre et toi, ce soir et pas hier ou demain ? Parce que c'est la fin, tout simplement, je remue dans ma bouche un parfum d'agonie.

Tu y crois, toi ?... Tu te méfies. Tu ne sais jamais si je mens. Mais ce qui t'échappe et devrait pourtant t'éclairer, c'est la chronologie. Dis-moi plutôt comment tu fais pour n'être jamais à court de cigarettes, gauloises ou P4, n'importe quoi pourvu que ça fume, alors que tu n'as plus l'ombre d'un radis pour sustenter ton écornifleur obligé. Mais moi, j'ai faim, j'en ai assez du velouté minute, du caviar de teckel, du rosbif de guimauve, des paupiettes de rat, et du vin noir comme du jus d'araignée. Certains soirs, je rêvais qu'on m'enfermait dans les entrailles d'une génisse et je me voyais avec une lampe torche explorant librement les faux filets, flattant les aloyaux, frayant ma route à la machette à travers ces taillis de viandes vives.

J'en ai assez de l'ignorance où tu es de ta monotonie béate. « Et toi donc ? » objecteras-tu. Je reconnais, je persécute la morale, mais mon espèce est plus rare que la tienne et combien plus précieuse. A preuve : j'aime les poètes, et pas toi. J'aime aussi les fous. La folie est un moyen radical pour abolir la durée. Toi, tu es furieusement raisonnable. On ne surprendrait pas dans ton cœur la plus infime extravagance. Tu ne bougerais pas le petit doigt pour toucher cette vérité : qu'il n'est pas du ressort de tes sacro-saints principes d'enrayer la sauvagerie qui perdure en chacun de nous — même en toi. D'autant plus indécent qu'en général, même chez les êtres faiblards intellectuellement, la vérité cherche à s'incarner dans les mots. Toi, ta vérité, c'est d'aller chez le coiffeur, de fréquenter des gens « comme il faut », de suivre la mode, de préserver les routines, et s'il vous plaît :

pas d'imprévu. Tu es « nature », Carpasson, ou plutôt tu l'étais. Tu méprisais le surnaturel ambiant qui est la semence de toute émotion artistique. Tu n'étais la proie d'aucun scandale intérieur, il te suffisait d'assumer ta physiologie dans son empressement quotidien, et de vivoter ton absolu petit-bourgeois sans avoir connaissance de l'esprit.

Mais pour faire bonne mesure et narguer ton âme encarpassonnée, le mauvais œil, au lieu d'un époux frais émoulu d'une éducation bon chic, a mis sur ta route un monsieur tout ce qu'il y a de pis auquel tu t'es accrochée. Il partageait ta vie, mais ne partageait pas la sienne avec toi. Les bistrots, les tripots, la faune éméchée des comptoirs, les errances au petit bonheur à travers Paris briqué par la fraîche, voilà ses pains quotidiens, ses vins dont il entendait garder l'exclusivité.

Je sais, j'omets soigneusement la nuit. Paris la nuit. Paris comme un incendie congelé que je réchauffais dans l'alcool. Paris gueulant ses gratte-ciel comme une imprécation. Gratte-ciel. Nous grattons le ciel. Nous chatouillons Dieu sous les bras pour le faire exister. Mais de la nuit, on ne saurait parler à la légère. La nuit fait chanter des nostalgies incommunicables au fin fond des consciences. La nuit promet tout, permet tout. Toi tu ne permets rien. Tu détestes la nuit. L'obscurité te sert à dormir et à régler ton réveille-matin — comme le corps à soutenir tes vêtements.

Je ne supporte plus de garder tous ces mots par-devers moi. Tout à l'heure, j'ai même offert un brin de lecture à un clochard compatissant. Il m'a sagement écouté, puis, le poing dressé, il s'est mis à brailler à tous les échos de la station Pasteur que

j'étais Victor Hugo et que lui c'était Gustave Zola :
« Parfaitement, Monsieur, Gustave Zola ! »

Merci donc, merci Carpasson, d'accueillir ce brasier verbal dans tes forêts. Les Canadairs n'y pourront rien, le néant flambe comme l'enfer. Tout bien pesé, j'aime mieux t'avoir pour confidente, toi plutôt que Gustave Zola ou que ces flics qui viennent de me coffrer place des Invalides sous prétexte que j'avais tordu volontairement l'antenne d'une voiture en stationnement. « Papiers ! — J'en ai pas. — Nom ? — J'ai oublié... et vous ? » Menottes, panier à salade et mise au trou. Je serai libéré dans la soirée. En attendant, il fait chaud, mais on me laisse écrire et j'en profite. Gustave Zola, Carpasson, il portait des après-skis rouges et un bonnet de bain, j'ai encore envie de te faire mal. Je n'aime ni ton odeur, ni ton grain de peau : dès que je suis près de toi, je me sens seul.

Au fur et sans mesure que j'écris, je vois s'avancer le reproche, assez banal, que tu ne manqueras pas d'exprimer : misogynie. La misogynie, c'est ton grand mot. Il est de résonance un peu grecque et tu dois avoir l'impression d'un commerce fructueux avec Euripide ou Sophocle en t'y ralliant. Comme ces flics qui se poussent vers Cicéron en vous réclamant « les papiers afférents au véhicule ».

Ce mot, « misogynie », l'auras-tu sucé comme un bonbon. Mais c'est pas vrai, Carpasson ! je ne suis pas misogyne. Je voudrais me blottir. Je suis encore un œuf, moi. Je replie les pattes, je déploie le cordon, je rentre dans la bulle, je mets le verrou et je vieillis dans le corps d'une femme, de toutes les femmes, sans avoir jamais vu la tête de mort des salauds ni ma tête à moi surpeuplée d'ironie. J'aime les femmes et le corps des femmes, cette planète mélodieuse dont nous descendons tous, et que toute la vie nous cherchons à regagner. Et je peux t'affirmer ceci qui va te paraître aberrant : s'il a pu m'arriver de vouloir passer mes nuits en prison, c'est que le sentiment d'être enfermé et préservé d'agir prolongeait au plus fort de mon sang, là où le cœur bat comme un souvenir, ces neuf mois d'incarcération prénatale où je n'avais qu'à me laisser porter.

Pourquoi certains soirs allais-tu dormir dans le panier du chien ? C'était une espèce de baille en osier où tes frères et toi entreposiez vos jouets. Tu trouvais le moyen de t'y rouler je ne sais comment, je croyais voir un cadavre que des meurtriers auraient caché. Je te réveillais, de peur que tu sois vraiment morte, et je te suppliais de venir dormir avec moi, j'avais tellement peur des images qui violentaient mon sommeil quand j'avais bu. Mon rêve, le dernier. Un bloc opératoire sous des néons glacials. Une table florentine en marbre incrustée de motifs pareils aux miniatures d'un livre d'heures. Christel est couchée dessus. Elle porte un linceul de métal étincelant. Elle est coiffée d'un heaume de chevalier. Par une fente, on aperçoit son œil vert qui luit tristement comme s'il pleurait sa couleur.

*

C'est fini. J'ai trop marché sur les trottoirs, couché dans trop de lits qui n'étaient pas les miens, regardé trop souvent l'heure, serré trop de mains, effeuillé trop d'amantes, j'ai eu trop souvent faim, soif, sommeil, mal aux cheveux, je connais trop la vie sans rien connaître à fond. Je me surprends de temps à autre à prier. Pareil aveu n'est-il pas déjà façon d'implorer ?

Ceci qui n'a rien à voir : avec mon impuissance d'emprunt, je me soustrayais naguère à tes appétits. Mais bizarrement je devançais les faits car aujourd'hui, pour de vrai, psychologiquement et physiquement, je n'en peux plus. Voilà bien la preuve que mes instincts sont vidés. Ta marotte, au début, c'étaient les remontants. Tu voulais absolument me remonter : « Prends ça, ça te remontera. » Merci bien, je me suis remonté un maximum. Je me goinfrais d'élixir parégorique, et je t'en ai voulu à mort quand tu as cessé de rapatrier les précieux échantillons. Tu m'as traité de camé. On s'est battu comme des chiffonniers. Je t'ai ouvert la tempe avec le fer à cheval accroché dans l'entrée. Pour te venger, les jours suivants, tu as mis la nourriture sous clé, me laissant crever de faim.

Puis tu t'es mise à cacher jusqu'au sucre. Tu savais que je prenais au moins cinq morceaux dans mon café. Où le cachais-tu ? J'ai fini par le découvrir. Sur le palier, dans le boîtier du compteur à gaz général qui, soit dit en passant, pue la mort — un jour tout va sauter. « La vie est chère, on n'a pas les moyens », répondais-tu avec aigreur à mes protestations. Il était révolu le temps des Chouchou-boubou, des jus d'orange au bas du frigidaire et des pièces de dix francs amoureusement glissées dans le compotier. Tu attendais ma quote-part. Tu croyais peut-être que tes rationnements éducatifs allaient me pousser au travail. Plutôt crever. Le pain. Tu l'achetais par petits bouts comme si j'étais un vieillard édenté qui fait sa semaine avec un quignon. Tu le mettais à rassir pour que ce ne fût pas trop bon. Tu pensais m'enseigner le prix des choses en me faisant avaler des repas dignes d'un pénitencier. Chaque soir, à l'heure où l'estomac s'impatiente, c'était d'abord ton air savamment décomposé puis, sur un coin de table — comme si dîner spacieusement eût été sacrilège —, c'était la même patate cuite à l'eau, le même œuf dur jaunasson, le même fond de vin maigrichard — car tu t'arranges pour n'offrir que des fonds de vin, tu te livres sans doute à des transvasements subtils — et, pour le dessert, ces crétins d'oursons que tu as le culot d'arranger en étoile sur ton assiette à bouillie.

Voilà pour l'essentiel. Je t'épargne les griefs latéraux et collatéraux, soit l'aspirateur que tu ne passes plus nulle part, les carreaux que tu négliges de nettoyer, la vaisselle que tu laisses traîner dans l'égouttoir, la poubelle que tu ne descends jamais au vide-ordures et qui sent le charnier.

Je n'oublie pas cette bassesse qui consiste à trier dans la corbeille à linge tes affaires et les miennes — pour ne laver que les tiennes et m'infliger la honte. Du coup je n'ai plus rien à mettre car je ne fais pas ma lessive moi-même : ce serait m'avouer vaincu.

Mais réduire à la crasse un amant, n'est-ce pas être plus carpasson que le dernier des carpassons ? Quand la soumission ne marche plus pour gagner la présence de l'autre, on croit la gagner par la mesquinerie. En fait, représailles ou servilité, femme-limande ou femme-pieuvre, tu rampes, tu t'écrases, tu tortures ton milligramme intellectuel pour te sentir exister à mes yeux. Non, décidément : carpasson, carpasson, carpasson !

XXIX

Charablabla !...

Encore un mot de son invention. Autant qu'il serve : il allait comme un gant à ces horreurs. Les feuillets étaient répandus par terre. Sylvia les écrasa du pied, déplorant qu'ils ne fussent pas des escargots pour les entendre souffrir et craquer. Le silence et la nuit formaient autour d'elle un calme assourdissant. Elle eut soudain la vision d'un crapaud dérivant la nuit sur un nénuphar — en pleine mer. Marc pourrait se vanter d'un exploit. Deux heures au moins qu'elle n'avait pas fumé. Et voilà qu'elle interrompait le mouvement machinal de sa main vers le paquet de Boyards maïs qu'elle avait subtilisé sur un bureau l'après-midi même. La boulimie tabagique où elle se réfugiait pour tromper la faim, la vraie, la faim d'exister, c'était fini.

Elle ramassa l'un des feuillets et le considéra de loin. L'écriture, elle la connaissait par cœur, était d'un gamin. Elle changeait presque à chaque mot, alternant les mailles fines et les déliés généreux, tour à tour mille-pattes ou kangourou, comme s'il étrennait chaque fois une identité nouvelle. Un détail ne variait jamais. Marc couronnait tous les « i », non pas d'un point mais d'une petite bulle ou d'un pompon qu'elle interprétait spontanément comme un signe de féminité. Peu de ratures, il avait dû s'échiner à recopier. Mais les mots biffés, les quelques flèches ou renvois qui clairsemaient le manuscrit étaient si joliment disposés, que Sylvia soupçonnait Marc de les avoir ajoutés après coup pour donner l'impression d'un premier jet. Arnaqueur jusqu'au bout.

Tu parles d'un écrivain !... La littérature, elle n'y connaissait pas grand-chose, d'accord, mais petite, elle avait assez fréquenté les romans, Guy des Cars ou Delly, pour émettre un avis pertinent sur la question : non, Marc n'était pas un écrivain, c'était un faiseur de charablabla, un escroc.

Quelle misère, un homme, quand il détourne les mots de leur vocation et les emploie comme des matraques. Avec son manuscrit, Marc l'avait rouée de coups. C'était trop d'injustice. Elle avait aimé, elle aimait un malade. Elle pleurait sans larmes avec de petits gémissements de bête blessée, qui lui tiraillaient la commissure des lèvres. Il avait tout inventé, tout détruit. Il voulait sa peau. Il se jetait sur le repentir comme un chien. Par des voies tarabiscotées panachant des ingrédients sérieux, contrition, Dieu, doute, amertume, identité, il faisait le beau pour mieux la couvrir de boue. Ce n'était pas un carpasson qu'elle incarnait pour lui, mais davantage une poubelle, un vide-ordures.

Carpasson !

C'était donc ça, Marc Frocin, l'amant modèle : un charognard. Un charognard qui se la coulait douce à l'ombre des carpassons. Ainsi donc, pendant qu'elle travaillait, trimait, s'angoissait, monsieur mijotait dans sa psychologie tordue des scénarios qui la ridiculisaient, et façonnait des

266

surnoms qui revenaient à lui loger une balle en plein cœur.

Carpasson ou carpassouillon.

Elle avait perdu le fil d'une pensée claire. Elle tremblait de tout son corps, de tout son cœur, voyait flou. Elle avait l'impression que ses yeux titubaient dans son crâne et se cognaient contre des murs de glace. Elle avait chaud et froid en même temps. Carpasson. Elle retournait le mot dans tous les sens. Il puait. Une limace énorme et baveuse. Une chauve-souris chialante avec de minuscules prunelles rosâtres. Un porc-épic écrasé sur la route. Pattes obscènes aux doigts atrophiés comme ceux d'un avorton. Les mouches se disputent les intestins. Elle frissonna. La couleur, la couleur du carpasson. Un saignement noir avec des irisations verdâtres à la façon des scarabées. Un scarabée. Pas de piquants sur le ventre. On voit battre sous la peau, mauve et légèrement fripée, le tam-tam d'un cœur paniqué. Carpasson. Mais aussi crapallouisson, sarpacouillon. Elle vit un nabot fait d'un caoutchouc poisseux, l'air idiot, les genoux cagneux, l'œil torve. Elle sursauta. Un calmar géant se masturbait à côté d'elle : sexe vitreux, mollasson comme l'était devenu celui de Marc.

Comment faire à présent, comment agir ? Elle n'arrivait pas à pleurer. Elle aurait voulu s'enfoncer les doigts dans les yeux pour tirer les pleurs comme un vomissement libérateur. Elle ramassa mécaniquement le livre éparpillé. Deux ou trois cents feuillets. Indécise, elle tenait embrassée toute cette tripaille d'encre et de papier. « Tu voulais une grande lessive, attends un peu ! murmurat-elle, tu vas l'avoir. » Dans la cuisine, elle jeta son fardeau sur le buffet, sortit une cocotte où elle entassa les feuillets, la remplit d'eau, alluma le gaz, et mit à chauffer le manuscrit détrempé. « Noyade et cuisson, tu ne pourras plus mordre après. » Elle jouait à la dînette avec sa détresse. Un tic enfantin lui fit ajouter du gros sel, des herbes de Provence, du sucre en poudre et du cif ammoniaqué. Elle dénicha même un peu de farine, un fond de schoum, trois cachets d'aspirine, un suppositoire, un tube entier d'embrocation siamoise, et des grains de tapioca. Les décombres de la bintje. Elle avisa la petite motte carbonisée qu'elle précipita dans la cocotte. « Noyade et cuisson », répétait-elle entre ses dents. Elle prit dans un tiroir une mouvette et se mit à touiller avec application, mue par le souci saugrenu que « ça n'attache pas ». La vapeur d'eau qui commençait à s'échapper lui dénouait les traits et Sylvia se mit à pleurnicher. Puis soudain l'émotion la submergea et elle fondit en sanglots.

Quand le manuscrit ne fut plus qu'une espèce de coulis fumant, bleuâtre et malodorant, elle cueillit du bout de la mouvette une parcelle et goûta. C'était répugnant. Délicieusement répugnant. Elle avala, écœurée mais satisfaite : elle avait affecté d'une saveur l'infamie.

XXX

Elle ne rêvait pas, le téléphone sonnait dans la pièce à côté. Une poule égorgée qui perd son sang. D'ordinaire, elle bondissait, arrachait le combiné comme on pousse un cri, répondait.

Le téléphone sonnait...

Sylvia posa la mouvette, coupa le gaz, fit posément le trajet jusqu'au salon et vint se pencher au-dessus de l'appareil comme on vérifie le sommeil d'un nouveau-né. Le mettre à bouillir avec le manuscrit. Il fallait tout débrancher, ce serait trop long. Elle examinait le boîtier gris, les détails du cadran, le fil où courait la sonnerie, regardait la sonnerie, devinait Marc embusqué dans cet appel, énumérait les spasmes stridents qui l'imploraient, refusait d'enrayer l'hémorragie, l'artère était percée, la vie ruisselait, tant pis, que le sang coule à flots — qu'il crève : elle décrocha.

Parfois, la nuit, émergeant du fond du sommeil tel un plongeur, elle ouvrait grands les yeux pour mieux prêter l'oreille aux ténèbres. Elle entendait qu'il ne dormait pas. Il veillait, lui aussi, surveillait. Chacun s'appliquait à respirer normalement, chacun simulait un sommeil régulier, mais chacun devinait l'autre à l'affût : deux guerriers...

Au bout du fil, personne. Un appel vide, un trou

béant. Une plaie. Jeter des cailloux dans la plaie. Ecouter les cailloux rebondir de pierre en pierre et trouer l'eau. Le puits est profond. Prendre son vertige à deux mains, fermer les yeux, se laisser choir. Ils ne savaient pas, tous les parents, tous les Frocin, tous les docteurs avec leurs airs mielleux, tous les négros, tous les voisins qui piaillaient dans l'escalier, ils ne savaient pas qu'elle était malade. La Nuit, c'était la Nuit sa maladie. Une viande noire qui pourrissait dans sa tête. Même en plein jour, elle sentait soudain la nuit s'apesantir sur sa nuque et serrer, serrer l'écrou.

Elle aussi, on l'avait séquestrée. Elle revoyait le placard disciplinaire où son père l'enfermait. Il y avait un nom sur la porte, elle n'avait jamais su pourquoi : NOUAR. Elle avait peur du « nouar ». Elle y purgeait parfois des heures, hurlant sa frayeur au milieu des balais qu'elle imaginait appartenir à des sorcières. Elle croyait percevoir des ricanements, sentir des doigts l'agripper. Un jour, elle s'était évanouie. On l'avait retrouvée complètement nue, barbouillée de cirage et le front en sang. Les enfermements avaient cessé — mais pas la peur. Et des années plus tard, elle ne supportait toujours pas l'obscurité, s'endormait avec la lumière, ou se réveillait la nuit pour allumer des bougies qu'elle regardait brûler jusqu'à l'aube.

Marc, à sa manière, avait rétabli l'usage du « nouar ».

Il était toujours là, tapi dans l'appareil. Sylvia se persuadait qu'elle l'entendait respirer. Et s'il allait surgir ? Le cœur battant, elle reposa le combiné sur la fourche. La maigreur de sa main lui fit pitié. La peau sur les os, songea-t-elle, une caille efflanquée qui réduirait encore à la cuisson. La sonnerie reprit, déchiquetant le silence et la nuit, rougeoyant les murs, s'infiltrant sous les paupières. Sylvia laissa filer plusieurs minutes, essayant d'imaginer les yeux de celui qui venait, puant le remords, la relancer. Oui, puant le remords, puant la solitude et l'hypocrisie. Tu as menti, Marc, lui dit-elle au fond de sa tête, là où la voix ne fait entendre aucun son. Tes mots sont des cafards, il faut les écraser. Tu nous as menti. Tu as volé les vrais souvenirs, tu les as bus. Tu as montré l'abcès, le pus, tu n'as pas dit que nous riions parfois comme des fous. Tu n'as pas dit qu'il t'arrivait de t'endormir comme un bébé, mordillant Daphnis, mon sein gauche, le droit c'était Chloé, tu m'assurais qu'il était jaloux. Tu ne sais pas très bien ou tu ne veux pas savoir ce qu'il y a dans le verbe aimer, Marc, moi non plus je n'en sais rien. Mais j'acceptais d'y mettre tout ça, la nuit, l'attente et l'alcool, je ne voulais pas te guérir, ce n'est pas vrai, je te prenais malade et j'essayais d'exister malgré tout, d'exister pour toi. Tu m'appelais ta maison : j'y ai cru. Tu ne voulais pas d'enfant, je pouvais l'accepter, ma peau n'acceptait pas. Tu ne voulais plus faire l'amour, tu es peut-être impuissant pour de vrai, ma peau n'acceptait pas. Tu crois que c'est facile à vivre un corps, quand il ne sert à rien, un corps de femme, cette manie qu'il a de saigner, de vieillir, cet utérus bon pour le cancer. Invivable un corps quand il n'est plus caressé, même moi je suis écœurée par cette machinerie superflue qu'il faut constamment nettoyer. Mais pourquoi t'acharner, cette sonnerie me tue.

Elle se laissa tomber sur le canapé, décrocha par exaspération, posa le combiné sur ses genoux. Un « allô » caoutchouteux, lointain, jaillit de l'écouteur. La voix de Marc était là, posée sur ses genoux.

271

Elle entendit : « Allez, réponds, tu sais bien que c'est moi. » De petits « allôs » se succédaient, rapides, pulsés par une voix que l'affolement survoltait.

Puis Marc se mit à parler d'abondance. Il se voulait chaleureux. En fait, il n'était pas sûr que Sylvia ait découvert le manuscrit. « Je n'ai rien bu, tu sais, j'avais juste envie de te parler... Ça va ? » Sylvia regardait la voix s'échapper du téléphone et sinuer sur ses genoux. Une vermine. Elle envoya promener l'appareil qui partit dinguer par terre. Elle avait la nausée, mais cette nausée l'engourdissait. La voix se contorsionnait sur le plancher : « ... d'ailleurs, tu vois, j'ai bien réfléchi, je vais quand même revenir, malgré tout je t'ai dans la peau... Et toi aussi tu m'as dans la peau. On s'a dans la peau tous les deux... Je t'aime encore ma Sylvounette. Pour ne pas te déranger, je prends un taxi, tu descends régler... »

Marc avait raccroché.

... Plus d'une fois, Sylvia s'était évadée. Elle se bourrait de gardénal pour tromper l'attente. Il la secouait quand il rentrait, son haleine avinée l'indisposait, elle reconnaissait vaguement ses traits perdus dans un mirage, elle hochait la tête, ils se souriaient d'une planète à l'autre, elle entendait le bruit du taxi dans la rue, elle entendait Marc fouiller pour trouver l'argent, des gestes glacés la parcouraient. Je t'aime encore. Elle se rendormait.

Marc allait revenir. Ses pas, ses mains, toute sa noirceur allait revenir, tout son dédain, tout son chagrin. Ce salopard ne l'avait sauvagement traînée sur des kilomètres d'injures et de mauvaise foi que pour vérifier s'il ne restait pas un petit bout de moelle à sucer dans l'os, un dernier souffle de vie à racler. Mais c'était à mourir de rire ! Elle éclata de rire — elle essaya. Une heure encore, et Marc Frocin piétinerait son amour-propre à pleins souliers.

NON : ce fut un tel cri qu'elle eut un goût de sang dans la bouche. Il comptait rentrer, eh bien qu'il ne se gêne pas. Il trouverait même la maison grande ouverte au cas où il aurait perdu sa clé. Elle marcha vers la porte et l'ouvrit. Ses genoux flageolaient, mais elle respirait plus calmement. Elle reprenait après des années l'initiative de sa liberté, baignant dans une torpeur seconde intermédiaire entre voyance et coma. Marc la croyait perdante : elle allait gagner.

Dans la peau ? Et alors ! Mieux vaut s'arracher la peau que s'y commettre avec un salaud. Il n'avait donc pas compris qu'elle ne voulait rien pour elle ou si peu, qu'elle voulait tout pour lui, tout, qu'elle pouvait tout s'il avait seulement accepté l'empire de l'amour sur sa vie. Du génie, tu avais du génie quand je t'ai connu, il était là tout proche, il suffisait d'insister un peu, mais tu n'as pas voulu.

Cet homme sans vérité l'était resté jusqu'à la fin. Il croyait connaître les femmes, voilà bien sa candeur, il en parlait en maquignon, en technicien, la mécanique du plaisir féminin n'avait pas de secret pour lui : pauvre fou qui confondait la femme avec un moteur. Tu connaissais les rouages et la marche à suivre, ah tu m'épatais, tu avais l'amour dans le sang, mais foutaises après tout, tu m'offrais un tour de manège et plus rien — je n'étais rien pour toi.

Rien.

Ce fut d'instinct qu'elle éteignit les lumières, entra dans la cuisine, coupa la veilleuse du chauffe-eau et, dans le noir, bourra l'encadrement de la

273

porte avec de vieux chiffons. Voilà qu'elle avait sommeil à présent. Sommeil et soif. Ce n'était pas le moment. Elle allait ouvrir le gaz et s'étendre au pied du four quand elle s'aperçut qu'elle avait négligé l'essentiel. Elle sortit précipitamment, buta sur le téléphone où la tonalité battait comme un pouls, se mit à farfouiller. Un stylo-feutre, elle en avait toujours un dans son sac.

Son regard tomba dans l'obscurité sur une tache rectangulaire : la chemise en carton où Marc avait caché son manuscrit. Elle alluma. Sous la mention IMPÔTS, elle inscrivit en majuscules : NE PAS FUMER, GAZ, et elle signa : LE CARPASSON, intriguée de voir son écriture coudoyer celle de Marc.

Une fois scotché l'avis sur la porte d'entrée, Sylvia rétablit l'obscurité, retourna se barricader dans la cuisine, ouvrit les quatre brûleurs à fond, s'allongea. Il devait faire très froid dehors, la nuit dans la vitre était d'un bleu cassant. Elle se pelotonna et ferma les yeux. Elle entendait le gaz chuchoter sa litanie, elle respirait normalement Elle n'avait plus rien à perdre — elle allait mal, allait bien, elle s'en allait. Dans l'évier, le robinet coulait goutte à goutte. Elle vit des poissons, ils formaient des bulles en happant la mer : le bruit de la mer. C'était à Deauville. Marins bleus et bateaux blancs. Le sable était chaud sous les pieds. L'horizon tremblotait. La mer flamboyait blanche et bleue, la mer cliquetait dans l'évier, la nuit se décollait du ciel comme une peau morte. Une peau morte, une peau morte.

XXXI

Il est assis près de moi. Le wagon est désert mais il a fallu qu'il vienne s'affaler ici, presque sur mes genoux, qu'il me donne à déguster sa respiration qui sent le chien rance. Il n'a pas d'âge — il n'en a plus. Sa canne blanche est un modèle ancien. La peinture a souffert, le bois de la crosse est à vif, ciré par la main. Il porte un béret comme une crêpe en laine. Il a des lunettes noires, un gros nez fourré de poils, un double menton mal rasé, le teint couleur de ciment. J'ai beau me détourner, je vois son reflet défiler dans la vitre, exagéré par les ampoules nues du tunnel.

Je vois mon reflet. Je vois Sylvia.

Cinq heures du matin. J'ai sabré toute la nuit divers champagnes et force filles, j'ai fêté la vie, l'instant, je me suis tué au plaisir et maintenant, le cœur barbouillé d'insomnie dans un métro tapageur, j'ai Monsieur pour voisin, Monsieur qui fait planète à part avec ses yeux frappés d'un silence indécent.

Je ne tenais pas debout. Ils ont dû me porter. Ils n'étaient guère plus brillants que moi, on s'est tous rétamés dans l'escalier, Frédo sonnait aux portes, Edgard avait un soutien-gorge noir autour du cou, Claudia torse nu chevauchait la rampe avec ravissement. Le concierge, un Espagnol tonitruant, voulait téléphoner aux pompiers. « On n'est pas pyromane, a

275

dit Frédo, on est pyrowomane. » Les locataires
étaient sortis. Tous ces bourgeois qui détestent les
flics prétendaient les appeler. Je me suis mis à genoux
devant les pyjamas furibonds, et j'ai récité le Notre-
Père en latin pour les amadouer. Je ne sais plus quel
miracle a conduit mes pas déboussolés jusqu'à la
maison. Mon cœur tape. Une enclume. Je vais faire
une centaine de fois la ligne et je descendrai. N'importe où.

Je suis rentré. Je n'y croyais pas. Je l'ai appelée.
Sylvia. Je t'ai appelée Sylvia. Je t'appelle. En te voyant
j'ai pensé gratter la plus fine allumette de tous les
temps. Pour faire un feu. Pour être un feu contre toi,
pour avoir chaud contre toi. Il fait toujours si froid
sur terre. J'ai pensé m'allonger moi aussi, je me suis
peut-être allongé. Puis j'ai vu ton sac ouvert et j'ai
pris le billet de dix francs déchiré. Puis j'ai vu ta
main, ta bague, et j'ai savonné ton doigt glacé pour
l'ôter.

Il souffle, un vrai phoque. Il s'appuie sur moi
comme si j'étais un oreiller. Ses doigts tapotent une
espèce de cartable en cuir d'imitation. J'imagine à
l'intérieur des outils, des praires, un godemiché, le
cadavre sanglant d'un chat, et sans doute un obscur
sandwich au pâté qu'il ira manger dans un square à
midi sonnant. A moins qu'il ne mange le chat.

J'ai fermé le gaz, ouvert la fenêtre, et verrouillé la
porte en m'en allant. Puis j'ai senti la bague. Elle
vivait dans ma main comme un abcès. Le billet
brûlait ma poche. Puis le volcan s'est réveillé. C'est
donc vrai qu'au centre du monde l'enfer patiente et
qu'un jour les glaciers prennent feu. J'ai jeté bague et
billet à la tête du concierge qui me regardait partir
avec un air mauvais. A quoi ça sert, l'homme, à quoi
ça sert de tenir à la vie, collé au rocher comme une
arapède. La mer monte, elle descend. Collé au rocher.

... Il ne manquait plus que ça, voilà qu'il me parle, il a posé sa main sur mon bras. Ongles noirs. Si je connais la station Notre-Dame-des-Champs ? Et comment donc ! « La troisième. » Il ne remercie pas. C'est à peine s'il enlève sa main. Nous quittons Rue du Bac. Je m'assoupis. Quand je rouvre l'œil, alerté par un arrêt brusque, il est déjà debout, emportant son odeur, son sandwich et toute sa nuit. A travers mes cils, je lis : Rennes. Bravo. J'avais oublié que cette station fermée pendant des années venait d'être rouverte au public. Notre-Dame-des-Champs, c'est la suivante : il faut l'avertir.

Je me regarde alors ne pas agir, ne pas rattraper mon erreur, ne pas dire au Monsieur qu'il se fourvoie. Je laisse et j'observe. Il est déjà sur le quai, sa canne en avant comme un beaupré. Pourquoi va-t-il droit vers le mur ? La sortie est à l'autre bout, il confond. Il heurte un clochard, vacille, dégringole : il est par terre et je n'ai pas bougé.

Les portes claquent, le métro repart, le tunnel ne fait qu'une bouchée de cet éclat d'instant où toute la vie, tout le noir de la vie fourmille et tue.

Tu es fière de toi. Tu l'as eue ta vengeance. Tu t'es décarpassonnée en beauté. L'homme de ta vie, tu en as fait l'homme de ta mort. C'est moi l'assassin, mais c'est toi qui mets le gaz, c'est toi qui chasses et triomphe. Où je vais, moi, maintenant ? Où je l'emmène, ma peur, ma folie ? D'ailleurs je m'en fous. J'ai mon lit de mort au fond des bouteilles.

Chaos et cahots, je m'endors en fouillant l'œil comme une poche. Un distributeur de bonbons défoncé, un clochard, une odeur de gaz, une morte, une publicité sur un détergent, Christel, moi, une inscription sauvage éclatant rouge sang : « JE SUIS UNE CONNE AU SERVICE DU CAPITAL », et cet aveugle avec son odeur de chien, sa nuit, sa chute et sa canne pour blanchir l'horizon sous ses pas : je n'ai plus qu'à tracer ma signature au bas du tableau.

La peur me colle à la peau. Un cimetière à moi seul. Ce monde humain, je n'y ai rien compris. Mais je n'ai pas fait semblant. J'espérais plus beau. Il m'est arrivé d'y croire. A la Noël, aux astres sauveurs, au cloué, au rachat. Mon cœur. Je sens toujours dans ma paume affluer ses coups fades. Rien à faire. Boursouplouff. Il ne parle plus. Sylvia. Un jour je reviendrai sable ou galet, je serai roulé par la mer, neige, écume et tout ira mieux. En attendant, j'ai perdu. Je me suis brisé. Comme un naufrageur envoie sur les récifs un bateau. Dernier détail en forme d'hippocampe : ai-je ou non fait exprès ?

COLLECTION FOLIO

Impression Bussière à Saint-Amand (Cher),
le 30 décembre 1988.
Dépôt légal : décembre 1988.
1er dépôt légal dans la collection : août 1985.
Numéro d'imprimeur : 6980.
ISBN 2-07-037665-6./Imprimé en France.